谜托邦

MYSTOPIA

华文推理新大陆
推理迷的乌托邦

不废江河万古流

公子 著

北京联合出版公司
Beijing United Publishing Co.,Ltd.

图书在版编目（CIP）数据

不废江河万古流 / 公子著． — 北京：北京联合出版公司，2023.4
ISBN 978-7-5596-6663-5

Ⅰ．①不… Ⅱ．①公… Ⅲ．①推理小说—中国—当代 Ⅳ．① I247.5

中国国家版本馆 CIP 数据核字（2023）第 029771 号

不废江河万古流

作　　者：公　子
出 品 人：赵红仕
策　　划：牧神文化
责任编辑：徐　鹏
特约编辑：风不动
封面设计：陈雪莲
插画绘制：王琪萌
内文版式：王　川

北京联合出版公司出版
（北京市西城区德外大街 83 号楼 9 层　100088）
北京联合天畅文化传播公司发行
上海盛通时代印刷有限公司印刷　新华书店经销
字数 243 千字　890 毫米 ×1240 毫米　1/32　9.75 印张
2023 年 4 月第 1 版　2023 年 4 月第 1 次印刷
ISBN 978-7-5596-6663-5
定价：59.00 元

版权所有，侵权必究
未经许可，不得以任何方式复制或抄袭本书部分或全部内容
本书若有质量问题，请与本公司图书销售中心联系调换。
电话：010-65868687 010-64258472-800

目 录
CONTENTS

引子　历史的遗迹　　　　　　　　　　　001

一　笑语盈盈暗香去　　　　　　　　　　001
　　1. 权杖的鲜血　　　　　　　　　　003
　　2. 柳生阳的冒险　　　　　　　　　006
　　3. 一百万元的条件　　　　　　　　010

二　烟锁池塘柳　　　　　　　　　　　　015
　　4. 丽人侦探杜丽培　　　　　　　　017
　　5. 第十三人　　　　　　　　　　　022
　　6. 苏州飨宴　　　　　　　　　　　026
　　7. 五行阵的诅咒　　　　　　　　　031
　　8. "烟锁池塘柳"再现　　　　　　　035
　　9. 名侦探的推理　　　　　　　　　039
　　10. 五行阵的区别　　　　　　　　044
　　11. 恶有恶报　　　　　　　　　　049
　　12. "烟锁池塘柳"与代号的真相　　052

三 二十四桥明月夜　　　　　　　057

13. 奇人其事　　　　　　　　　059
14. 花与盗贼　　　　　　　　　062
15. 二十四桥明月夜　　　　　　066
16. 杜丽培出动　　　　　　　　069
17. 第十三人后裔现身　　　　　073

四 东船西舫悄无言　　　　　　077

18. 时间的沉淀　　　　　　　　079
19. 寻找"韦氏的秘宝"　　　　082
20. 尔虞我诈　　　　　　　　　086
21. 怪盗的日常　　　　　　　　089
22. 偷天换日　　　　　　　　　093

五 江东父兄何怜我　　　　　　099

23. 龙王庙里的历史　　　　　　101
24. 来家村的"神经病"　　　　104
25. 惊怖罗祖庙　　　　　　　　110
26. 树丛中的骷髅　　　　　　　116
27. 传说下的真实目的　　　　　121
28. 江东父兄　　　　　　　　　126

六　山寺月中寻桂子　　　133

29. 祸从口出　　　135
30. 徒劳无功　　　138
31. "茉莉花"的真实目的　　　141
32. 另辟蹊径　　　145
33. 深夜惊魂　　　149
34. 龙棍的线索在哪里？　　　156
35. 故宫的密码　　　160
36. 杭州之行的尾声　　　172

七　一生真伪复谁知　　　177

37. 许家女子　　　179
38. 百年公案　　　182
39. 霸道女总裁的忧郁　　　188
40. 许园的秘密　　　193
41. 许家惊变　　　199
42. 借来的空间　　　205
43. 时间的女儿　　　209

八　闻君有白玉美人　　　215

44. 贪婪的日本鬼子　　　217
45. 玉珠链的失踪之谜　　　221
46. 飞贼游戏　　　225

47. 线索哪里来？　　　　　　　　228
48. 河边的凤仙花　　　　　　　232

九　未免一场空　　　　　　　239

49. 山中一日，世上千年　　　　241
50. 你追我躲　　　　　　　　　246
51. 发现宝藏的端倪　　　　　　252
52. 干尸的身份　　　　　　　　256
53. 恐怖的宝藏机关　　　　　　260
54. 漕帮的宝藏　　　　　　　　266
55. 干柴烈火　　　　　　　　　271

十　不识庐山真面目　　　　　277

56. 人之将死，其言也善　　　　279
57. 不废江河万古流　　　　　　283
58. 一惊一乍　　　　　　　　　289
59. 卿本佳人　　　　　　　　　293
60. 一封信　　　　　　　　　　300

引子　历史的遗迹

清朝康熙年间（1662—1722），皇帝废黜了太子，无人上位，而皇帝子嗣众多，顿时引发了九龙夺嫡。

雍亲王胤禛，为了登上皇位，亟需大量金银财宝，以收买文官武将。然而他身为皇子，受限极大，不能在京中放开手脚，便将目光瞄向了外地，秘密派遣了高手，组建漕帮，控制京杭大运河。这些人共有十二个，因天干、地支中的地支正好十二，故将这十二人称为漕帮"十二地支"。

京杭大运河是国家的经济命脉，漕帮借此掌握了无数金银财宝。日后，漕帮源源不断地为胤禛提供财富，方便他行事，更在夺嫡的关键时刻，踢出了临门一脚，帮助胤禛击败其他皇子，夺得了皇位。胤禛登基以后，年号雍正，后世习惯称之为雍正皇帝。

雍正为人酷厉，自然容不得卧榻之侧有他人鼾睡，当他想对付漕帮的时候，却惊诧地发现，之前手底下的敛财工具，如今已经尾大不掉，长成为一个巨大的怪物。倘若是动手铲除，说不定会导致天下大乱。而且，更可怕的是，漕帮还掌握了一个胤禛登上皇位的秘密，如果皇帝胆敢动手，他们也会毫无顾忌地用这个秘密来对付雍正，甚至可以改朝换代，颠覆天下。

雍正不敢轻举妄动，更担心漕帮会反过来对他下手。幸好，控制漕帮的十二地支，因为人数太多，而导致人心不齐，只在面临外来压力的时候才会团结一致。他们向皇帝提出要求：如果让他们以及子子孙孙永远控制漕帮，就不会动用那个秘密来攻击皇帝。雍正被迫答应，在雍正二年（1724）的时候，正式确立了漕帮的地位。

漕帮鼎盛时期，控制了京杭大运河沿岸，手中金银如山，在乾隆年间（1736—1795）势力大到让皇帝都无可奈何的地步，甚至据传乾隆皇帝都曾经加入过漕帮，以获取支持。

岁月悠悠，自古以来，天下从来没有永恒不变的事物，所谓盛极而衰，漕帮经历了繁荣，最终迎来了萧条。光绪年间（1875—1908）以后，运河堵塞，漕运停止，漕帮失去了赖以为生的基础，遭到了严重的打击，不得不登陆上岸。漕帮不甘心退出历史舞台，凭借其严密的组织，一度妄图在清末的动荡大时代中，再次崛起。然而时移势易，漕帮终究只是一个黑帮，根本无法和其他政治、军事组织对抗。进入民国（1912—1949）以后，漕帮最终蜕变成了青帮，组织四分五裂，再无统一。解放以后，这些封建残渣，尽数被扫进了历史的垃圾堆中，漕帮最终消亡。

虽然漕帮消亡了，但是依旧留下了许多遗迹，其中最为引人注目的就是漕帮的宝藏。据传，乾隆年间，皇帝意图打击漕帮。帮内人心惶惶，控制漕帮的"十二地支"，便将漕帮历年积累的巨额财宝，埋藏在某处，一旦帮派瓦解，就可以凭借这些财宝东山再起。而在漕帮的宝藏中，最珍贵的宝贝则是一个秘密——一个令皇帝恐惧万分，可以改朝换代的惊人秘密！这个秘密，被后世称为"九鼎之问"！

漕帮与皇帝的博弈，或许皇帝是担心那个秘密会对他产生某种威胁，最终妥协了，漕帮避免了瓦解的危机。不过这批宝藏并没有公诸于世，依旧掩藏了起来，以待日后有大事急事，便可使用。"十二地支"担心后人不肖，遗失了宝藏，便留下了隐晦的线索，以供后人解读。从此，漕帮的宝藏成了旷古奇闻！

一　笑语盈盈暗香去

1. 权杖的鲜血

红尘辗转，物是人非，一眨眼数百年过去了。

杭州漕运历史博物馆，是全国最大的漕运历史博物馆之一，位于运河沿岸，在一万九千多平方米的展览大厅当中，收藏有数十万件反映中国漕运历史的文物和文献。

在展览大厅正中央，最为引人注目的是一根长约三米的棍子，外面包裹有黄色的苏绣。这是控制京杭大运河漕帮的权杖，等同于丐帮的打狗棒，号龙棍，据传是乾隆皇帝御赐。龙棍在漕帮解体的时候，消失得无影无踪，直到不久之前，才由漕帮的后人捐赠。

这个捐赠人，就是漕帮"十二地支"之一的钮姓后人——钮建。

钮建祖上是旗人，为钮祜禄氏，在成为草创漕帮的"十二地支"以后，改为钮姓，后代也以此为姓。清朝覆灭的时候，钮氏担心自己身为旗人，会被清算，于是举家出逃到了海外，直到近些年才回国。他听说杭州有一家漕运历史博物馆，便捐赠了漕帮的权杖，以纪念先祖。

午夜，偌大的展览大厅灯火通明，却寂静无声，工作人员都老早回家休息去了，等待着次日早晨的忙碌工作。只有漕运历史博物馆特约顾问钮建依旧凝视着长长的龙棍，若有所思。

明天，将由他亲自主持龙棍的揭幕仪式，届时将有海内外数百家媒体参与报道，他不免心里激动，根本睡不着觉，于是在展览大厅逡巡徘徊。

忽然，展览大厅的外面传来了"嗒嗒"的脚步声，有个人走了进来，钮建愕然，外面有保安守卫着，一般情况下，不会放人进来。奇怪，难道是小偷？

他回过头去，灯火通明的展览大厅内，他很容易就看清了对方的模样，那人穿着一件带帽子的米色风衣，脸上戴着一个白色的假面，遮住了面容，但是钮建知道他的真实身份，看到了他，钮建松了一口气问道："你来干什么？"

白色假面说道："我只想问一个问题，漕帮宝藏的线索，你肯不肯告诉我？"

钮建摇了摇头，说道："抱歉，我不能告诉你，因为这事关一个可怕的秘密，我不想将其牵涉出来。"

"那好吧，这是你自己找的，别怪我不客气了。"

突然咔嚓一声脆响，钮建愕然地看到，白色假面的手里倏然出现一把锃亮锋利的匕首……

十分钟后，那人离开了展览大厅，脚步声消失在了远处。

随着脚步声的消失，天顶的阴影处，突然降下来了一个人。那人身穿光学的迷彩服饰，贴身的衣料显示出优美的曲线，是一位年轻的女子。她降落到了地上以后，扯下面罩，满面苍白，汗水涔涔，忍不住大口大口地喘气。

那真是可怕的一幕，如果没法忍耐下来，一旦被发现，恐怕也会遭遇不测吧。

女子一边想着，一边小心翼翼地捡起了一台掉在地上的手机，按亮了屏幕，上面显示的是一个公众号，有一篇名为《历史的遗迹》的文章，她看了几眼，记住了作者的名字：柳生阳！

博物馆依旧安宁，仿佛什么事情也没有发生过一样，只是那代表权势的龙棍，已经被一块血红的帷幕遮盖住了。天亮了起来，早晨七点多，工作人员陆续来到博物馆内，在馆长的指挥下，按照既定的程序布置起来，为九点钟开始的揭幕仪式做准备。

九点不到，各位宾客和媒体记者陆续前来，身为主持人和捐赠人的钮建却始终没有出现，人们非常奇怪。到了九点钟，钮建还是没有现身，为了不耽误直播，由馆长上台发言：

"尊敬的各位领导和记者朋友们，早上好！今天，是一个不寻常的日子……"

馆长的水平果然不赖，临时发挥也像模像样。他那没有营养的台词，随着广播飘荡在博物馆内。馆长拉住帷幕的绳子，神秘的权杖即将揭晓庐山真面目。众人顿时屏住呼吸，凝视着前方巨大的物体，摄像机、照相机都调整好了角度，抢好了最佳的位置，准备记录这历史的一瞬。

馆长拉了一下帷幕的绳子，帷幕慢慢地掀起一角，露出了大理石的基座，雪白的岩石上，布满了暗红色的血滴。

这时，嗡嗡的声音响了起来，众人无不涌起不祥的念头，紧张万分，纷纷盯着前方。

馆长再一用力，顿时整个帷幕都被拉了下来，呈现在人们面前的，是一根金灿灿的长棍。随着帷幕的揭晓，整个典礼到达了高潮。然而，人们都惊呆了，数百人的现场鸦雀无声，直到一个女人厉声的尖叫响起，才打破了现场死气沉沉的僵局。

一时之间，现场大乱，人们争先恐后地往后逃窜。

权杖之上染满了鲜血，钮建的尸体就在旁边，整个胸膛被金属匕首刺穿，脑袋向后仰倒，眼珠凸出，嘴巴张得老大。

一　笑语盈盈暗香去

2. 柳生阳的冒险

"东风夜放花千树。更吹落、星如雨。宝马雕车香满路。凤箫声动，玉壶光转，一夜鱼龙舞。"柳生阳吟着辛弃疾的《青玉案·元夕》，漫步在拱宸桥附近的运河文化广场上。

今夜是元宵节，正是赏灯好时节。运河文化广场上，灯火通明，各种造型的灯笼绽放着光彩夺目的灯火，仿佛东风吹醒了百花，更吹落了朵朵花瓣，宛如星雨一般坠落，甚是好看。

柳生阳是杭州城市大学新闻学专业的毕业生，目前正在《之江文化周刊》做见习记者，今晚他来运河文化广场摄影，打算写一篇有关大运河与赏灯的文章。

之所以选择大运河为题材，或许是因为祖上的渊源吧。

他的祖上，是当年控制漕帮的"十二地支"柳姓的后裔，后来随着漕帮的覆灭，柳氏家族定居京杭大运河的起点杭州。

随着漕帮的覆灭，一起覆灭的还有柳家的权势与富贵，如今的柳家，只是一个平凡的小家族，但是与大运河牵扯在一起的血脉，让柳生阳不由得对其产生了浓厚的兴趣。于是，他经常写一些有关漕帮与大运河的小品，或是野史，或是逸闻，或是传说，放在自己经营的公众号上，也有不少粉丝参与讨论。

柳生阳正在拍摄精彩的瞬间，突然闻到了一股淡淡的幽香，仿佛春天的气息,于是他忍不住放下相机,发现不知何时,身边已经多了一位女子。

那女子身材修长,穿了一身淡青色的宋代窄袖衫襦,映出了柔美的曲线,发髻上缀着金黄的丝缕,华光璀璨,面颊上戴了一块白色的面纱,只露出一双盈盈的眸子。

她凑近柳生阳说道:"你要小心,有人正在寻找'十二地支'的后人,值得警惕。还有,少写那些和漕帮有关的神神道道的玩意儿。"

她的口音带有一点外国腔,还没等柳生阳反应过来究竟发生了什么,那女子便笑语盈盈,随着暗香消失在灯火阑珊处。

柳生阳惊诧不已,还觉得暗香依旧浮在身边,此时才觉察到,这是郁金香的芬芳。

许久,他摇了摇头,自己虽然是"十二地支"的后裔,可没有从祖上拿到过任何漕帮的财宝与文物,更不知道什么宝藏的线索,有谁会在意他呢?

等拍完了照片,柳生阳回到自己租在拱墅区杭州城市大学附近的简屋,刚刚进去,还没有打开电灯,冷不防背后有人倏然出手,左手掐住柳生阳的脖子,使得他无法出声,右手飞快地将一块湿布蒙在柳生阳脸上。

柳生阳又惊又怕,拼命挣扎,闻到了一股刺鼻的气味,随之脑袋开始昏昏沉沉。

"是乙醚……"

这是柳生阳最后的想法。

柳生阳醒来的时候,发现自己身体很重,动也动不了,嘴巴被东西给塞住了。他是被冷水给泼醒的,醒后摇了摇脑袋,一是帮助自己清醒,一是将头上的水甩掉。

他睁开眼睛,发现自己还是在房间里面,但是被绑在了一张椅子

一 笑语盈盈暗香去 007

上面,对面有个人,穿着一件米色的风衣,面颊被一个白色的假面遮住了,看不清样貌。就是这个人,偷袭了他。

偷袭者拖了一把椅子,反过来坐在他的对面,拿起一台手机——是柳生阳的,指着上面的一篇文章,似乎用了变声器,发出一股不男不女的声音,冷冷地说道:"认识这个吗?"

柳生阳定睛一看,这是他写的关于漕帮与大运河的野史《历史的遗迹》。

那人说道:"听清楚,只要你回答我几个问题,我就会给你一个痛快,不用零零碎碎地受苦。"

偷袭者把手机放到了桌子上,问道:"我问你,漕帮宝藏的线索,放在哪里?想要说的话,你就点头。"

柳生阳什么也不知道,那篇文章,都是由他搜集的野史和传说拼凑而成,惊恐之余,他只能拼命地摇头。

偷袭者看来不信,他叹着气摇了摇头,掏出一把锋利的小刀,对准了柳生阳的左眼,只要再往前,哪怕只是一厘米,就会眼珠爆裂,鲜血飙出。

柳生阳更加害怕了,他感到了小刀锋面上的寒气,呜呜地叫得更加厉害了。

而偷袭者的眼神里,射出了一道凶残的光,他的手正要用力。说时迟,那时快,只听啪啦一声响,玻璃窗碎裂,从外面飞进来一个人,落在房间里面。

偷袭者迅速地反应过来,持刀扑了上去,试图一刀就干掉闯入者。

但是他显然低估了闯入者,这是一个狡猾的家伙。

闯入者右手在背后一摸,摸出一把电击枪,径直朝着偷袭者射击,带着电光的"子弹"立马扑向了偷袭者。

偷袭者侧身避开,但是房间里面的空间太小了,"子弹"还是贴着他的身体擦过,偷袭者宛如被五雷轰顶了一般,瞬间浑身一颤。但他也不愧为出色的杀手,知道自己不是闯入者的对手,再纠缠下去,恐怕死无葬身之地。于是他忍着电击的痛楚,刀口一转,刺向闯入者。

闯入者避开了这一击,殊不知这是偷袭者的虚招,偷袭者趁机从闯入者手中挣脱,跌跌撞撞地闯出门外,逃之夭夭。

闯入者并没有追击偷袭者,而是直起身,松了一口气,转身走到柳生阳身边,解开他的绳子。

"好险,要是我来晚一步就糟糕了。"闯入者说道。

闯入者解开了柳生阳的绳子,后者抚摸着被绑痛的手腕,不知道是因为寒冷,还是惊魂未定,瑟瑟发抖。柳生阳抬起头,首次看向闯入者,愕然地发现,闯入者正是之前提醒自己的那个女子,现在身上还穿着那套汉服。

"我说过,叫你当心!'十二地支'之一的钮氏钮建已经遇害。目前现存的'十二地支',在杭州的就只有柳氏,而且你还那么找死,写了一篇关于大运河与漕帮宝藏的文章,不被凶手追来才怪呢!"

汉服女子收拾好电击枪,说道:"注意保护好自己。再见!"

说完,汉服女子打开房门,兀自离开了。

柳生阳定了定神,突然想起来,还没有问问这位女子的名字,他往房门口一看,已经不见人影了,他急忙追出去,四下里找寻,总不见那女子的身影。正当他黯然的时候,蓦然回首,正巧看到了那位女子的身影。那是巷子的拐角处,头顶上有一片社区安置的元宵灯笼,被风吹灭了不少,光亮稀稀疏疏的。

"你叫什么名字,你是谁?"柳生阳大叫道。

女子听到声音,微微地惊诧,便转过头来,一阵东风吹过,将她的面纱吹掉，顿时露出了一张中西合璧的令人惊艳的脸庞。

那女子并没有惊慌失措地去遮住面颊，而是微微一笑，眼波流转，释放出无限魅力，说道："杜丽培！我，是一名侦探！"

3. 一百万元的条件

柳生阳感觉昨晚的元宵节，如同做梦。

先是被神秘的汉服女子警告，随后居然真的遭到了绑架，还被人逼问自己不知道的事情。与此同时，那个汉服女子出现并救了他。最叫人觉得邪门的是，那个救了他的女子，居然自称是一名侦探！

然后，他毫不犹豫地报了警，让警察来保护他。在录完口供以后，警方告诉他，他们怀疑前来绑架他的人，极有可能是杀害钮建的凶手，叫他时刻小心。当然，警方也会竭力保护他的。

但与这些事情相比，目前最重要的是，偷袭者与杜丽培在他房间里的打斗把房间折腾得一塌糊涂。问题是这个房间是柳生阳租的，他必须赶在房东发现之前，将这里修复完善。

柳生阳很缺钱，他只是一个刚刚毕业的穷学生，因为不再是小孩，他不太好意思向父母要钱，怎么办呢？幸好，他有工作，熬几天就有工资了。

不过，倒霉的事情绝对不止这件。一天，柳生阳刚到《之江文化周刊》，还没坐下来，总编就把他叫到了办公室，拉上百叶窗说道："小柳啊！你看，现在媒体行情都不太好，我们周刊日子也过得紧巴巴的，所以得裁员，你是见习记者，没有合同，只好先裁你了。"

"什么？"柳生阳大吃一惊，问道，"有赔偿金吗？"

"你又没有劳动合同，干吗赔钱给你！"

于是柳生阳又失业了。

可怜的娃，垂头丧气回到出租房，却发现门口有个穿黑西装的人，不由得心里头一惊。正当他准备逃走并报警时，那个人也看到了柳生阳，急忙叫道："柳先生，你不用担心，我是律师，不是杀手！有个来钱快的事情，想加入吗？一百万元哦！"

柳生阳的脚步戛然而止，转头问道："真的？"

"如果骗你的话，我的A类法律职业资格证书立马被吊销。"

柳生阳听对方发了如此重的誓言，将信将疑地说道："那么请进来详谈吧。"

"不，我刚才从残破不堪的窗户缺口中看到你的房间里乱七八糟的，我们还是找个幽静的地方吧。"

柳生阳只觉得欲哭无泪。

律师带着柳生阳去了一间咖啡店，点了咖啡。

柳生阳急忙问道："究竟是什么好事？一百万元！"

律师说道："钮建，你知道吗？"

柳生阳一愣，这个名字从昨晚开始，对他而言，已经变得很熟了。为此，柳生阳还特意搜索了一下他的新闻，得知他也是漕帮的"十二地支"之一的后裔，留居海外，这次回国捐献了一些漕帮的文物，却在数日前惨死了。

他点了点头，说道："知道。"

一 笑语盈盈暗香去 011

律师说道:"那么我就不浪费时间复述背景了。总之,钮家是海外巨富,家产超过一亿美元。但是钮建本人没有结婚,又没有兄弟姐妹,也就没有直系的财产继承人,于是他的财产就只能给一批远亲继承了。但海外的法律与中国的不同,在继承的过程中,有一个法律问题:钮建不是自然终结生命,而是遭到了谋害。因此,必须抓到凶手,证明凶手不是远亲雇用来谋杀钮建的,这样他的远亲才能够继承遗产,否则全部财产将会被海外政府没收。这个时效只有三个月,钮建的远亲很着急,一方面督促我国政府加紧调查,另外一方面,他们也希望能够自己启动调查。而你,就是关键!"

柳生阳灵光一闪,顿时恍然大悟,说道:"据说凶手是为了漕帮的宝藏,才杀害了钮建。而我,同样是'十二地支'的后裔,也遭到了凶手的追杀,他们想要用我来引出凶手?"

"对,你很聪明。钮家远亲决定花一百万元,雇用你从杭州出发,沿着京杭大运河一直到北京。无论路途中你有没有引出凶手,只要完成了全程,你就可以获得一百万元。"

"如果我拒绝呢?万一没命了,钱再多也没用。"

律师冷冷地说道:"你以为,你今天的失业是偶然吗?如果你不答应,我保证,今后一年内,你寻找工作将处处碰壁,就是找个洗碗工也不可能!"

柳生阳觉得自己倒霉透了,难怪今天这么邪门,居然被炒了鱿鱼。他想了想,富贵险中求,干吧!

他一咬牙,说道:"行!"

律师松了一口气,说道:"识时务者为俊杰!"

他掏出一张银行卡,说道:"这是定金,二十万元,也是你沿途的旅游支出,密码是你生日。你必须在一个月的时间内到达北京故宫,请记住,时间既不能超出,也不能短缺。到达故宫以后,我会在那里等你，把剩余的八十万元交付给你。"

说完，律师转身离开，回头说道："咖啡钱我付了。"

柳生阳拿着银行卡，若有所思。

回家以后，柳生阳简单地收拾了一下行李，带着相机前往运河码头。他想清楚了，要在一个月的时间内，不快不慢地到达北京，又必须沿着京杭大运河，那么只能乘坐运河上的旅游轮渡了。于是他马上预订了一张船票，连夜出发。

既然手头上有钱，就没有必要委屈自己。柳生阳为自己订了一艘内河豪华游轮，名为"飞雁"号，取义"飞雁南北行"。

柳生阳拉着旅行箱，打车到了码头，抬头四下里打量，通过船舷上的船名，找到了飞雁号。

飞雁号长约六十多米，宽约十米，高约十六米，总吨位有五千多吨。内部拥有酒吧、舞厅、图书馆、电影院等设施。客房总数八十间，可载客一百多人，每间客房面积三十多平方米，个别顶级客房面积超过了五十平方米，设备一应俱全。

柳生阳上了船以后，正好是晚饭时间，他就把行李扔到了房间里，跑到餐厅吃自助餐。忽然一股香风袭来，是那撩人的郁金香，他扭头一看，却见杜丽培正笑吟吟地坐在他身边，面容依旧那么令人惊艳，说道："你的心真大，居然为了区区一百万元送命去。"

柳生阳反问道："你来干吗？"

"怎么，不欢迎我？"

柳生阳顿时笑了，说道："欢迎至极，有丽人随行，总是赏心悦目的。"

二　　烟锁池塘柳

4. 丽人侦探杜丽培

第二天，柳生阳在微微的摇晃中醒来，打开窗户，探出身子，伸了一个懒腰。

与此同时，他听到了旁边传来一声女人慵懒的叹息，扭头一看，正是隔壁房间的杜丽培，她也从窗户里探出身子，穿着一身粉红色的睡衣，披头散发。

"我觉得，你没有必要配合我的作息时间。"

杜丽培伸了伸懒腰，说道："不行啊！万一你被那个假面杀了，而我又没有及时把凶手抓住，我是拿不到钱的啊！"

柳生阳苦笑不已，摇了摇头。

昨晚杜丽培突然出现在柳生阳身边，令后者惊诧不已，他绝对不相信自己有这种魅力，能够吸引如此一位丽人侦探前来贴身护卫。

杜丽培也很老实，交代了她的目的。

杜丽培是一名侦探，之前受雇于钮建，打算调查关于漕帮宝藏的线索，看起来钮建对此非常感兴趣。不幸的是，钮建突然被人杀害，虽然与杜丽培无关，但是失去了雇主，让她丢了工作。幸运的是，第二份工作紧跟而来。钮家的远亲，雇用杜丽培跟随在柳生阳身边，一旦杀害钮建的凶手再次现身来追杀柳生阳，就马上抓住凶手，用以证明不是钮家的远亲买凶杀人，这样钮家的远亲就可以合法地继承一亿美元遗产了。

柳生阳马上敏锐地发现了其中的问题,说道:"也就是说,你不是前来负责保护我的?"

杜丽培笑道:"当然,你是鱼饵,我是鱼钩,负责钓那条会杀人的鱼。至于鱼饵的安危,并不在我的职责范围内。"

柳生阳脸色发青,杜丽培却又咯咯地笑道:"但是,我是一个好心的人,只要我力所能及,一定会保护你的,所以你放心吧。"

柳生阳松了一口气,说道:"谢谢你!"

"不用谢,因为我相信好心有好报。比如之前我认为凶手可能向你下手,前来警告和救援,马上就得到了第二份工作。倘若我没有这份好心,导致你被凶手杀害,现在我可能满面沮丧地收拾行李,搭乘'红眼'航班回法国了。"

柳生阳有些好奇,问道:"话说,你这份工作的报酬是多少?和我一样,一百万元?"

"商业秘密!"

柳生阳回想到这里,便洗漱一番,穿戴好出门,去餐厅吃早餐。当他打开房门的时候,就看到在隔壁的房间里,杜丽培正笑盈盈地等着他。

柳生阳知道,这是杜丽培为了随时随地能够抓住前来行凶的凶手,所以才贴身陪伴着,绝对没有其他念头。

虽然觉得很可惜,但是有丽人陪伴着,至少养眼。

杜丽培穿着一身便装,灰色的呢大衣,黑色的紧身裤,足蹬低跟小皮鞋,淡妆浓抹,艳光四射。去餐厅的一路上,至少有数十个男士向柳生阳投以艳羡的目光。

柳生阳小声地说道:"话说,你我这种贴身的关系,看似太亲密了,如果有人问起来,我怎么解释?"

"你就说我是你未婚妻吧！我不会介意的，反正是工作需要。至于为什么分两个房间，就说我是天主教徒，婚前要保持贞操。"

杜丽培想得倒是很通透。

进入餐厅，早餐依旧是自助餐形式。作为一艘豪华游轮，菜肴是非常丰富的，中西合璧。

柳生阳按照自己的习惯，要了一小碗炒饭、一个煎蛋和一杯牛奶，然后他看了看杜丽培，后者也是中式早餐，要了煎饼、大葱和豆浆，整个儿一北方大妞。

两人坐在一张桌子上，面对面地吃早餐，直到现在，柳生阳才有机会细细地打量杜丽培。面前的女子是一个丽人，颜容惊艳，身材修长。头发是亚麻色的，面目轮廓分明，眼眸带有淡淡的黛青色，宛如天空之色，不似中国人。

柳生阳好奇地问道："之前听你说，你回家是回法国，而你的相貌，也不是典型的中国人，你是外国人？"

杜丽培笑道："确切地说，我是四分之一的中国人。我爷爷是华人，他在第二次世界大战的时候留在了巴黎，娶了我奶奶——一个落魄的波兰贵族之女，生了我父亲，而他娶了一个纯粹的法国女人，生下了我。我从小就精通汉语、了解中国文化，因此钮建先生雇用我来调查漕帮的宝藏。"

四分之一的中国人咬着大葱，转而说道："说完了我，接下来轮到你自我介绍了。我对你们这些控制漕帮的'十二地支'非常感兴趣。可以说一些你所知的漕帮秘闻吗？"

"我？"柳生阳摊开手说道，"我出生的时候，曾爷爷已经去世了，只留下了一些不多的传闻。据说我们柳家，在漕帮内部，世代负责会计文书，算是漕帮内部少见的文化人。漕帮在清末最后一次挑战中失败，导致整体瓦解以后，我曾爷爷不愿意沦落到漕帮的分支青帮，就来到了祖先出生的杭州，居住在拱宸桥边，看着运河，回想过去。"

"那，有没有和其他家族往来？"

"我家和其他'十二地支'几乎没有来往，也不太清楚其他家族的情况。听说漕帮瓦解的时候，许多家族遭遇了灭顶之灾，相比之下，我家幸运多了。"

"哦，那么有关于漕帮的宝藏呢？"

"这传闻听说过，确有其事，据说由'十二地支'的后人一起传承，但是直到我曾爷爷去世，都没有见他动手去拿过，要知道当时他已经很穷了。由此可见，宝藏一定不太好拿。另外，据说宝藏中还藏着一个惊天动地的秘密，甚至有个代号，叫什么'九鼎之问'——是不是感觉名字很'中二'？这个秘密足以改朝换代。我觉得这事情太玄了，有什么秘密能够改朝换代？"

杜丽培仔细地聆听着，然后耸了耸肩，说道："或许真有能够改朝换代的大秘密。"

吃完早餐，两人一起来到甲板上，欣赏大运河沿岸的美景。柳生阳打开手机地图，定位了一下，发现经过一夜的航行，飞雁号已经从杭州开到了苏州。

苏州是一座历史名城，始建于春秋吴王阖闾时期（前514—前496），论历史比杭州更为古老。京杭大运河苏州段，其中一部分是苏州古城河，犹如青绿的玉带一般，环绕整个苏州城，将古城墙遗址、盘门、古胥门、觅渡桥等景点串联在一起。运河两岸，一边是现代的繁华都市，一边是古色古香的旧城，新旧交替，让人感受到穿梭千年的时代风味。

两人在游轮的甲板上，饱览运河风光。游轮逐渐向码头靠拢，一个甜美的女声从广播里响起："亲爱的游客，飞雁号将在码头停泊一天，加水补充物资，游客可登陆上岸，游览苏州风情。飞雁号将于晚上十点出发，届时请及时登船，谢谢！"

杜丽培摆了摆手，说道："好吧，待在船上也无聊，不如我们去苏州看看风景，早想去体味一下枫桥寒山寺的美景了。"

柳生阳想想也是，反正有丽人保镖在侧，安全可以保证。

等游轮靠上码头，他们正要下船，突然岸上疾驰来一辆奔驰S级迈巴赫，车一停下，车中的人便急忙上船，并急切地叫道："请问柳生阳先生在吗？"

柳生阳颇为诧异，与杜丽培面面相觑，心念转动，高举双手呼喊："我便是！"

那人赶到柳生阳身边，微微致意，双手奉上一份请柬，说道："我家主人孙立国特邀请柳生阳先生参加宴席！"

柳生阳翻看着请柬，这个孙立国，他并不认识，但那人补充道："孙立国先生和您一样，都是'十二地支'后裔之一！"

柳生阳一怔！

什么鬼！先是钮建，现在又是孙立国，怎么"十二地支"都冒出来了。

他想了想，还是决定参加，探探风声，于是微微颔首说道："好的，我马上过去。"

"请上车……"那人邀请道。

这时，杜丽培突然说道："稍等，可以等我们几个小时吗？"

那人一愣，说道："可以，但是请不要超过两个小时。"

"没问题！"

杜丽培兴奋地把柳生阳拉到一旁，说道："好事啊！"

"什么好事！"

"你居然不知道孙立国，他是房地产大亨啊！资产超过一千亿元的超级富豪啊！钮建与他相比，简直是毛毛雨。这么有钱的人接见

二 烟锁池塘柳

你，你好歹穿得体面一点，这一身廉价的冬装是什么意思？走，我带你去买衣服！"

杜丽培双目亮晶晶，与其说是柳生阳去见孙立国，还不如说是她自己跑去拜见大人物。

柳生阳感觉杜丽培一瞬间就进入了"贤妻"模式，带着他马上跑到苏州市中心采购了成套的大衣、西装和皮鞋，又理了一下头发，一口气花了一万多元，花得柳生阳心痛不已。但杜丽培根本不在意，反正花的不是她的钱。

随后，杜丽培也花了柳生阳一万多元，为自己采购了一套紫色的礼服和墨绿色的正装，这让柳生阳更加心如刀绞。他终于知道，杜丽培进入"贤妻"模式是假，自己进入"冤大头"模式才是真！

5. 第十三人

两个小时一晃而过，两人也采购完毕，打理一番后，欣欣然地坐上了孙立国派来的车，前去会见这个大人物。虽然孙立国只邀请了柳生阳，但杜丽培硬抠着"未婚妻"的关系，跟了过来。柳生阳出于安全考虑，默许让杜丽培同行。

迈巴赫车行驶了一段时间，来到苏州郊区的一个幽静园林。这是一个典型的苏州园林建筑，以湖水为核心，通过假山以及走廊，把亭台楼榭融为一体，浑然天成，精致典雅。

里面的工作人员将他们带到一个挂着"不惑堂"牌匾的建筑前，敲门以后，里面传来了一个中年男子浑厚的嗓音："请进！"

工作人员推开大门，放两人进入。

迎面一阵暖意，如沐春风。柳生阳微微地打量了一番，但见里面古色古香，三面摆满了书架，放着琳琅满目的书籍。居中是一套中式的办公桌，摆着一台笔记本电脑、若干文件等。后面的太师椅上，正坐着一个微微发胖的中年男子，满头白发，正在看书，这时候抬起头来，笑道："欢迎柳先生光临寒舍！"

他瞅了一眼杜丽培，显然对她的出现非常意外，问道："这位是？"

柳生阳介绍道："我的未婚妻，杜丽培女士。"

杜丽培迅速进入"未婚妻"状态，含笑致意。

孙立国大笑道："好福气，能够赢得如此丽人青睐，柳先生本事不小！"

杜丽培颜值太高，不受人瞩目都不行。柳生阳看似非常普通，能够得到杜丽培，显然是用尽了十辈子的好运，所以孙立国调侃柳生阳的本事不小。

柳生阳好奇地问道："我颇为好奇，为何孙先生会邀请我前来。我与孙先生素不相识，也没有任何往来，唯一的关系，就是先祖都是漕帮的'十二地支'，但这层关系，也太远了。"

孙立国没有立即回答，而是招呼两人坐下，然后亲自倒茶。

柳生阳敏锐地觉察到，以其身份，不召唤工作人员服务，而亲自招待客人，可能是为了不受干扰。

孙立国也坐下，顿了顿，先是看了一眼杜丽培，然后再看看柳生阳，暗暗地询问要不要杜丽培旁听。

柳生阳没有犹豫，微微颔首，表示让杜丽培知道也没有关系，孙立国就不再顾忌了。

孙立国想了想，说道："其实，我认识钮建。早些年，我刚刚发家，钮建就找上门来，表示要与我合作，一起寻找漕帮的宝藏。虽然我身为'十二地支'的后裔，不过我对漕帮的宝藏没有什么兴趣。一来，当时我就已经有几百亿资产了，即使找到了漕帮的宝藏，也只是锦上添花，多一分不多，少一分不少；其次，按照我国法律，即使找到了漕帮的宝藏，也和我无缘！要上交给国家，哈哈！"

柳生阳和杜丽培对视一眼，均想不到钮建居然找过孙立国。

孙立国继续说道："虽然道不同不相谋，但是对于漕帮的宝藏，我还是稍稍有点儿好奇，因此在一些线索，以及国内人员的联络方面，我还是给予了钮建一些帮助。前段时间听说钮建在海外找到了漕帮的权杖，捐赠给了国内，我觉得这是一件好事，便也捐了一些钱给博物馆。然而真想不到，钮建居然在开幕之前，被人杀害了！我一开始就觉得不对劲，钮建与人无冤无仇，到底是什么人会动手呢？想来想去，这个关键，还在于漕帮的宝藏！柳生阳，听说后来凶手也找过你？"

柳生阳点了点头，说道："是的，不知道凶手是怎么知道我也是'十二地支'之一的，想从我口中得到漕帮宝藏的线索，就来找我，差点儿把我给杀了。幸好，被丽培发现，及时救了我！"

孙立国根本不知道其中的细节，惊诧不已，叹道："想不到杜丽培女士，居然是女中豪杰！能够从凶手手中救出爱人！"

杜丽培笑道："哪里哪里，因为生阳是记者，我也是记者，职业关系，比较注意防身，那天正巧带了个武器，然后去找生阳的时候，发现凶手意图不轨，于是我马上动手赶走了凶手！"

孙立国微微颔首致意，然后继续返回原话题，说道："你们柳家，相比我们孙家和钮家，更加低调，几乎没人知道你们就住在杭州。其实在钮建遇害前几天，钮建就告诉我，他发现了你们柳家的存在，而发现的机缘非常凑巧，他在网上搜索漕帮的资料时，无意中看到了你在公众号上写的一篇……"

柳生阳苦笑不已，补充道："《历史的遗迹》。"

"对，就是这篇文章。钮建看到以后，认为除了对漕帮特别了解的人以外，是写不出这种内容的。他看到了你的姓，马上判断出，这是'十二地支'之一的柳家。柳家是'十二地支'中少见的文化人，有所传承也正常。"

柳生阳摇了摇头表示否定，说道："可惜我家真的没有传下什么，除了一些传说、逸闻之类的。"

孙立国说道："这不是关键，关键的是，钮建还同时兴奋地告诉我，他还联络上了'十二地支'之外第十三人的后裔！"

柳生阳和杜丽培一起大吃一惊，前者失声道："什么，第十三人？"

孙立国点了点头，说道："对，就是第十三人。'十二地支'奉雍亲王胤禛的命令，组建了漕帮。后来漕帮势大，尾大不掉，皇帝试图铲除漕帮。然而因为第十三人的加入，导致皇帝不敢动手，因为第十三人，掌握着一个能够改朝换代的惊天秘密！这秘密叫啥，有个名字很怪，对，是'九鼎之问'。因为他的身份实在太重要了，所以在漕帮内部，取代号为'天字第一号'！"

柳生阳震惊至极，漕帮内部的秘密，比他想象的还要惊人。

然后他想了想，说道："你是在怀疑，这第十三人的后裔，是杀害钮建的凶手？"

孙立国点了点头，说道："对的！除了他，我实在想不出，究竟谁可能是凶手了。"

柳生阳叹道："多谢你告诉我这些线索！"

孙立国笑道："我和你不同，我是亿万富豪，我有足够的安保措施，保证我的安全。你却不同了，听说钮家的远亲，居然花了一百万元雇你做诱饵，真是可惜，还连累了杜女士。"他瞅了一眼杜丽培。

柳生阳尴尬地笑了笑，人穷志短。

孙立国又说道："我把我所知的告诉了你，希望你有机会抓住凶手，不仅为了给同为'十二地支'后裔的钮建报仇，另外也为了保护你自身。"

柳生阳说道："我和丽培，一定会抓到凶手！"

"我工作比较忙，就不客套送客了。对了，你拿到请柬了，记得晚上过来参加'苏州飨宴'！我想，"孙立国又瞅了一眼杜丽培，"杜女士一定会惊艳全场！"

杜丽培笑吟吟地说道："多谢夸奖！"

既然孙立国已经逐客了，两人便不再逗留，离开了不惑堂。有工作人员过来，询问要把他们送到哪里，两人商议了一下，决定去苏州市区的景点玩玩。

6. 苏州飨宴

等下了车，两人踱步在苏州街头，杜丽培说道："这个孙立国，不是个好东西。"

柳生阳摇了摇头，说道："我看得出，他在觊觎你的美貌，幸好我不是你真正的未婚夫！"

杜丽培瞪了柳生阳一眼，低声喝道："你男人点，现在我扮演的是你未婚妻，别的臭老头都开始对你未婚妻垂涎三尺了，还不发点儿火？"

柳生阳哑口无言，一来他和杜丽培的关系并没有那么亲密，二来他也不清楚杜丽培的心思。

杜丽培冷冷地说道："这种男人我见多了，以为自己有几个臭钱，就把女人当作能够花钱买来的东西。可惜我不是！君子爱财，取之有道。花自己挣来的钱才安心。"

看得出，杜丽培的三观蛮正的！

柳生阳又想到一点，问道："话说你也是记者？"

杜丽培媚眼一抛，说道："当然，侦探的工作，必须保密，表面上我也是一个记者。"

"什么媒体？"

"*La Fleur de Figaro*！"

柳生阳不懂法语，不知道这是什么媒体，勉强听得懂"费加罗"，大概这是一个跟《费加罗报》有关的媒体吧。

两人兴高采烈地在苏州逛了一圈，顺便品尝了一下苏州的美食，当然都是冤大头柳生阳结账，杜丽培坐而享之。对于苏州的美食，生长在苏州左近杭州的柳生阳表示还可以，挺对胃口的，法国人杜丽培却受不了，太甜了，甜得发齁。

傍晚四点多，柳生阳按照请柬上的联系方式打了电话，很快就有车辆过来，接他们前往苏州飨宴的举行地。

苏州飨宴在郊区的一个幽秘园林召开，其外面毫不起眼，仿佛一个普通的苏州园林，古旧的围墙长满苔藓，唯独大门口站着的两个侍从显示出这里非同一般。

汽车在门口停下，等柳生阳与杜丽培下车以后，就径自开走了。柳生阳挽着杜丽培迎向门口的侍从，将请柬交给他们。后者检验了一番，有礼貌地打开大门，邀请两人进入。

里面另有乾坤，甫一进入，抬眼看去，是一片宽阔的草坪，居中有一个水池，流水缓缓地从水池中的假山上落下。草坪上三三两两地站着不少华装男女，谈笑风生。远处是亭台楼榭，或摆放着酒水，或有人小憩其中，再远处是一座府邸，灯火通明，却无人员进出。

如此奢华的场面，让没有见过大场面的柳生阳不由得有些心虚。杜丽培瞪了他一眼，然后挽住他的胳膊，低声道："胆子大点，又不会吃你。"

柳生阳讪讪地苦笑。

随着两人进入园林，大门也随之关闭。两人立马觉察到气氛有些不对劲，刚开始只是有人借着眼角余光往他们这边瞟上一眼，可那些眼睛随即都像着了魔般被他们吸引住了。随着越来越多的人注意到了柳生阳与杜丽培，原本窃窃私语的园林内，竟然寂静无声，只余低低的琵琶声。

无他，杜丽培实在是太艳光四射了。

今夜，杜丽培穿了一身紫色的改良汉服，雍容华贵，再配上她惊艳的颜容，宛如紫色锦鲤游入了鲫鱼群中，不由得引人注目。她高昂着头，好似女皇一般踱着步，既令无数男人垂涎，也令无数女人嫉妒。

却听一声哈哈大笑，正是此间的主人孙立国发出的，他举着一杯酒过来，说道："杜女士果然惊艳全场，柳生阳小友，我都是托了你的福，才能看到这番场景。"

随着孙立国打破了寂静，人们回过神来，又开始窃窃私语，只是目光都围绕着杜丽培，话题也引向了杜丽培，纷纷打听道："这个艳压群芳的女人，到底是谁？"

孙立国大声地说道："来来，我介绍一下。这位女士，便是我朋友柳生阳先生的未婚妻——杜丽培女士！"

不得不承认，孙立国很会做人。他借助杜丽培的惊艳，顺便推出了柳生阳。能够娶到杜丽培这样的女人，想必不是普通人物吧！更何况，他是千亿富豪孙立国的朋友。

人们这时候才把目光投向柳生阳，和光彩夺目的杜丽培相比，柳生阳显得黯淡多了，看上去不过是一个普通的年轻人，个子还不如穿上高跟鞋的杜丽培高呢！

杜丽培含笑着向大家打招呼，顺便扭了一把柳生阳的腰，让他也一起打招呼。

介绍完两人，孙立国微微致歉，便去招呼其他客人了。之后，有不少人围了过来。其中一个留着长发、戴着眼镜、穿着燕尾服的男子急忙向杜丽培致意道："杜小姐，我是王启年。"

"不认识。"杜丽培的嘴很毒。

王启年尴尬地笑了笑，说道："我是樊雪雪的经纪人！"

杜丽培一脸不解，柳生阳恍然大悟，说道："原来你是大明星的经纪人！"

樊雪雪是中国著名的影星，王启年这句话的潜台词是说他是著名的经纪人。

王启年赶忙问道："杜女士，您有如此花容月貌，有没有兴趣进入娱乐圈？"

杜丽培大笑道："没兴趣！"

王启年愕然，问道："为什么？娱乐圈可是名利双收的好地方！"

二 烟锁池塘柳 029

杜丽培不屑地说道："我对名没啥兴趣。利——别忘了我的未婚夫可是孙立国先生的朋友，能够做他的朋友，你觉得会是缺钱的人吗？"

人们把目光投向柳生阳，感觉他的身份更加神秘了。

柳生阳面红耳赤，慌慌张张地把杜丽培拉到一个僻静的地方，抹抹额头的汗水，说道："我本来就觉得很紧张了，被你一吹，浑身汗毛都竖起来了。"

杜丽培笑吟吟地问道："给你撑撑场面嘛！怎么样，爽吗？亲爱的老公！"

柳生阳只是瞪了她一眼。

杜丽培见柳生阳没有出头的兴趣，知趣地低调下来，陪着柳生阳在一旁随便喝了一点儿小酒，不一会儿就面颊绯红，目光迷离。柳生阳看了一眼，不由得心头怦怦直跳，只觉得眼前的女子，宛如玫瑰色的锁，一下子扣住了自己的心。这厮真是红颜祸水，待在她身边，不知是祸是福！

突然，他发现杜丽培的眼睛眯了起来，仿佛猎手找到了猎物，随时准备射击。于是他顺着杜丽培的目光看了过去，只见灯火阑珊处，又一个丽人现身。

这个丽人，柳生阳认识，当然丽人是不认识柳生阳的，原因很简单，丽人就是明星樊雪雪，想不到她居然出现在苏州飨宴上。但他转念一想，苏州飨宴富豪、名人云集，有明星点缀也很正常。

樊雪雪悠悠地说道："听说今晚的飨宴上，出现了一个艳压群芳的人儿，我心中不忿，忍不住过来瞧瞧，一见之下，果然名副其实，我算是心服了。"

认真地说，樊雪雪也很美，她是那种古典美人，仿佛油画中的仕女，内敛低调。而杜丽培则是大理石的雕塑，张扬狂放。对比之下，当然是杜丽培更加受到瞩目了。

柳生阳觉得樊雪雪过来,并非只是为了平白无故地赞扬杜丽培几句,恐怕另有目的,然而以柳生阳对杜丽培的了解,后者嘴巴里恐怕不会冒出什么好话。

果然,但听杜丽培傲慢地说道:"嗯,你知道就好。朕允你退下。"

樊雪雪脸色一变,显然认为受了极大的侮辱,气愤地离开了。

柳生阳摇了摇头,说道:"明星过来,好歹讨个签名,赶走了太可惜了吧?"

杜丽培冷冷地说道:"平白无故,上门拍马,非奸即盗,赶走为妙。"

7. 五行阵的诅咒

不一会儿,园林里面响起了悠扬的笛声,惊动了柳生阳和杜丽培。他们抬眼望去,只见远处突然有人抬来了一个橡木桶,虽然经过清洗,但是仍旧显露着其古旧的味道。随后孙立国走过来,拿着一个话筒说道:"女士们,先生们,欢迎来到苏州飨宴,大家一定很好奇,今天的主题是什么,现在就将揭开了,就是这个……"他指着后面的橡木桶,"窖藏了一百五十多年的沃斯尼－罗曼尼红酒!"

在场有些懂行的人,立即发出了一声惊呼!

他介绍道:"这桶沃斯尼－罗曼尼红酒,来历非凡,一百五十多年前,刚刚酿出来的时候,有一千多桶。其中有一部分,被我的祖先——控制横跨中国南北大运河的漕帮的十二位统治者之一——购买运到了中国。但是那时候苏州正经历战争,太平天国占领了大运河,我的祖先被迫丢下了红酒而背井离乡。幸运的是,红酒被我的祖先小心地收藏了起来,一直到抗日战争的时候,苏州被日本鬼子侵占,红酒丢失。原本我以为,红酒是在战争中遗失了。但一年前,我回购了祖先的别墅,在翻新过程中,无意中发现了一个地下室,在这里,我找到了留存的这桶沃斯尼－罗曼尼红酒。原本的沃斯尼－罗曼尼红酒虽然优质,但是产量巨大,并不珍贵。然而经过了一百五十多年的历史,留存至今的一八五八年份,全世界仅剩下这一桶,据专家评估,这桶红酒价值连城,每一滴都是神之精华!"

众人一阵惊呼,孙立国得意扬扬,又说道:"而且,在发掘这桶红酒的时候,还发现了不可思议的景象!"

这时,工作人员送过来一个遥控器,孙立国拿在手上,指着前面的水池,说道:"请看!"

他一按按钮,这时候水池中发生了奇异的事情,喷泉猛然汹涌而出,排成一幅巨大的水幕,远处的激光投影在上面,顿时映出了清晰的图像。

与此同时,爆发出了尖叫声,在园林之中此起彼伏。无他,水幕上的图像实在是太惊悚了!

那是一个暗室的地面,画着一个奇异的五行阵,五行阵的线条是用鲜血描成的,业已发黑,渗入地面,四具尸骸七零八落地躺在每个角上，居中的一具尸骸特别恐怖，残缺不全，只有躯干，没有肢体和头颅。

柳生阳也是吃了一惊，他根本没有想到，居然会出现这种景象，于是向孙立国望去，见其扬扬得意，并不像被整蛊或者搞错了状况。

果然，孙立国说道："当初，建筑工人在给别墅翻新的时候，无意中打穿了一个地层，发现了一个地下室，下面有五具尸骨，排成五行阵的形状，想必苏州的各位，都知道这意味着什么！"

杜丽培将目光转向柳生阳，小声问道："孙立国在搞什么鬼？又是尸骨，又是五行阵的。"

柳生阳淡淡地说道："应该是指'烟锁池塘柳'吧！"

杜丽培微微地吃惊，问道："这是什么？你知道？"

"好歹我是一个文化记者，研究过各地的民俗。不过你不用担心，等下孙立国肯定会介绍，因为这里有很多人不是苏州人。"

果然，孙立国一边用水幕放着幻灯片，一边开始介绍起来："在抗战胜利以后，本地曾经发生过一系列骇人听闻的杀人案件，五个身份不同的女子，相继被害，更为残忍的是，她们的身体都被肢解，摆放在了五个不同的地方。那分别是——"

水幕相继映出了一个个本地的具体位置，配合着孙立国的介绍："名媛的左手，被放在东面的娄门；妓女的右手，被放在西面的阊门；舞女的双腿，被放在南面的南门；卖烟女的头颅，被放在北面的平门；女学生的心脏，被放在报恩寺塔下。人称'烟锁池塘柳'。"

"这是什么意思？"杜丽培迷惑不解。

柳生阳解释道："这是古代吴人的迷信，传说上古时代，苏州有邪神，战败被肢解，尸体被埋在如今苏州的五个地方，那五个地方各自设立了镇物，用以震慑妖魔，以确保安全。东方属木，镇物是娄门；西方属金，镇物是阊门；南方属火，镇物是南门；北方属水，镇物是平门；中央属土，镇物是报恩寺塔。而五行对应人体，则是金对右手，木对左手，水对头颅，火对双腿，土对心脏。恰好有一个对子'烟锁池塘柳'，文字中暗含有五行，人们就用这个对子来指代这场恐怖的谋杀案！"

杜丽培恍然大悟，微微颔首，继续听孙立国介绍道："这样肢体恰好与旧都的五大镇物一一对应，仿佛有妖人要通过血腥祭祀，来复活上古邪神！这些案件被统称为'烟锁池塘柳'案，一时之间，苏州城内人心惶惶。随着时间的流逝，再也没有人受害，邪神也没有复活，人们逐渐把这件事情当作都市怪谈。"

孙立国顿了顿，继续说道："但是，在我买下的祖先别墅旧居内，却发现了类似的五行阵，不由得令人浮想联翩。根据专家对尸骨和衣物的分析，发现她们都是女性死者，死于几十年前，对应起来，应该是抗战胜利之初。除了居中那具残缺的尸骨以外，其他的死因都是中毒身亡，非常悬疑。我们已经无法了解当初到底发生了什么事情，最后留下的只有这唯一见证了一切的一桶美酒！或许，正是这桶美酒，引起了一切的恩怨情仇！"

孙立国讲完这个故事，末了又补充道："另外，我可以保证，这些女性死者，绝对不是我家祖先杀的，因为我家祖先早在几十年前就把别墅转让了，后来是被日本鬼子占据，或许是日本鬼子干的坏事吧。"

柳生阳一边静静地听着孙立国的介绍，一边突然对杜丽培说道："现在我才发现，孙立国的成功，不是偶然的，他很会包装。"

杜丽培饶有兴趣地问道："为什么这么说？"

"一桶古代的美酒，本来就已经很值钱了，但是孙立国偏偏还要用传说来为这桶美酒添加上一层光环。这不是房地产商的特点吗？擅长包装概念！"

杜丽培点了点头,表示认可。

8."烟锁池塘柳"再现

下一步,按照逻辑而言,应该是孙立国打开这桶美酒,与在场的客人一起分享。理论上应该如此,但是根据墨菲定律,总有意外的事情发生,正当孙立国要把金属龙头敲入橡木桶的时候,突然一声尖厉的惨叫传了出来!

柳生阳和杜丽培抬头往叫声传来的方向望去,那是不远处的一栋中式建筑,灯火通明,因为没人进出,也不知道是干什么的。两人对望一眼,不约而同地一起赶过去凑热闹,这就是记者的职业本能吧。

柳生阳还好,因为身穿西装,还是比较方便的;杜丽培一身礼服,又穿了高跟鞋,走路有点磨蹭,最后她实在忍不住,索性提起裙袂,飞奔而去。不一会儿,两人赶到了中式建筑之前,与之同时到达的还有几个身手矫健的男性宾客和工作人员。

中式建筑的大门敞开着,里面光线充足,面积极大,可容纳百来人,居中有一人,身穿工作人员的服饰,瘫倒在地,直愣愣地盯着前方。

前方散发着一股浓浓的血腥味,墨绿色的地毯上,用鲜红的色彩画着一个巨大的五芒星图形,而在中间,则摆放着一颗满面血污的头颅,宛如召唤邪神的阵势!

柳生阳看到头颅先是一惊,随后镇定下来,因为头颅虽然满面血污,辨不清面目,但是那一头金发已经让他猜出了真相。

众人都不敢走上前去。不一会儿,孙立国赶来,一看到这种情况,不由得面色铁青,他走上前,对着工作人员喝道:"怎么回事?"

工作人员被老板的喝骂惊醒,愣了一下,回复道:"我,我刚才看到这里门开了,就走过来巡视,看到那个死人头……"

孙立国气得火冒三丈,走过去拎起"死人头",拨开上面的金发,又擦了擦面颊的血污,喝道:"死你个头!"

众人定睛一看,不由得笑起来,空间里充满了快活的空气,因为所有人都看清楚了,那是一颗塑料假人头。

柳生阳摇了摇头,真是无聊的恶作剧。

却见杜丽培提着裙子上前,伸出手指在地上的鲜红色中一抹,放到鼻子下嗅嗅,冷冷地说道:"人头是假的,但血是真的,非常新鲜,是刚放出来的人血,假如这么多的鲜血是一个人流出来的话,这个人应该已经死了。"

所有人的脸色都变了。

"报警吧!"有人提议。

孙立国的脸色变了变,说道:"请稍等,如果报警,对大家的影响都不好。"

在场的所有人,除了柳生阳和杜丽培,都是社会知名人士,如果出现被警方调查的事情,一旦公开出去,对于他们的声誉确实不利,于是众人都默认了孙立国的观点。

孙立国叫来了工作人员,冷静地吩咐道:"去查一下,看看园子里面少了什么人,或者……"他沉重地说道,"发现了什么尸体!"

随后孙立国带着大家离开中式建筑，用话筒对着外面没有进来且不知详情的其他人宣布道："诸位，不好意思，出了一点意外，有一位人员不见了，请大家配合调查一下，看看究竟是哪位和我们玩起了捉迷藏。"

他把事情说得并不严重，大家也就放下心来，配合工作人员调查。其实很简单，核对一下请柬和名单即可，而工作人员都是孙立国麾下的老人，更是有清清楚楚的清单。因此，调查结果很快就出来了，失踪人员竟然是大明星樊雪雪！

孙立国喝问樊雪雪的经纪人王启年道："樊雪雪是什么时候不见的？你不是她的经纪人吗，怎么不跟着她？"

王启年脸色苍白，说道："但，但我只是经纪人，不是保姆，她总得有一些自己私密的事情吧！"

孙立国知道发脾气也没用，于是他顿了顿，说道："这个园林是一个密闭的空间，出口只有正门，所以樊雪雪一定还在院子里面，我叫人马上寻找，如果找不到，只能报警了！"

柳生阳悄悄地问杜丽培："对于这件事，你怎么看？"

杜丽培摇摇头说道："不知道。"

"你不是侦探吗？"

"拜托，大哥。并不是每个侦探都是福尔摩斯。这种杀人的事情，还是交给警方吧！专业的人处理专业的事。不过就我感觉，那个樊雪雪凶多吉少！"

无论怎么说，这事情都和他们无关。最终孙立国报了警，警方上门以后，对他们这对无关人士，只是简单地录了一下口供就放行了。

他们自己打车离开这里以后，看看时间，离飞雁号出发还早，杜丽培说道："这种飨宴名不符实。飨者，酒食也，说是飨宴，只见酒而不见食物，肚子根本没有填饱，现在我肚子还咕咕叫呢！"

二 烟锁池塘柳 037

柳生阳说道:"我也是,根本没啥吃的。"

两人对视一眼,心念相通,一起哈哈大笑道:"走,去吃夜宵。"

不过穿着礼服吃饭实在不方便,两人索性就先回到飞雁号,去各自的房间更衣。杜丽培虽然是女人,但是动作很快,紫色的礼服脱下,换了一身轻松的运动装,头发盘了起来,打扮得犹如一个俊俏的男孩子,她跑到柳生阳的房间门口敲了敲门。

"没锁,你进来吧。"柳生阳叫道。

杜丽培不客气地推门进入,却发现柳生阳并没有在房间内,再凝神细听,听到卫生间有动静,于是说道:"我说,你的心眼也真大,房间门就这么开着,不怕假面凶手趁机潜入把你弄死吗?"

卫生间中的柳生阳说道:"不是还有你吗?有你在,我不怕。"

杜丽培吓唬道:"说不定我是凶手雇来监视你的,一有机会就下手。"

柳生阳说道:"石榴裙下死,做鬼也风流。"

杜丽培顿时笑道:"我以为你挺正经,想不到也是一个色胚!"

两人随口聊天,杜丽培在外面等着柳生阳,她实在不明白,一个男人换衣服怎么也会这么慢。正无聊中,忽然柳生阳搁在床头的手机振动了起来,杜丽培借着眼角余光瞅了一下,看到是一个陌生的号码,好奇心起,犹豫了一下,把柳生阳的手机拿了起来,放在耳边。

"你想知道是谁杀了钮建吗?"里面传出了一个不男不女的声音,是经过变声的,"想知道的话,就来阆门!到了打这个电话。"

杜丽培毫不犹豫地拿起柳生阳的手机,跑了出去。等柳生阳换好衣服出来,却发现杜丽培不见了,同时不见的还有他的手机。柳生阳顿时傻了,莫非杜丽培是个小偷?

杜丽培飞快地赶向阆门,赶到之后,打电话过去,那人说道:"我看到你来了。去城门三个门洞中左面那个,在花坛的草丛中有一样东西,你找到就知道了!"

杜丽培疑惑地穿过城门下左面的那个门洞,果然看到一侧有花坛,她四下里张望了一番,夜深人静,天气寒冷,人并不多,于是就翻进花坛,在草丛中一摸索,果然摸到了一条莲藕状的物体,用黑色的塑料袋裹着。

未待她拆开塑料袋,突然四周的阴暗处,跑出了数十个人,都是精壮汉子,将她团团包围。杜丽培大惊失色,随时预备着反抗、逃跑。那些人中的一个拿出一张证件,面朝杜丽培,低声说道:"警察!"

杜丽培有足够的眼力,分辨得出,这是真家伙!

她举起手,乖乖地投降,警察将她扭住,扣上手铐。然后杜丽培看到,其中一个警察戴上橡胶手套,拆开了那段被黑色塑料袋包裹着的莲藕状物体,从里面掏出了一段白森森的人胳膊!

杜丽培的脸顿时白了。

9. 名侦探的推理

柳生阳在飞雁号中睡着了,半夜,床头的无线电话将他惊醒,他迷迷糊糊地接起电话,听到来电人自称是警察,并且告诉他:"你的未婚妻杜丽培女士，涉嫌杀人分尸，目前已经被拘捕了！她要求见你！"

柳生阳顿时清醒，等他匆匆忙忙地穿好衣服，要下船时，船已经到了苏州和镇江中间，他只好一路打车返回苏州，赶到警察局时，他依然如身在云雾里。经过交涉，他终于见到了杜丽培。

杜丽培被手铐、脚镣固定在一张铁椅子上，身穿橙色的囚衣，头发倒是没有剪，大概是没有睡好的缘故，面色有点憔悴。

柳生阳问道："到底怎么回事？你偷了我的手机，偷偷地溜走了！"

杜丽培瞪了他一眼，说道："你应该庆贺，我替你背锅了。有人打电话给你，要告诉你杀钮建的真凶，我就跑出去，结果被栽赃陷害，成了杀人凶手。"

"愚蠢，愚蠢啊！别人说什么你都去？结果这么容易地被人陷害！"柳生阳简直哭笑不得，直摇头，"好歹你得有点分辨力吧！"

杜丽培默不作声，心虚不已。过了一会儿，她抬起头来说道："你先把我弄出来吧！毕竟，我是你的未婚妻！"她咬着牙着重强调最后三个字！

"我会想办法的。"

离开警察局以后，柳生阳想来想去，他在苏州唯一认识的人就是孙立国，而且他的人脉肯定很广，于是打电话给孙立国，拜托他把杜丽培弄出来，后者一听，大吃一惊地说道："什么，杜女士被捕了，涉嫌杀人？我知道了，我问问警察局的朋友，看能不能先保释。"

半个小时以后，柳生阳得到了孙立国的回复，表示已经将杜丽培保释，让柳生阳天亮以后去接出来。

柳生阳回到警察局，把杜丽培接了出来。后者换回了昨晚的衣服，但是头发乱蓬蓬的，面色也颇为憔悴，见到柳生阳之后，突然伸手把柳生阳抱住，脑袋搁在他肩头，叹道："恢复自由真好。"

柳生阳抱也不是，不抱也不是。

杜丽培从昨晚开始，一直没有吃过东西，肚子很饿，柳生阳就带着她先去吃早餐，点了一些苏州的特色食物，如汤面、蛋饼等。杜丽培犹如饿死鬼投胎，狼吞虎咽，消灭了一桌早餐以后，才意犹未尽地拍拍肚皮，毫无丽人气质地瘫在椅子上叫道："活过来了。"

一分钟后，杜丽培又一骨碌爬了起来，对柳生阳正色道："好了，现在我们来认真讨论一下，究竟是谁做局来陷害我的！"

柳生阳微微颔首，说道："你是侦探，我听你的分析。"

杜丽培说道："首先，他的目标是你！知道你念念不忘的需求，故意用杀害钮建凶手的线索来钓你。"

"很不幸，中招的是你。"

杜丽培老脸一红，喝道："我是代你坐牢！"

柳生阳摇摇头说道："我本来就是鱼饵，有身为鱼饵的自觉，不会像你那么容易上当。"

杜丽培咬牙切齿了半天，过了一会儿才说道："继续讨论。我也在找凶手，担心你会受伤，索性我去，然后根据指示到了阊门。那个陷害我的人又来了电话，叫我去门洞的草丛中。他有一句话，我很在意，就是他说：'我看到你来了。'他是用'看'这个动词的！也就是说，他在现场看着我！但他的目标是你，而我是女的，差别很明显。我昨晚恰巧穿了裤子和大衣，远看也许勉强像男的，他居然认错，说明他在远处。他要确认我的到来，却一定要在远处观察，为什么呢？只有一个可能，他知道，你认识他！生怕被你看破了。"

柳生阳并不是特别吃惊，淡淡地说道："很正常，我在苏州无冤无仇，只有见过我的人才想陷害我。"

杜丽培担忧地问道："哦？不会是那个杀害钮建的凶手吧。"

"真是凶手，就应该动刀子，而不是找警察局了。其实，我有另外一个想法,那就是陷害你的人,虽然看起来是想陷害我,但真正的目标,其实是你!"

杜丽培长长的眉毛挑了起来,叫道:"哦?为什么这么说?"

柳生阳继续用平淡的口气说道:"我不是说过了吗?我在苏州无冤无仇,谁会闲得平白无故地来陷害我。但是你就不同了,自古以来,红颜祸水,你显然被盯上了。但是不巧,你还有一个'未婚夫',而且感情很深。于是有人就想,如果把你的'未婚夫'陷害进牢房,当你惊慌失措的时候,他以救世主的身份降临,展现出自己的实力和魅力,让你对他产生信任,心怀感激,他便能找机会把你给轻易地拿下。可惜,我们其实是一对假夫妻,而进入牢房的又是你。你进入牢房情况就不同了,由你'未婚夫'出面求人,无论如何,功劳都是落在'未婚夫'身上的,所以那个陷害者索性就不出面了。"

杜丽培越听越冷,眼神逐渐冷酷起来,说道:"孙立国?"

"那还有谁呢?当初是你告诉我的,孙立国看着你的样子,就如恶狼看着兔子。"

杜丽培冷笑道:"居然有人敢打我的主意,真当我杜丽培是泥捏的,我会让他知道得罪我的下场!"

柳生阳看得出,杜丽培不是在放空话,他相信一个貌美如花的侦探,能够混迹江湖,绝对有拿得出手的武器。

原本杜丽培面若寒霜,一副要杀人的模样,忽然马上变脸,媚眼如丝,笑着对柳生阳说道:"不过,还是谢谢你,把我捞出来啦,否则待在里面,真是要我命。"

柳生阳一愣,随之说道:"怎么说我们都是'未婚夫妻'。"他强调着后面四个字,接着说,"其实,那个陷阱太粗糙了,即便我没有捞你,过完二十四个小时,你也会出来的。只是我好奇,那条胳膊是谁的,会不会是樊雪雪的。"

杜丽培顿时悚然，失声道："樊雪雪？"

柳生阳耸耸肩，说道："断臂可不是那么容易弄到的，而且恰好樊雪雪失踪，这样联系起来，你不觉得顺理成章吗？"

杜丽培点了点头，说道："你说得很有道理。"

柳生阳摸着下巴说："而且，丢胳膊的地方，恰好是阊门，如果我没有猜错的话，接下来我们陆续会看到，娄门也会出现一条胳膊，南门是一双腿，平门是头颅，还有报恩寺塔则是躯干。"

"烟锁池塘柳！"杜丽培立即反应过来，记起了那起遥远的谋杀案，念叨，"名媛的左手，被放在东面的娄门；妓女的右手，被放在西面的阊门；舞女的双腿，被放在南面的南门；卖烟女的头颅，被放在北面的平门；女学生的心脏，被放在报恩寺塔下。你是说，有人会这样处理樊雪雪的尸体？"

"我猜测的。"

"但是我不明白这样有什么意义。处理尸体的话，得秘密行动，何必这样大张旗鼓！"

柳生阳摇了摇头，说道："我也不明白，静观其变吧。很快，我们就会知道答案了。"

10. 五行阵的区别

由于杜丽培还在保释期,无法离开苏州,他们两人只好放弃了飞雁号,暂时留在苏州。两人开了两个房间,静静地等候着。当然,绝对不是坐在宾馆里啥事都不干。柳生阳出门去警察局打探消息,捞了不少情报过来,令杜丽培啧啧称奇。

柳生阳说道:"因为我是个正牌记者,与人打探消息是老本行;相反,你是个冒牌记者,当然不会这一套了。"

杜丽培装作可怜巴巴的模样,说道:"人家本来就是《费加罗花报》的记者,只知道花花草草,哪里懂和'暴力机关'打交道,人家一见到警察叔叔,心里就害怕。"

柳生阳摇了摇头,装,让你再装可怜。

他从警察局得到了不少新鲜的消息,确实如他猜测的一样,不断地有尸块在几个城门处被人发现。法医经过检验,又经过基因测试,确认尸块的主人正是大明星樊雪雪。这个消息令人大为震惊,警方为了避免人心惶惶,不得已封锁了消息。

杜丽培叹道:"还真看不出你有做侦探的潜质,居然都被你猜中了,生阳·福尔摩斯。"

柳生阳开玩笑地说道:"那你岂不是连侦探的活儿都被我抢了,以后怎么活?"

杜丽培撒娇道："反正人家是你的未婚妻，嫁给你就好了，拿张免费的饭票，让你养活。"

最近，两人熟络以后，杜丽培"女流氓"的本性原形毕露，也越来越肆无忌惮。

柳生阳没有当回事，依旧冷静地等着消息，他相信抛尸没有那么容易，毕竟警方都不是白痴，他们也是熟悉"烟锁池塘柳"旧案的，相信会有相关准备的。

果然，很快传来了消息。有人在大报恩寺塔附近抛下最后一块尸块的时候，被警方当场抓住，人赃并获。警方在他的房间内发现了其他残余的尸块，那人也承认了自己杀人的事实。

出乎意料，凶手竟然是樊雪雪的经纪人王启年。他承认，在参加苏州飨宴的时候，与樊雪雪发生了争执，一怒之下失手杀了她，鲜血很快就流满了地面，王启年为了掩饰，索性把尸体放血。他是苏州人，想起小时候经常听说的"烟锁池塘柳"凶杀案，故意画了一个五行阵，用以掩饰真相，然后抛尸误导警方，这算是解释了凶杀案的种种怪异之处。

此外，王启年亦承认了是他栽赃陷害杜丽培的。王启年觉得柳生阳人生地不熟，可以拿来做牺牲品，他从孙立国那里得知柳生阳很关注钮建被害的事情，就以此为诱饵，想要故意陷害。哪知上当受骗的居然是杜丽培，这才白白地落空了。

杜丽培感到大为意外，之前她听过柳生阳的分析，以为是孙立国搞阴谋陷害人，现在陷害者居然变成了那个与她只有过一面之交的经纪人，真是不可思议！她呆愣愣地看着柳生阳，难道是柳生阳的推理错了吗？

柳生阳摇了摇头，说道："我的推理不应该有错的，但是哪里不对呢？"

二　烟锁池塘柳　045

这令柳生阳非常疑惑，一时之间想不通。所谓日有所思，夜有所梦。到了晚上睡觉时，他在梦里依稀看到了杜丽培被捆绑在五行阵上被肢解，鲜血淋漓。柳生阳蓦然惊醒，顿时察觉到一丝不对劲，对比了中式建筑现场的五行阵，以及王启年所摆放尸块的五行阵，他哈哈大笑起来。

柳生阳马上跑到杜丽培的房间敲门，过了许久，杜丽培才在里面闷声闷气地叫道："你想夜袭我这个柔弱美丽的女子，直接从窗户爬进来就好了，干吗敲门，害得我被吵醒！"

柳生阳兴奋地说道："我发现了孙立国的破绽，可以给你报仇了！"

一听说有重大发现，杜丽培虽然对大半夜被惊醒表示很不满，但她依旧乖乖地从床上爬了起来。

她打开房门，披头散发地把柳生阳迎了进来。柳生阳瞅了一眼杜丽培，见其身穿一件粉红色的小猪睡衣，面容素白，但依旧显现出天生丽质。

杜丽培一边打着哈欠，一边说道："说吧，福尔摩斯，你发现了什么？"

柳生阳询问道："你也听说了关于五行阵的凶杀案，在你第一印象中，五行阵是怎么样的呢？"

杜丽培虽然不明所以，但还是拿出纸笔，用笔在纸上画了一个五芒星的形状，在五个角分别写上"金、木、水、火、土"五个字。

柳生阳说道："你画的图形，和在中式建筑用鲜血涂画的五行阵一模一样。"

杜丽培懒懒地坐在沙发上，白了柳生阳一眼，微微地嗔怒道："你大半夜把我叫醒，就是为了这个？你实话承认吧，是不是想用这个借口偷袭我？"

柳生阳摇了摇头，淡淡地说道："但是，如果把王启年摆放尸块的位置连起来，你看看是什么形状？"

杜丽培打开手机，翻出苏州地图，想把四个城门和大报恩寺塔连起来，无论她怎么努力，都画不出一个五芒星的形状。

柳生阳要杜丽培将手机给他，后者微微一怔，显然意识到有些不对劲了，便乖乖地递上手机。

柳生阳在手机上用两条线，轻而易举地连起了四个城门和大报恩寺塔，惊得杜丽培几乎跳起来，失声叫道："我怎么没有发现这点不同！从王启年把尸块按照东南西北中丢弃的路线来看，他画了一个十字阵！"

柳生阳解释道："确切地说，十字阵也是五行阵。十字的五行阵，叫作五行方位阵。一般人说起五行阵，第一反应就是五芒星的形状，因为恰好有五个角，分别对应金木水火土，这是五行相生相克阵。但实际上，苏州的古老传说中，用以镇邪的是五行方位阵，而非五行相生相克阵！这是任何一个苏州人都知道的常识。但奇怪的是，为什么王启年在中式建筑画的是五行相生相克阵，丢尸块的时候却是五行方位阵？这巨大的矛盾岂不是很奇怪？"

杜丽培已经完全清醒过来了，她抬起头，目光炯炯地看着柳生阳，说道："你的意思是那个五芒星阵是其他人画的，至少是根本不知道五行方位阵的外地人！"

柳生阳兴奋地说道："不错，众所周知，王启年是苏州人，他不可能弄错五行阵的。剩下的唯一解释就是他在撒谎，他要掩护另外一个人，而那个人才是真正的凶手！"

"谁？"杜丽培兴奋地说道。

"当然是孙立国了。"柳生阳莫名其妙。

杜丽培秀眉微蹙，疑惑地说道："但是孙立国不也是苏州人吗？"

二　烟锁池塘柳

柳生阳大笑道："祖籍苏州罢了！孙立国在上海出生、长大、就读大学并工作，直到发家以后，才将重心转移到苏州，不知道真正的五行阵也很正常。"

杜丽培顿时跳了起来，叫道："我们向警方报告，去逮捕孙立国！"

柳生阳犹豫了一下，微微颔首。

报警这事情，当然得天亮以后，现在深更半夜，两人讨论完毕，理应各自回去睡觉。柳生阳向杜丽培告辞，正转身离开，后面就传来了杜丽培不同以往的娇滴滴的声音："亲爱的，要不要留下来？"

柳生阳肩头微微一颤，头也不回地离开了。

"真没情趣！"杜丽培悻悻地说道。

次日，两人一起来到警察局，刑侦队长接待了他们。柳生阳汇报了他的发现，刑侦队长说道："我们在交通监控中发现，孙立国在凶杀案当晚，开车来到苏州飨宴现场，但是之后车子却由王启年开走，而且我们在车厢内找到了樊雪雪的血迹。这不是很奇怪吗？显然，王启年在包庇孙立国。"

杜丽培激动地叫道："赶紧逮捕孙立国吧。"

刑侦队长摇摇头，说道："我们没有证据，不能逮捕孙立国。"

"什么？没有证据？"杜丽培先是大叫，随之泄气，"可恶，真是狡猾。"

11. 恶有恶报

柳生阳和杜丽培刚刚走出警察局,就接到了孙立国的电话,后者说道:"听说你到警察局,举报我杀人分尸?"

柳生阳冷淡地回复:"礼尚往来,往而不来,非礼也;来而不往,亦非礼!"

他的意思是孙立国曾经陷害过自己,是以有必要礼尚往来。

电话那头的孙立国哈哈大笑道:"好一个礼尚往来,我大人有大量,不追究了。上次苏州飨宴被'烟锁池塘柳'打断,尚未完成,今晚将再开,来吗?"

柳生阳突然心念一动,回复道:"当然来!"

"欢迎柳先生和杜女士一同前来!"

杜丽培耳朵尖,听到了两人的对话,不解地问道:"你疯了吗?这分明是鸿门宴,你干吗还参加?"

柳生阳双目炯炯,正视杜丽培,说道:"我突然想到了一个关键,或许可以给你报仇,所以我们要去参加苏州飨宴。"

杜丽培被柳生阳认真的眼神盯得吓了一跳,慌忙偏转,问道:"什么关键?"

"走,去图书馆!"

杜丽培奇怪地跟着他去了图书馆,看着柳生阳一整天都泡在图书馆里面,她气得火冒三丈!多好的天气,多美的丽人,理应外出逛街约会,结果一个书呆子就知道啃书。

直到晚上,两人才匆匆地换好礼服,去参加苏州飨宴。不过这次有经验了,他们都知道去那里没啥吃的,所以先吃了个饱,然后携手入场。

杜丽培的出现再次引起了全场的惊艳,杜丽培对此毫无感觉,明知是孙立国杀人灭口,却只能眼睁睁地看着他逍遥法外。她的心思全部放在柳生阳身上,后者究竟有什么办法替自己报仇呢?

苏州飨宴会集了众多富豪、名人,奢华至极。柳生阳与杜丽培结伴而行,丽人紧紧地挽着柳生阳的胳膊,亲密至极。这时孙立国过来,向杜丽培微微颔首,说道:"杜女士依旧容光焕发,倾城倾国。"

杜丽培冷笑道:"还好,托阁下之福,让小女子体验了监狱一夜游。"

孙立国面无色变,依旧微笑。

杜丽培忍不住叫道:"你不怕恶有恶报吗?"

孙立国哈哈大笑:"我没有做坏事,为什么要怕恶报呢?"

杜丽培气个半死,这时候柳生阳说道:"给你最后一个机会,只要你自首,我就可以救你一命!否则,你会死得很惨的。"

孙立国仿佛听到了天大的笑话,瞪了柳生阳半天,说道:"你不是死神,也没有拿死亡笔记,怎么让我死得很惨!记住,威胁也是需要有实力的!"

柳生阳摇了摇头,说道:"那么你就咎由自取吧。"

孙立国冷笑一声,转身离开,根本不在乎柳生阳的威胁。

杜丽培扯扯柳生阳的胳膊,问道:"这就是你的办法?"

柳生阳淡淡地说:"当然不是了。等着吧,接下来,我们要看到一场跨越百年的谋杀!"

杜丽培迷惑不解，但是柳生阳并没有解释，她只好继续关注着孙立国的一举一动。

随后，本次苏州飨宴的重头戏来了，人们把目光集中于中心场地，主办者孙立国招呼道："……今晚我们的主题是红酒——窖藏了一百五十多年的沃斯尼-罗曼尼红酒！"

工作人员推出了一只橡木桶，在橡木桶上插入金属龙头，孙立国打开，鲜红若血的红酒倾倒入水晶杯。

他高举水晶杯介绍道："让我们体验神之水滴！"

众人发出一阵阵惊叹，孙立国扬扬得意地举起了水晶杯，在众人艳羡的目光之中，徐徐地饮下了第一口。只见他眉头皱了皱，似乎味道出乎了他的意料。突然，他浑身颤抖，水晶杯随即失手掉落。他紧紧地抓住了自己的喉咙，口吐鲜血，扑倒在地。

现场一片大乱，刚才听到过孙立国死亡预告的杜丽培浑身发抖，额头冷汗涔涔，原本白皙的面颊变得惨白，死死地抓住柳生阳的胳膊，颤抖地问道："你，你下毒了？"

柳生阳摇了摇头，说道："不，我已经说过了，这是一场跨越百年的谋杀！"

12. "烟锁池塘柳"与代号的真相

千亿富豪突然在众目睽睽中离奇暴毙，这当然是一件大事，警方紧急赶到以后，给所有人录了口供，之后才允许大家离开。

杜丽培双手抱胸，不是感到寒冷，而是感到恐惧，她无法理解，柳生阳怎么能够无声无息地就"做掉"孙立国。

她终于忍不住，扭头看着旁边一脸沉静的男伴，颤抖地问道："这到底是怎么回事？"

柳生阳依旧是那种淡然的态度，说道："你有没有觉得'烟锁池塘柳'有点奇怪？"

"什么？"杜丽培迷惑不解。

柳生阳继续说道："那场发生在几十年前的恐怖谋杀案，五个身份不同的女子，相继被害，她们的身体都被肢解，摆放在了五个不同的地方。而那五个地方，却正是上古时期镇压邪神的五行阵镇物所在地。这个案件，总的来说，叫五行阵杀人分尸案件更加通俗，然而偏偏叫'烟锁池塘柳'，虽然里面含有五行的金木水火土，可以对应五行阵，但是怎么都感觉不太妥当。恰如伦敦的开膛手杰克杀人案件，被称作'To be or not to be'杀人案件一样牵强。所以，我怀疑其中有特定的含义。"

杜丽培恍然大悟，说道："难怪你在图书馆泡了一天，快说，到底发现了什么？"

柳生阳说道："我认为'烟锁池塘柳'有特定的含义，所以就开始查找那时的文献和报纸，终于发现了一则消息：抗战的时候，一队特工奉命潜伏在苏州，她们都是女人，扮演名媛、舞女等诸多角色，而她们的代号，正是'烟锁池塘柳'，烟是指妓女，锁是指名媛，池是指舞女，塘是指卖烟女，柳是指女学生！而那起案件，遭到杀害的正是那五个女人，难怪有人用'烟锁池塘柳'来称呼这个案件！后来随着时间的推移，人们逐渐忘记了'烟锁池塘柳'的真正含义，以为其代表的就是金木水火土五行。"

柳生阳又说道："你还记得孙立国翻新旧别墅的时候，发现的那些骸骨吗？"

杜丽培点了点头，说道："记得，四具完整的骨骼，居中的则残缺不全，只剩下躯干。"

柳生阳念叨："名媛的左手，被放在东面的娄门；妓女的右手，被放在西面的阊门；舞女的双腿，被放在南面的南门；卖烟女的头颅，被放在北面的平门；女学生的心脏，被放在大报恩寺塔下。"

杜丽培不是蠢蛋，她既然能做侦探，自然有过人之处，被柳生阳提醒以后，她顿感眼前一亮，失声叫道："我明白了，这是《占星术杀人魔法》式杀人！真正死的只有一个人，其他人肢解了她的尸体，冒充自己被杀了，并且故意把尸块丢掷在和古代镇邪传说有关的地点，用以混淆视听。"

《占星术杀人魔法》是日本著名推理小说家岛田庄司的作品，其核心诡计就是用五个人的残尸拼成六个人的样子，活下来的第六个人就是凶手。这本小说广为人知，核心诡计相继被《金田一少年事件簿》和《少年包青天》借用。

"不错，正是如此。而且她们五个人恰好有一个相同点，更利于伪装，那就是她们的血型是一样的。以当时的刑侦水平，是无法侦破真相的。"

杜丽培疑惑地问道："但是，有一点我不明白，最后她们还是死光了，而且被摆成了五行阵的形状，这太悬疑了。"

柳生阳说道："这点我没有资料，只能通过分析来推理。除了只剩下躯干的倒霉蛋，剩下的四个女人，都是死于中毒，为什么是在暗室里面中毒身亡呢？是他杀，还是自杀？结合时代背景，以及那具被分尸的尸体，我逐渐推理出了一个真相。抗战胜利以后，胜利者开始接收日伪的财产，那些潜伏的人也想捞一笔。她们从日伪手里夺到了价值连城的红酒，打算瓜分。然而人人有私心，几个属下不满队长夺走一半红酒的贪心，就联手杀了她。为了避免特务机关的追踪，她们就故意制造凶杀案，让自己'消失'。于是名媛、妓女等相继失踪，而尸块不断出现，仿佛都是那些失踪者的残骸，其实只是队长一个人的身体。她们的血型都一样，以当时的检验手段，其实根本无法判断是否是同一个人。"

柳生阳顿了顿，接着说道："但是叫人想不到的是，红酒的原主人愤恨财产被夺走，老早就在酒中下毒了。那些特工在成功消失以后，打算尝尝价值连城的红酒的滋味，却未料到酒中有毒，结果全部被毒杀了。几十年后，孙立国为了炫耀，也没有化验红酒，就第一个品尝，结果自然也成了酒下亡魂。"

杜丽培大笑道："原来你一开始就知道红酒有毒，难怪要警告孙立国。"

柳生阳摊开手，说道："可惜他不听，天作孽，犹可恕；人作孽，不可活。"

杜丽培骂道："活该！"

过了一会儿，杜丽培又疑问道："但是还有一个问题，为何当初发现她们尸骸的时候,她们都在五行阵上呢?我觉得非常不可思议。"

柳生阳哈哈大笑:"所以说,你是个冒牌的记者。"

杜丽培一脸不解,问道:"这和记者有什么关系?"

柳生阳说道:"按照惯例,提供线索,记者会给报料人报料费。一般线索越大,报料人得到的报料费就越多。死人不会爬到五行阵上的,所以当然是活人干的事情。当初发现尸骸的翻新工人,为了哗众取宠,多拿报料费,故意弄了一个五行阵,然后把尸骸摆在五行阵之上。其实这一眼就看得出来,时间已经过了几十年,按理来说,地面应该堆满灰尘,但是暗室之中干干净净,五行阵线条的颜色也过于鲜艳,显然是后来有人故意布置的。"

杜丽培摇了摇头,说道:"我是负责花花草草的记者,不懂这些社会记者的行当也很正常。"

不管怎么说,柳生阳和杜丽培的事情结束了。

孙立国死后,警方再次提审了王启年,王启年见后台倒掉,不得不承认了真相。原来樊雪雪是孙立国的情妇,樊雪雪发现孙立国觊觎杜丽培,心中妒忌,两人争吵,导致孙立国失手杀了樊雪雪。王启年赶紧帮忙掩饰。由于尸体流出了大量的鲜血,为了掩盖真相、误导警方,王启年告诉了孙立国镇邪五行阵凶杀案的传说,叫他用鲜血画个五行阵,自己则带着尸体先行离开。孙立国不是在苏州长大的人,他按照自己的第一印象,画了一个五芒星形状的五行相生相克阵。

王启年知道警方迟早会查到自己头上,就索性肢解尸体,丢弃到五个镇邪的场所,这样就留下了足够多的线索,让警察找到他。他威胁过孙立国,自己一旦替罪判刑,对方必须想方设法让他出来,否则就说出真相。如此一来,他就可以毫无顾忌地顶罪,事后还能够拿到不计其数的钱。孙立国一开始想借助这个机会陷害柳生阳,得到杜丽培,哪知中招的却是杜丽培自己,从而导致计划失败。

当然，这件事情对于洗脱了罪名的杜丽培而言，已经毫无意义，她和柳生阳"双宿双栖"，坐车前往扬州，追上了飞雁号，继续他们的大运河之旅。

三　二十四桥明月夜

13. 奇人其事

"烟花三月下扬州!"

"不不,腰缠十万贯,骑鹤上扬州!"

杜丽培白了柳生阳一眼,说道:"你啊,能不能不要打破女人的浪漫?"

柳生阳说道:"扬州自古繁华,繁华的另外一个含义就是物价高,没钱来扬州干啥?所以,做人最爽的活法,当然是腰缠十万贯,骑鹤上扬州了。"

杜丽培笑吟吟地勾住柳生阳的胳膊笑道:"那么我就贴一下你这个腰缠二十万块的大佬吧。"

随着柳生阳与杜丽培逐渐熟络,又共同经历了苏州事件,关系开始微妙地亲密起来。

如今,两人徜徉在扬州的运河畔,可惜早春二月,天气还是非常寒冷,春意还未显现,无法一窥扬州的绿意。

扬州是一个古老的城市,始建于春秋时期。后扬州因大运河兴盛,隋唐、宋元、明清均是天下闻名的大都市。然而成也运河,败也运河。随着漕运的废止,扬州从云端跌落,终于成了一个普通的城市。

如今的扬州,存有盛名的主要是瘦西湖,以及扬州炒饭——有种说法认为后者是粤菜，但借了扬州的名。

过了运河，便来到扬州最负盛名的瘦西湖，其位于城西北郊，本名保障湖，乾隆元年（1736），杭州诗人汪沆饱览此处美景以后，不禁想起家乡的西湖，提笔赋诗：垂杨不断接残芜，雁齿虹桥俨画图。也是销金一锅子，故应唤作瘦西湖。自此以后，才有了"瘦西湖"的名号。

不过今日两人前来此地，却不是为了欣赏瘦西湖的美景，而是为了瞻仰名人故居，那名人就是漕帮"十二地支"之外的第十三人韦家的先祖。

之前，柳生阳在与孙立国闲谈中，谈及漕帮的第十三人，了解到其掌握着漕帮惊天秘密的关键，并且钮建还联系到了第十三人的后裔。

柳生阳初闻第十三人，着实惊诧不已，仔细查询典籍以后，才发现第十三人在漕帮之中，并不算是太大的秘密。

第十三人姓韦，其先祖是赫赫有名的康熙朝韦公爵。

韦公爵家据说家世显赫，其祖跟随明太祖朱元璋起事，开国之后，位列公侯。后燕王靖难，韦家辅佐建文皇帝，为成祖所不容，削为贱籍，男子世世代代做龟公，女子世世代代为娼妓。

到康熙年间，韦家仅余一女子，即韦氏。韦氏生子韦公爵，其父不详，以母为姓。韦氏有一茅姓相好，在运河上讨生活。在韦公爵十二岁时，带其前往京城，恰逢小皇帝不忿鳌拜专权，阴结好汉。韦公爵混入宫中，在诛杀鳌拜过程中立下大功，成为小皇帝玄烨的心腹。后韦公爵在废三藩、收台湾、破罗刹的时候立下了赫赫武功，列为公爵。韦家时隔数百年以后，再次兴起。

可惜韦公爵壮志未酬身先死，三十岁不到就染病去世，皇帝痛心疾首，下令荫庇其家人。后来，因韦公爵的孙子酷肖其祖父，皇帝

"睹孙思祖"，先是将他招入宫中做了御前侍卫，过几年外放，使其当上九门提督的都统，极为宠信。

后韦都统在九龙夺嫡中助胤禛夺下大位，却在胤禛登基以后不见踪影，想来是担心皇帝杀人灭口，便秘密加入了漕帮，以漕帮对抗皇帝，令皇帝无可奈何。

韦氏传延多代以后，终究随着漕帮烟消云散，据说后人在清朝覆灭的前夕，逃亡外国，不知所终。

韦氏的风流早已消散，正所谓"人面不知何处去，桃花依旧笑春风"，韦公爵出身的地方却依旧存在。当年韦公爵并不避讳自己的出身，而是将其买下来，交由母亲经营。一百多年过去，当年的藏污纳垢之处，早已成了历史建筑，临水而立，风格张扬。有趣的是，后来乾隆皇帝御驾扬州上下船的"御码头"就在附近，下榻之处更不足百米，莫非乾隆皇帝是为了一睹祖父旧臣的威风？

由于是名人故居，又在风景区，游人来来往往，络绎不绝。杜丽培嫌人多气闷，不想进去，柳生阳就把她留在门外，自己进去闲逛——如果是真的未婚妻，他绝对不敢这么干。

柳生阳在里面逛了一圈，看到很多现代建筑，外加过度商业化、见缝插针地兜售的商品，顿感里面也没有多少意思，正要出门，却见一个高个的"黄毛"外国男子，慢悠悠地走过来，开口就是流利的汉语："相遇是一种缘分，你我一个在中国，一个在美国，现在聚到一起，多有缘！"

柳生阳被搞得莫名其妙，又看到这厮全身上下全无阳刚之气，不由得浑身汗毛直立，警觉地问道："你是谁？我不认识你，也不想认识你！"

那"黄毛"笑嘻嘻地说道："在下韩森，虽然你现在不想认识我，但是等我说了一个名字，你就想认识我了。"

柳生阳依旧皱着眉头，韩森说道："钮建！"

柳生阳顿时脸色一凛，问道："你怎么知道他的?!"

韩森想了想，说道："到外面去说，这里太吵了。"

"没问题！"

两人离开了名人故居，走出门外。杜丽培原本坐在门外的椅子上，看到柳生阳出来，急忙站起来迎接，她瞅见了旁边的韩森，不由得警惕起来，喝道："他是谁？"

韩森乍见杜丽培，顿时浑身一颤，眼睛亮了起来，小心翼翼地问道："这位美丽的女士是？"

杜丽培勾住柳生阳的胳膊，说道："我是他的未婚妻！"

韩森瞅了瞅柳生阳，又瞅了瞅杜丽培，羡慕得眼珠子都要掉出来了！

14. 花与盗贼

韩森似乎是受到某种精神打击了，一直垂头丧气的，直到三人进了茶楼，关上包厢门，韩森才叹道："我自诩游遍花丛，各种美色均饱览过，直到认识了杜丽培女士，才知道天外有天。柳先生，您真是个幸运儿！"

柳生阳还没有开口，杜丽培就不耐烦地叫道："好了好了，废话少说，恭维我的多了，我早就没有感觉了。你刚才说钮建，就老实交代，有什么阴谋，否则我打得你三花聚顶！"

韩森哈哈大笑道："有个性，不过实在没有必要。我正式介绍一下我自己，韩森，RBI特工。RBI全称是国际文物调查局，International-al Historical Relics Bureau of Investigation，简称RBI。这是一个以打击国际文物走私、贩卖并且协助各国追索所有文物为主要职责的特殊单位。你们不知道也很正常，出于种种原因，历来RBI的活动和功劳都归属于联合国教科文组织。"

韩森顿了顿，接着说道："在国际上，有一个著名的文物盗窃、贩卖团伙——Le Groupe de Fleurs，可以翻译为'花间派'。里面的每个成员，都用花的名字做代号，据说首脑是香根鸢尾，其麾下成员有紫罗兰、百合等。而钮建，也是成员之一，他的代号是梅花！"

"什么？"柳生阳大吃一惊。

韩森说道："不然，他是怎么弄来漕帮的权杖的？龙棍在漕帮解体的时候，流落于日本人之手，一直被一个日本家族秘密收藏着。最近才被钮建弄到手，并带回了中国。而日本那个收藏权杖的家族，也不能公开索回，毕竟这是他们祖先用不光彩手段弄来的。"

"钮建出于某种目的，想要脱离花间派，于是和RBI秘密接触，但是想不到竟被杀害了。我们有情报显示，代号为'茉莉花'的一个花间派成员，已经来到了中国，我们怀疑是他暗中杀害了钮建。"

柳生阳的眉头皱了起来，问道："难道钮建不是因为漕帮的宝藏而被杀害的吗？"

韩森说道："两者相互联系！钮建最初被花间派派到中国来，就是为了寻找漕帮的宝藏，但是钮建借着远离花间派的机会，背叛了花间派，可惜最后依旧难逃一死。"

柳生阳仔细地斟酌了一番，询问道："那你来找我做什么？我和钮建又没有什么联系。"

韩森笑道："别以为我不知道，有人把你设计成鱼饵，来钓杀害钮建的凶手这条鱼，仔细想想，'茉莉花'说不定会上钩，所以我就来找你了。只不过没有想到……"他忍不住瞅了一眼杜丽培，"有这么美丽的一位女士陪着你，难道不怕她发生危险吗？"

杜丽培嚷嚷道："喂，你能不能别老是惦记着别人的老婆。我可不是手无缚鸡之力的弱女子，我可是能把你打成猪头的女汉子！"

韩森举手投降，说道："好吧，我投降。"

他继续说道："另外，我们对于你在苏州的表现非常感兴趣，当地警方非常感谢你整理了历史资料，协助他们侦破漕帮'十二地支'之一孙立国被毒杀的案件。"

身为记者，柳生阳长袖善舞，他很会卖人情，当苏州警方因孙立国被毒杀而焦头烂额的时候，他把自己所知的历史资料提供给了警方，让警方掌握更多的资料。苏州警方非常感谢柳生阳的所作所为。

韩森说道："钮建被害之前，曾经联系过'第十三人'的后裔，那个人的身份非常神秘，就连钮建也不知道是谁。这个人对你非常感兴趣，所以想来和你会面。另外，他表示，有一样事关漕帮的东西，还在他手里。"

杜丽培失声道："不会吧！第十三人的后裔也出现了。"

"目前他只通过我对外联系。"韩森神神秘秘地说道，"如果顺利的话，明天你们就可以会面了，或许有意想不到的收获。"

交谈完毕，双方交换了联系方式，韩森就起身离开，只留下一对冒牌未婚夫妻。

柳生阳古怪地瞅了一眼杜丽培，看得后者心里发毛，问道："看啥？是不是我变得更加美丽了。"

"不，我在想，会不会你就是'茉莉花'！"

杜丽培大怒道："茉你个头！老娘行不更名，坐不改姓，我绝对不是什么'茉莉花'，如果是，我就变成丑八怪！"

柳生阳相信杜丽培绝对不是"茉莉花"，让一个艳压群芳的丽人变丑，那是比死还惨的惩罚。

"好，好，我错了，我真的错了。"柳生阳投降，开始哄杜丽培。

杜丽培噘着嘴巴，半天才气消，说道："不过我没有和你说过花间派的事情，确实是我的疏漏。"

她微微颔首，严肃地说道："花间派以法国为总部，我们或多或少，都有耳闻。只不过我们侦探从来不和他们打交道，毕竟我们是合法地赚钱，他们不择手段。但是我没有想到，我之前的雇主居然是花间派的成员，让我深感意外！"

柳生阳说道："既然明天才会面，我们今天就继续游览扬州，亲爱的，想去哪里？"

杜丽培娇媚地笑道："你居然也懂得情调了，我记得这是你第一次叫我'亲爱的'。那好，亲爱的，我想去吃淮扬大菜！"

杜丽培勾住柳生阳的胳膊，打算缠住短期饭票，白吃白喝。

15. 二十四桥明月夜

第二天，韩森一直没有联系柳生阳，后者主动打电话过去，也没有任何回应，耳机里面一直响着"嘟嘟"的忙音。

"这厮在放我们鸽子，你说他会不会是骗子？"杜丽培疑问道。

"骗我们什么呢？"

"比如，说不定他其实就是'茉莉花'，在计划着什么阴谋！"

柳生阳摇了摇头，他心里有了一个不祥的预感。

到了下午，突然一个陌生的号码打了进来，柳生阳刚刚接起，里面就传来韩森撕心裂肺的狂吼："二十四桥明月……啊——"

声音戛然而止！

柳生阳顿时心底一沉，这时稍微有点脑子的人，都知道韩森情况不妙。

杜丽培一听就知道出事了，说道："韩森似乎被绑架了，他找机会向我们求救，被绑匪制止了！"

"该死！"柳生阳铁青着脸，"怎么我成了'江户川柯南'，走到哪里，哪里就出事？"

杜丽培知道"江户川柯南"的梗，她本想笑出来，但是觉得这个时候不合适，于是勉强压住了笑意，问道："你打算怎么办？"

"报警！"柳生阳毫不犹豫地选择了让专业的人处理专业的事情。

报警以后，警察行动很迅速。他们马上找到韩森下榻的旅馆，调取监控以后，就发现这倒霉蛋被一伙戴着面具的家伙挟走，由此可见韩森的确被绑架了。绑架是大案，警方高度重视，他们对于韩森最后打来的电话非常感兴趣，认为里面一定包含着特定的意义。

扬州市局刑侦大队长说道："我觉得受害者的话没有说完，全句应该是'二十四桥明月夜'，一句很著名的诗词。"

杜丽培插嘴道："二十四桥，听起来像是地名，难道韩森是在向我们透露被囚禁的地点？"

刑侦大队长说道："扬州确实有二十四桥这个地方，但是我觉得不太可能是受害者被拘禁的地方。一来，如果真是地名，直接说二十四桥即可，何必把整句诗说一遍。二来，绑架犯在现场也听到了这句话，他们完全可以把受害者转移，避免我们追上来。不过——为了稳妥，我们还是去一趟二十四桥吧！说不定里面蕴含着特定的意义。"

历史上的二十四桥早已灰飞烟灭，如今扬州在瘦西湖西侧重修了二十四桥，为单孔拱桥，似玉带飘逸，好一处赏景胜地。

然而，这里绝对不可能是囚禁韩森的地方，因为是公共场所，人来人往，怎么也藏不住人。

柳生阳摸着下巴，思虑了片刻说道："我在想，韩森既然喊出了一整句诗，会不会涉及诗词的引申含义呢？大队长，你是扬州人，熟知本地典故，对此有什么想法？"

刑侦大队长沉默片刻，说道："'二十四桥明月夜'还是一个字谜，谜底是繁体的'梦'——'夢'！二十四就是廿四，夢的上部恰是'苎'。中间的'冖'，则恰如一座桥。最后，下部是'夕'。夜就是夕。合起来谜底就是'夢'。不过我想不出，'夢'和被害者之间的联系。"

刑侦大队长顿了顿，继续说道："请相信警方，我们会竭尽全力拯救被害者！"

柳生阳和杜丽培回去以后，已经是晚上了，照例是杜丽培吃柳生阳这个大户。好在杜丽培吃喝不挑，并不要求满汉全席之类的，他们随意地走进一家地方小店吃饭，杜丽培惊人的颜容又惹得众目睽睽。

杜丽培根本不理会，自顾自地吃喝，倒是柳生阳想到了什么，一直神游天外，筷子提起来，就不落下。

杜丽培叫道："亲爱的，你再不吃，就被我吃光了。"

柳生阳放下筷子，询问杜丽培："丽培，你作为侦探，应该了解绑架吧。"

"少来，我又不是绑架犯。"

"至少知道被害者是怎么受苦的。"

"勉勉强强。"

柳生阳斟酌了一下，说道："一般绑匪，抓了受害者，为了避免受害者窥知他们的真面目和虚实，肯定会绑住受害者的眼睛——耳朵也应该堵住。至于其他五官，鼻子是万万不能的，堵住就闷死了，所以鼻子还能够接收到外界的信息。那么鼻子能够闻到什么呢？不是香味，就是臭味。我在想，二十四桥明月夜，会不会和气味有关。"

"气味？"

"确切地说是香味，我随便用手机搜索了'二十四桥明月夜和气味'，发现了一个有趣的事情，原来二十四桥明月夜是一道菜！"

杜丽培大吃一惊，叫道："不会吧！"

柳生阳笑道："这道菜是将豆腐做成小球，塞入挖空的金华火腿中，然后放到锅里去蒸。火腿包围着豆腐，又没有肉的腥味，清淡与鲜美混合，美味无比。"

杜丽培听得顿时垂涎三尺，但是这时候不能光想着吃，便忍住口水问道:"然后呢?"

柳生阳说道:"我在想,韩森是不是之前吃过这道菜,被绑架以后又恰好闻到了类似的气味,所以给我们这个提示。绑匪不一定知道这个典故,有可能听不懂暗语!制作这道菜难度很大,一般的饭店做不了,我就搜索了一下,看看哪个饭店最有可能藏匿人,然后发现了这个地方。"

柳生阳把手机面朝杜丽培,他用一个美食应用软件搜索关键字,展示了若干能够制作这道菜的饭店,特意点出了其中一家!

"这家?"杜丽培的眼珠子瞪大,"一个画舫?"

"对!画舫船舱适合藏人,不易被发现,而画舫可移动,难以追踪。因此我认为,韩森极有可能被关在这里!"

16. 杜丽培出动

柳生阳得出的结论,令杜丽培啧啧称赞,之前就已经有孙立国的案例在先,"江户川柯南"的确是神机妙算啊!她说道:"我觉得,你不如去开侦探社,我来打工怎么样?"

玩笑开完,杜丽培正色道:"结论出来了,你打算怎么办?"

"当然是报警!"

杜丽培跳起来，说道："开玩笑，多好的捞大功机会，说不定杀害钮建的凶手就在其中。亲爱的，不如让我去会会那些绑匪！"

柳生阳盯着杜丽培问道："你确定不是去找死吗？那可是穷凶极恶的绑匪！"

杜丽培咧嘴笑道："我是穷凶极恶的侦探！"

最终，柳生阳受不了杜丽培的撒娇，答应给她半个小时的时间，一旦超时会立即报警，让警方来处理。

杜丽培立即出动，她换上一身紧身衣，披了一件外套，查到画舫常驻的地方后，立马飞奔过去。

画舫位于郊外的运河中，杜丽培赶到以后，站在岸边，看到周围景色宜人。因正是吃饭时间，画舫上灯火通明，无数游人正在吃喝玩乐。

杜丽培并没有直接从码头的跳板登上画舫，按照经验，她知道这里有绑匪的同伙监视着，于是她就四下张望了一番，看到不远处有几艘应急用的小船，便解开系绳，划船过去，待靠近画舫，轻轻一跃，跳上了画舫的甲板。

她犹如幽灵一般潜伏进画舫，向下面的船舱方向前进。和喧嚣热闹的顶层相比，下面的舱室安静多了，偶尔有画舫的工作人员出现，都被杜丽培巧妙地避开。无人知晓有一个侦探来到了这里，并且一直向下探索。

顺着狭窄的船内通道，杜丽培来到了底层，她看到有两个大汉守在一个舱室门口，警惕地观察着四周。对付这两个大汉并不是一件难事，毕竟杜丽培有电击枪这样的利器。

杜丽培摸出电击枪，瞄准了其中一个块头较大的大汉，突然开枪。子弹拖着放射出的高压电，犹如章鱼一样缠住了大汉，瞬间将其击倒。旁边的大汉惊愕不已，还来不及反应，杜丽培就已经扑了上去，她扭住大汉的脖子，死死地夹住。大汉憋得满面通红，终于因为缺氧而昏厥。

杜丽培眨眼间就干掉了两个守门人，收拾好电击枪，推了推舱门——被锁住了。

她的目光转向两个倒地的大汉，于是弯腰摸了摸，从一个大汉的口袋里面掏出了一把钥匙，正当她要打开舱门的时候，倏然心头一寒，猛然扭头回看，看到船舱过道里面，不知道什么时候多出了一个人。

那个人中等个子，穿着一件米色的带帽风衣，脸上戴着一个素白的假面，看不清相貌。

杜丽培的眼眸陡然瞪大，错不了，这是那个凶手，杀害钮建的凶手！

杜丽培迅速地拔出电击枪，向假面凶手射击。出乎意料，这次没有如之前一样击中。假面凶手以灵巧的身手躲开了子弹，并以迅雷不及掩耳之势冲向杜丽培。

杜丽培伸手阻挡，但觉一股巨大的力量迎面扑来，整个人顿时飞了起来，重重地撞在了舱壁上，随后又重重地摔向舱底。

她眼冒金星，挣扎着站了起来，看到假面凶手步步紧逼，她随手抄起一把凳子砸过去，假面凶手飞起一拳，把凳子打飞。

假面凶手更逼近了一步，掐住杜丽培的脖子，她只觉得浑身战栗，透不过气来，意识越来越模糊，她挣扎着，拼命拍打着假面凶手，渐渐地陷入了黑暗之中。

突然，杜丽培觉得脖子一松，整个人滑落到了舱底。她勉强睁开眼睛，发现假面凶手不知道什么时候消失了。她胆战心惊地四下里张望，见假面凶手没有出现，正要继续开门，突然听到舱外隐隐约约传来警笛声。

三　二十四桥明月夜

杜丽培犹豫了一下,她不想落到警察手里解释不清,于是瘸着腿一拐一拐地离开了。她走上甲板,看到警方到来,就悄悄地借着之前的小船上岸。正想溜走,突然看到柳生阳和警察在一起,于是大着胆子走过去。

柳生阳看着杜丽培一瘸一拐的样子,问道:"看来你情况不是很好。"

杜丽培瞪了他一眼,低声喝道:"快来扶我,有你这么爱惜'未婚妻'的吗?死钢铁直男!"

柳生阳偷偷地笑着,急忙上前扶住杜丽培,小声问道:"到底发生了什么事?"

杜丽培苦笑道:"真是倒霉,遇到了杀害钮建的那个假面凶手!但是,他突然变得好厉害!之前那厮抓住你的时候,我只是打了一枪,他就跑了。这次他不仅避开了电击枪,还很能打,差点儿把我给打死了。最后应该是他听到警车来了,怕跑不了,于是先溜了,这才留下我一命。"

柳生阳脸色一沉,失声道:"真的出现了?莫非真是'茉莉花'杀了钮建?"

杜丽培犹豫片刻,摇了摇头,说道:"不,他应该不是'茉莉花'。"

"你确定?"

"女人的直觉吧。"

杜丽培突然叫起来:"哎哟哟,我的老腰,快扶我躺下。"

好在这次柳生阳跟着警察过来的时候,是租了一辆车,于是他扶着杜丽培坐到了后座,带着她先回了宾馆。

17. 第十三人后裔现身

柳生阳送杜丽培回到宾馆，扶着她进了房间，正要离开，杜丽培说道："等等，你不觉得这样把我丢下有点不妥吗？"

柳生阳一愣，转身问道："要我送你去医院吗？"

杜丽培摆了摆手，说道："不用，我有红花油，麻烦你帮我擦一下，在箱子里面。"

柳生阳瞅见地上立着一个皮箱，便打开按钮，翻开箱盖，看到里面有一格整整齐齐地叠着许多衣物，另外一格则码放着一些治跌打损伤的药物。他拿起一瓶红花油，回头一看，杜丽培已经平躺在床上，掀起衣物，露出了纤细的腰部。

柳生阳微微一愣，心想，杜丽培也太信任他了。杜丽培是个丽人，平常衣装非常保守，根本不露肉，就是礼服也是大众款的大遮大掩的类型，柳生阳想不到这次居然有机会欣赏她的"玉体"。

杜丽培似乎猜到了他的心思，懒洋洋地说道："福利满意吗？满意的话，赶紧给我擦油，疼死老娘了。"

"老娘"两个字一出口，瞬间丽人便化为了女汉子。柳生阳摇了摇头，心无旁骛地为杜丽培腰部擦伤药，之后便告辞离开了。

第二天，韩森倒是联系上了柳生阳，相约在茶楼见面。柳生阳带着有腰伤的杜丽培一起去了茶楼，看到鼻青脸肿的韩森。

柳生阳笑道："看来你运气不错，没有被打死。"

韩森老实交代："幸亏我嘴硬，不然老早就被杀人灭口了。另外，也要多谢你了。"

韩森叙述了自己的经历，他在晚上被人绑架，一直遭到拷问，要他交代韦氏后人的下落。韩森知道交代了就没有好下场，一直咬着牙不说。最后熬不过了，谎称要给韦氏打电话哄他出来，而且非自己打不可，结果电话打到柳生阳的手机上。

韩森说道："还真的佩服你，在船舱里面我叫天天不应，叫地地不灵，只知道摇摇晃晃地坐在船里，偶尔闻到一些菜香，其中有一样是我刚刚吃过的。我实在没有办法，试着喊了这道菜名，一面想误导绑匪，一面想通知你。嘿嘿，你果然不差，猜出了我的目的，带着警察来救我。"

柳生阳自谦道："小意思。"

韩森又说道："可惜，让'茉莉花'跑了。在警察到来之前就跑了，据说有人闯了进去，几乎打倒了所有绑匪，'茉莉花'一看情况不对，先跑了。"

柳生阳扭头看了看杜丽培，后者摇了摇头，说道："不是我，我只打倒了两个看门的。既然不是我，难道是那个杀害钮建的假面凶手？难怪我一路畅通无阻，但是他为什么要在舱底等我呢？"

韩森摊了摊手。"鬼知道。"他顿了顿，接着说，"好了，接下来，我就完成来找你们的任务，现在向你们介绍韦氏的后人。"

韩森站起来，说道："隆重且正式地自我介绍一下，在下全名为韩森·韦斯利，漕帮第十三人韦氏的后裔！"

柳生阳和杜丽培均大吃一惊，愣愣地看着韩森·韦斯利。

韩森继续说道："我在调查花间派的时候，偶尔与钮建联系，了解到他试图脱离花间派的决心，便与之秘密保持联系。但他一直不知道我的真实身份，这次他回到中国以后，我本想与之接触，哪知钮建居然被害了，我只好循着线索追查下去，于是找到了你身上。无论是孙立国案件，还是这次我被绑架，我都看到了你的能力，所以我打算将'韦氏的秘宝'交付于你！"

杜丽培吓了一跳，问道："韦氏的秘宝？"

韩森·韦斯利说道："当年漕帮建立，开始壮大，渐渐为皇帝所不容。皇帝意欲覆灭漕帮，'十二地支'竭力对抗皇帝，在此关键时刻，韦氏掌握的惊天秘密扮演了'核武器'的角色，一旦释放，敌我俱灭，使得皇帝畏手畏脚，不得不放开漕帮，直至漕帮与清朝一道被大革命所灭！这个惊人的秘密被人称为'九鼎之问'，意思是得到了这个秘密，甚至有资格问鼎皇位。所谓'匹夫无罪，怀璧其罪'，韦氏担心这个秘密太惊人了，就将其藏了起来，藏匿这个秘密的线索，则叫作'韦氏的秘宝'。"

杜丽培好奇地说道："那究竟是什么秘密，能够改朝换代，使得皇帝也心惊胆战呢？"

韩森耸了耸肩，说道："我也不知道，但是你们可以通过'韦氏的秘宝'去寻找。现在，我把'韦氏的秘宝'给你们吧！"

"快快，拿出来！"杜丽培兴奋地叫道。

韩森摊开手，说道："你觉得，那么重要的秘宝，我会随身携带吗？再说，当年我家祖先离开中国的时候，可是仓皇出逃，哪有什么机会带着秘宝逃走，所以秘宝还一直留在中国。而我知道的是秘宝掩藏的地方，位于漕帮的总部——也就是淮安！"

韩森告诉了他们寻找秘宝的诀窍，末了说道："中国警方对于我没有通报就来到中国非常不满，所以我可能不得不离开中国。之后你们一切都要小心，花间派的'茉莉花'，是不会放过你们的。"

四　东船西舫悄无言

18. 时间的沉淀

飞雁号再次起航，沿着大运河北上，来到了淮安。

淮安历史悠久，其所在的河段，也是京杭大运河历史上最古老的河段。早在春秋时期，吴王夫差开凿邗沟，沟通了长江、淮河，是为运河起始。日后京杭大运河开通，淮安更是成了运河的中枢，驻扎有漕运总督府，漕帮的总坛也伴随而生。

柳生阳和杜丽培下了船以后，便去漕帮的总坛参观。其位于漕运总督府左近，门面不大，宛如小户人家，看来漕帮深谙低调做人的道理。

门面上方书写有"忠义堂"三个字，原来漕帮总坛不是直接叫漕帮的，想想也是，中国古代向来不会把帮派的总部叫某某帮，一般是另取其名，比如《水浒》中的梁山水寨，便是名为忠义堂。此外，门面两侧挂有一副对联，上书"行走八千里 往来一通路"。

杜丽培自告奋勇地去买票，柳生阳则观看一侧的石碑，是有关漕帮总坛的介绍文字，上面说漕帮总坛始建于乾隆初年，初始不过几栋小房子，后来规模日益扩大，但是门面始终是初建时候的大小，算是给朝廷留点儿体面。光绪以后，漕运逐渐废止，漕帮也日益衰弱。后来漕帮在清末政治斗争中失败了，继而整体瓦解，这个总坛也就被废弃了。多年以来，经历了战争和岁月的摧残，总坛早已残破不堪。直到二十一世纪初,当地政府为了发展旅游,将其修葺一番,对外开放,迎接八方来客。

不一会儿,杜丽培欢欢喜喜地拿着两张门票过来,两人进入了院中。

进入忠义堂,迎面就是一片场地,根据石碑的介绍文字,这里是演武场。漕帮虽然受到了朝廷的认可,但本质上是一个黑帮,为了取得垄断的优势,有必要维持强大的武力。古代演武场就是给驻扎在总坛的力士练武、打熬筋骨用的。如今忠义堂的管理方为了表现真实,还特意放了几个石锁、磨盘等。

继续往前,进入一间大厅,上书"仁义厅",是漕帮会客用的,不过现在这里被改成了展示厅,墙壁挂满了关于漕帮构架、历史等的照片、图片,下面则是玻璃展柜,摆放了不少和漕帮有关的物件。

两人看得津津有味,杜丽培指着墙壁上挂着的漕帮构架图说道:"说起来,漕帮的构架非常扁平化,总公司下面直接就是各级分公司了。"

柳生阳说道:"毕竟漕帮的规模很大,帮众在鼎盛时期有数十万人,加上各种外围成员,不下百万人,不分开根本难以运营。我很好奇,为什么这里没有展示漕帮的历代首领?"

的确,仁义厅的历史展示没有涉及漕帮的历代首领,这很奇怪。

杜丽培说道:"大概他们是隐秘的首领统治,以避免被朝廷突袭斩首,毕竟漕帮与朝廷水火不容。"

柳生阳点了点头,或许真是如杜丽培猜测的那样。

出了仁义厅,东西两侧各是一间厢房。他们先去了东厢房,里面的布局也是和仁义厅一样,主要是照片和展柜。通过照片和文字介绍,他们知道了,原来东厢房是漕帮的行政办公室,各种命令都是从这里发出去的。

西厢房布局和东厢房一模一样，只不过这里是财务办公室。漕帮作为掌握运河经济命脉的大帮派，鼎盛时期，每年进出的银两数以百万计，是名副其实的天下第一帮。

杜丽培似笑非笑地对柳生阳说道："这里就是你祖先办公的地方？"

柳家世代负责漕帮的财务工作，直到漕帮解体，方才跑路。柳生阳这次来到淮安参观漕帮总部，也算是瞻仰了祖先曾经工作过的地方。

过了东西厢房之后，是一排小厢房，乃是漕帮的各项事务办公区，有的负责人事，有的负责后勤，还有的负责公关等，甚至有医疗中心，这大概是因为漕帮经常需要动用武力，帮众受伤了就可以及早治疗。

然后，再往前却是一堵高墙，墙上开了一个洞，门口有大门——当然现在是开着的，供游人出入。墙上钉有铁牌，说明了事项，接下来将进入的是漕帮总坛高层人士的生活区。

柳生阳和杜丽培对视一眼，从对方的眼中均看到了丝丝好奇，于是牵手走进生活区。

方一进入，眼前豁然开朗，和工作区那逼仄的风格不同，生活区明显有情调多了。放眼望去，有假山、草木、池塘以及亭台楼榭，宛如苏州园林一般精致。

两人沿着廊桥走下去，此刻已经是三月，春意盎然，绿荫之中偶然见一小筑，布置精美，注明是漕帮某某高层女儿的闺房。除了这等住处，他们还饶有兴致地参观了厨房等地，但见厨房若干，有的大开大合，估计是做大锅饭的；有的精致小巧，乃是做小吃的，不一而足，甚是有趣。

两人兴高采烈地参观完了漕帮总坛，走出去以后，杜丽培叹道："总算没有乱七八糟的人来干扰我们了。"

柳生阳奇怪地问道:"为什么这么说?"

"你不觉得邪门吗?在苏州,我们撞见了孙立国;在扬州,我们撞见了韦斯利……一撞见他们,就发生了莫名其妙的事情。之前我一直担心在淮安,也会撞见什么人,发生些什么奇怪的事情。不过至今没有,希望不会再有!"

话音未落,忽听有人说道:"难道我们'十二地支',真的那么不受欢迎?"

杜丽培知道又来事了,忍不住头痛地扶住额头。

柳生阳抬眼看去,只见对面一个相貌英俊的年轻人,面露微笑地说道:"容我自我介绍一下,我是'十二地支'之一的来姓后裔,我叫来耀祖。"

19. 寻找"韦氏的秘宝"

柳生阳神情古怪地看了一眼来耀祖,突然问道:"你真是来家的后人?"

来耀祖信心满满地回答:"当然,货真价实,童叟无欺。"

柳生阳说道:"据我所知,'十二地支',每一家都对应着一个属相,作为家徽,而且制成了玉器。你们来家排行第八,对应的是羊,你家的玉羊还在吗？"

来耀祖哈哈大笑道："这么多年过去了，能够留下来才怪。不知柳先生家的是什么？"

柳生阳微笑道："猪，可惜也丢了。"

两人一起哈哈大笑。

杜丽培颇为诧异，她与柳生阳相处已久，熟悉他的一举一动，本能地觉察到柳生阳在试探来耀祖，这个举动很罕见。

来耀祖又瞅了一眼杜丽培，恭维道："这位沉鱼落雁的丽人，便是杜丽培女士吧！"

杜丽培微微颔首，没有多说话，她认为柳生阳一定有什么目的，言多必失，索性不说。自从杜丽培发现柳生阳在智商上碾压自己以后，就将自己定位为了助理、打手。

柳生阳问道："来先生此番来找我所为何事？"

来耀祖笑道："柳先生身为'十二地支'后裔之一，所作所为，已经在'十二地支'的后裔中间传遍了。你来淮安，想必是为了寻找'韦氏的秘宝'。"

柳生阳点了点头，说道："正是如此。但是你怎么知道这件事的？"

来耀祖又笑道："'韦氏的秘宝'藏在淮安，这是众所周知的。我来家自从漕帮解体以后，一直留在淮安，镇守秘宝，以免其落入旁人之手。身为'十二地支'后裔的你，来到淮安除了寻找秘宝，难道还有其他目的？"

柳生阳摊开手。"这倒是没有。"他顿了顿，接着说道，"恰巧，我得到了一些韦氏秘宝的线索，本来计划今天先探探风，熟悉一下情况，再细细地思虑分析一番。但是来先生不同，身为土著，了解本地的一草一木，知道线索以后，一定会有特别的启发。来来，我们找个地方坐下，大家商议一番。"

来耀祖大喜，说道："附近有个茶庄，我们去那里聚聚，我请客。"

于是三人去了茶庄，各自点了喝的，柳生阳要了龙井，杜丽培要了咖啡，来耀祖则是乌龙茶，又要了几盘瓜子、茴香豆等小吃。

柳生阳介绍道："前几日，我们在扬州，撞见了韦氏的后裔。韦氏在漕帮解体时，奔逃国外，多代下来，完全变成了外国人。而他们流传的韦氏秘宝线索，因为是口口相传，中文变成了外文，再转译过来，就变成了这样。"

柳生阳喝了一口茶，说道："在漕帮的总部里面，是人们日常使用的，与漕帮有密切关系，历经百年，即使建筑塌毁了，也会保存下来。"

来耀祖眼珠子顿时瞪得浑圆，说道："就这些？感觉是一则谜语。"

柳生阳点了点头。"我相信本来就是一则谜语，只不过语言转译，变成了这样。"他接着说道，"首先可以确定，其在漕帮总坛里面，范围是确定的。"

来耀祖思忖道："人们日常使用的——我相信应该与建筑有关——太多了，亭台楼榭，甚至地板、墙面等都是。"

"但是给了一个限定，与漕帮有密切关系的！漕帮有什么特点呢？"

三人苦思冥想，不约而同地想到了一点："水！"

柳生阳说道："不错，漕帮源于大运河，与漕帮有密切关系，那就是水！那么范围又缩小了，在漕帮总坛的水域当中。那里有池塘、小河等。"

"秘宝藏在水里，总觉得很悬，因为水域会淤积，必须不定时清淤，这样人们很容易发现里面的异状，而且谜语里说是人们日常使用的。水域的话，偏重观赏，并不算日常使用。"

杜丽培突然想到一点，说道："会不会是厕所和下水道呢？与水域有关,而且又是经常使用的。"

柳生阳哑然,半晌才说道:"够重口味的,那去取秘宝,必须忍受各种污秽了。另外,其实厕所和下水道,也容易遭到毁坏。其本体是建筑,很可能遭到战争、拆装等因素影响。从现实来看,漕帮总坛损坏以后重建,并没有发现特别的物件。"

"那到底是什么呢?"来耀祖陷入了苦苦的思索中。

柳生阳盯着眼前桌面上的茶杯,突然心念一动,说道:"饮用水,漕帮总坛的饮用水是从哪里来的?"

杜丽培顿时跳了起来,叫道:"井,之前我们不是在漕帮总坛的厨房附近,看到有一口水井吗?"

柳生阳顿时眉头舒展开,说道:"对,就是井。一口水井,往往可以用成百上千年,而且水井深入地下,难以遭到损毁,最惨也就是被填埋,但是一挖开又好了。"

来耀祖哈哈大笑道:"那么说,'韦氏的秘宝',有可能藏在水井里面了?"

柳生阳说道:"是有这个可能,走,我们重返漕帮总坛!"

20. 尔虞我诈

三人重新返回漕帮的总坛,这次是来耀祖掏钱请客,买票进门。三人一点儿也没有迟疑,直奔厨房,在厨房的后面,看到了那口供应饮用水的水井。

水井井口直径约莫八十厘米,被一个铁栅栏给封住了,以避免游客不小心掉进去。透过铁栅栏,可以看到下面青色的井水,水面上漂浮着一些现代的垃圾,如塑料袋、塑料瓶等。

来耀祖观察了一下铁栅栏,用力一拉,就把铁栅栏给拉断了。原来,铁栅栏用了十几年,风吹雨淋,外部看似依旧粗壮,内部老早就已腐蚀了。

来耀祖对杜丽培说道:"你去门口把风,避免闲杂人等进来,我们下去瞅瞅!"

杜丽培犹豫了一下,望了一眼柳生阳,后者肯定地微微颔首。于是,杜丽培就走到门边守住门口,但是目光依旧投向了水井的方向。

来耀祖正要下井,柳生阳一把拉住他说道:"还是我下去吧!毕竟我得到了第一手的线索,我应该能够在井底发现更多的东西。"

来耀祖干笑一声,眼珠子咕噜一转,说道:"也罢,你去吧。小心!"

柳生阳脱下外套,钻进井里,他双脚撑住井壁,慢慢地滑下去,不一会儿，井里面变得一片黑暗，他就拿出了手机，打开了手电筒，四下里找寻。

杜丽培歪着脖子斜眼观察着井口的动静，听到柳生阳说道："哦哦哦，里面确实有乾坤，这块砖头显然有点儿不对劲，我试试看，能不能拉动。动了，动了。"

扑通一声，有东西掉进了井里。

柳生阳在井里又叫道："看我找到了什么！我上来了。"

说完，柳生阳就爬了上来，因为手里拿着东西，比较费力，所以就主动把那东西给了来耀祖。

杜丽培心中觉得不妥，但是又不好说什么，但见来耀祖拿到那东西——满是污泥的一个小匣子，突然放声大笑道："哈哈，柳生阳，任你奸猾似鬼，也要喝我的洗脚水，我'茉莉花'上次被你坑了，这次就收下你的礼物！哈哈！"

这厮竟然是"茉莉花"！

柳生阳满面震惊，心中大急，可还陷在井里面，进出不便。但见"茉莉花"哈哈大笑着，纵身飞起，轻轻地越过墙头，一下子就跑了。

杜丽培没有飞檐走壁的本事，追之不及，眼睁睁地看着那厮逃走，最后只能把陷在井里的柳生阳拉了出来，埋怨道："亏你脑子那么好，怎么就没有看出来，那厮就是坏人，竟然把'韦氏的秘宝'都给他骗走了。"

柳生阳淡淡地说道："谁说我没有看出来。"

"那你给了他什么？"

"从茶馆顺来的牙签盒，涂了点泥巴，就看不出来了！"

杜丽培将信将疑，拉出柳生阳，把外套给他披上，问道："那你到底找到了什么？"

柳生阳变戏法一样从背后掏出一个牛皮纸包，说道："这个，轻飘飘的，应该是本书吧！"

杜丽培大喜笑道："果然找到了宝贝！走，我们回去吧。"

接着，她嗅了嗅，蹙眉说道："你身上好臭，都是泥巴的味道，赶紧去洗澡吧。"

返回飞雁号的路上，两人一边走一边讨论，杜丽培问道："我隐隐约约觉得来耀祖不对劲，但是你是怎么看出来的。"

柳生阳说道："一个自称'十二地支'的后裔，平白无故地来找我，本身就不对劲。"

杜丽培惊诧道："哪儿不对啊，孙立国和韦斯利，不都来找你了吗？"

"孙立国来找我，只是出于对朋友钮建被害的好奇，本身他对漕帮的宝藏毫无兴趣。韦斯利来找我，是因为他是韦氏的后人，要把'韦氏的秘宝'托付给我。但是来耀祖呢？他来找我，根本就是为了蹭'韦氏的秘宝'，没鬼才怪！另外，我试探了他一下。"

杜丽培眼珠子骨碌一转，已经想到了柳生阳的试探，问道："是不是你问他'十二地支'的事情，说什么来家是属羊的，有什么玉佩和羊有关之类的。这哪里有问题？"

柳生阳淡淡地说道："十二地支，之所以名为'十二地支'，是因为每一家都对应着地支的一个字。比如，孙家对应的是子，钮家对应的是丑，柳家对应的是卯，而来家对应的是未。你明白了吗？"

杜丽培又不是傻瓜，一点就通，恍然大悟道："我明白了，你们'十二地支'，把对应的地支字嵌入了姓氏。孙家的子部，钮家的丑部，柳家的卯部，还有来家的未部。但是未，对应的生肖不是羊吗？"

柳生阳一摊手，说道："十二地支是十二地支，十二生肖是十二生肖，'十二地支'把对应的字嵌入姓名就可以，没有必要再对应生肖。'茉莉花'冒充的来耀祖，来家对应的是未字，不一定要对应未羊，我又顺口胡诌告诉他柳家对应的生肖是猪，其实是错的，猪只是我的属相。"

杜丽培记了起来，说道："你说过，柳家对应的卯是兔子才对！哈哈！"

"正是如此，所以我看穿了他，早就留了一手！"

杜丽培抿嘴浅笑道："希望他会满意牙签！"

突然杜丽培想到一点，说道："等等，你说你属猪？"

"没错。"

"我属鸡，原来我比你大两岁啊！"

柳生阳瞪着眼，根本没有想到杜丽培比他要大。果然年长有年长的好处，杜丽培犹如熟透的桃子，非常好看，性格又成熟。

杜丽培一脸跃跃欲试，说道："那你岂不是要叫我小姐姐，快叫啊！"

柳生阳拒绝，他才没有这么无聊。

21. 怪盗的日常

两人回到飞雁号上，杜丽培嫌柳生阳又脏又臭，逼他先去洗澡。过了十多分钟，杜丽培敲了敲房门，问道："亲爱的，你弄干净了吗?"

"进来吧!"

杜丽培推门进去,柳生阳已经穿好了裤子,上身也穿上了一件内衣,内衣紧紧地贴在他身上,显出鼓胀的肌肉。

杜丽培不由得一愣,柳生阳是一介书生,想不到竟然脱衣见肉,还都是肌肉,于是她忍不住道:"你看来好壮啊!"

柳生阳顿时想起了什么,尴尬地笑了笑:"哦,我比较喜欢健身。"

他没有继续在这个话题上延续下去,而是迅速地穿好衣服,拿出"韦氏的秘宝"。杜丽培把脑袋凑过去,见柳生阳慢慢地解开了数层牛皮纸,露出了一本书籍,纸张材料柔软,不似普通的纸。

杜丽培伸手摸了一下,判断道:"是羊皮纸,韦氏的先祖考虑得很周到,羊皮纸耐腐蚀,能够保存几百年。"

柳生阳翻开了书,两人顿时一呆,里面是莫名其妙的文字,部分看起来酷似罗马数字。柳生阳辨识了半天才说道:"这是苏州码子!中国古代的简化数字,一般用于商业上。"

杜丽培恍然大悟,用手机搜索了一下苏州码子,掌握诀窍以后,将之翻译成阿拉伯数字,然后看了半天说道:"这似乎是密码吧!原来韦氏还将秘宝加密了!"

两人一时之间也破解不出,只好放下这本书,柳生阳说道:"我读大学的时候,认识一些计算机系的同学,他们可以帮忙,用超级计算机破解这些密码。"

杜丽培点了点头,也只能这样了,毕竟他们没有破解秘宝的线索。

时间已经差不多晚上了,柳生阳藏好了"韦氏的秘宝",与杜丽培一起出门就餐。等到回来以后,柳生阳看到房门虚掩着,顿时大吃一惊，进门一看，整个房间被翻得七零八落，竟然遭贼了！

杜丽培大怒道："游轮的安保是白痴吗？把贼都引进来了！报警吧！看看是哪个小偷，胆子这么大！"

柳生阳镇静地说道："已经知道是谁了！你看墙上！"

杜丽培抬头一看，墙上被人用马克笔写了一排字："藏得真好，不过你等着瞧，马上我就会用一场盛大的偷盗盛筵，把你的宝贝偷走！'茉莉花'留。"

柳生阳和杜丽培面面相觑，这厮以为自己是怪盗，还要预告偷盗。

柳生阳摇了摇头，根本没有理会。

然后他扭过脑袋，却见杜丽培媚眼如丝，心头一紧，知道她又要开始调情了。

果然，杜丽培笑道："亲爱的，房间都乱成这样了，不如晚上和我一起住？"

柳生阳当即把杜丽培赶出房间，开始收拾，还好没有遭到多少破坏，很快就恢复如初了。然后，他躺下安静地睡觉。

门外的杜丽培气得啐了一口，真怀疑柳生阳压根就不喜欢女人！

到了第二天，柳生阳打定主意不出门，想看看"茉莉花"到底有什么本事来偷。与此同时，飞雁号也启动了，继续向北方进发。

杜丽培照例来骚扰柳生阳，她是个闲不住的女人，一天没事就浑身难受。她问柳生阳道："你在船舱里面傻坐一天，真待得住吗？"

"待得住！"

"喊，没意思！"

柳生阳不出门，杜丽培也就只能干坐着陪柳生阳，正当她百无聊赖的时候，突然从门缝塞进来了一份邀请函，杜丽培捡起来拆开，定睛一看，不由得兴奋起来，乐颠颠地对柳生阳说道："好事情，飞雁号上要举行舞会,你去不去?"

柳生阳抬起头来说道:"当然去,不然'茉莉花'还以为我怕他。"

虽然杜丽培不明白柳生阳的态度为什么变得这么快,但是她很高兴可以摆脱无聊的日子。

到了晚上六点,杜丽培敲了敲柳生阳的房门。进门以后,她看到柳生阳西装革履,显出了年轻人的精神,令人眼前一亮。

柳生阳也同样上下打量着杜丽培,见她穿了一件贴身的红色丝绸长裙,显出了宛如阿弗洛狄忒一般完美的曲线。长裙无袖,胸襟绕颈而过,裸露出白皙的双肩,下摆前短后长,一双修长的小腿露了出来。脚上则是一双中跟的红色皮鞋,大概考虑了一下男伴可怜的身高。杜丽培太高了,不穿高跟鞋就和柳生阳差不多,穿了之后,会给他很大的压力。

柳生阳还是第一次见识到杜丽培的身材,因为天气的缘故,杜丽培都穿得很厚实,即使礼服亦然。事实证明,杜丽培不仅颜值具有压倒性的魅力,身材也是一等一地棒。

当然,今晚的杜丽培,面容打扮得也很漂亮。头发细细地盘起来,做成一个鹦鹉螺的造型,插了一支碧色的玉簪。面部精心打理过,光彩夺目,唯独耳朵空荡荡的,原来杜丽培没有戴耳环的习惯。

杜丽培看到柳生阳一直端详着自己,心中又是高兴,又是害羞,但是也有点儿不耐烦了。舞会就快开始了。

她挽着柳生阳,一起前往舞厅。

22. 偷天换日

柳生阳和杜丽培一直以来都是把飞雁号当作宾馆,除了睡觉以外,他们其他时间都待在外面,很少出现在这里,以至于飞雁号上的游客很少见到两人。当柳生阳搂着杜丽培现身的时候,立时成为众人瞩目的焦点,伴随着男人的啧啧惊叹和女人们妒忌的眼光,他们来到了舞厅里。

这次舞会,是飞雁号特意举行的活动。主持人宣布舞会开始,众人便翩翩起舞。杜丽培奇怪地问一动不动的柳生阳:"怎么,你不去?"

"其实我不会跳舞。"

杜丽培摇了摇头,拉住柳生阳的手,说道:"没关系,我教你,这是交谊舞,比较简单。"

柳生阳四下里张望了一番,看到众人都盯着他和杜丽培,只好硬着头皮上场。在杜丽培的教导下,两人开始跳舞,虽然柳生阳动作笨拙,但是能够勉强配合。

其间也有人来邀请杜丽培,都被她拒绝了,她只伴着柳生阳这个三流舞伴跳着。

正当两人玩得兴高采烈的时候,音乐声突然停止,消防警报呜呜地响起,喇叭里面传出了一个声音:"我是船长,飞雁号上起火了,为了安全起见,请大家下船。船已经靠岸了,时间来得及,请大家不要惊慌!"

柳生阳和杜丽培对视了一眼,两人心中均冒出了"调虎离山"的念头。

"走不走?"杜丽培问道。

柳生阳看到其他人已经陆陆续续地离开舞厅,浓烟也冒了进来,当即说道:"当然走,我藏'韦氏的秘宝'的地方很隐蔽,'茉莉花'即使把我们调虎离山,也找不到的。"

杜丽培点了点头,于是两人一起离开了舞厅,上了甲板,看到飞雁号的后部果然是烟炎张天,浓烟滚滚,真是着火了。

此刻,飞雁号临时靠到了一个码头上,放下了跳板,在船员们的指挥下,游客陆陆续续地离开了飞雁号。由于担心飞雁号携带的燃油会爆炸,他们被疏散到远离岸边的地方,远远地看着飞雁号上火焰冲天。

突然,飞雁号上无论是火焰,还是灯光,刹那之间全部熄灭。没有了亮光,飞雁号仿佛被黑暗吞噬了一样,消失得无影无踪。

众人一阵惊呼,柳生阳和杜丽培也是一愣,不明白到底发生了什么。

稍许,灯光再次亮起,飞雁号的身形出现在运河上,众人松了一口气,看来只是电气故障导致短路罢了。

大火已经熄灭了,船员们登上飞雁号,宣布损伤不大,游客可以返回游船。

柳生阳和杜丽培带着满肚子的疑惑,回到了游船上。一上船,他们就回到柳生阳的房间,房间里看似没有任何变化。

杜丽培心虚地说道:"你还是把'韦氏的秘宝'拿出来吧,我担心可能被偷了。"

柳生阳也有点儿担心，就见他掀开了床罩，杜丽培好奇地凑过去一看，床罩底下什么都没有，正在疑虑，却听柳生阳失声道："丢了，真的丢了！"

杜丽培叫道："不会吧，你真的把'韦氏的秘宝'放在床罩下面，太弱了吧。"

柳生阳摇了摇头，说道："不，我把羊皮纸书给拆了，一页页塞进被套里面，一般情况下，根本不会觉察。"

杜丽培转念一想，化整为零，很少人会考虑到书会变成书页，确实是个藏匿的好办法。

就在这时，柳生阳的手机突然"零零"地响了起来，他摸出手机，打开一看，居然是一个视频通话，对面的人就是"茉莉花"。

"茉莉花"扬扬得意地挥舞着手中的一沓羊皮纸笑道："我说过，任你奸猾似鬼，也要喝我的洗脚水。'韦氏的秘宝'，已经被我拿到手了。"

杜丽培喝道："你到底是怎么做到的！"

"茉莉花"哈哈大笑道："给你们一个提示，东船西舫悄无言！"

说完，"茉莉花"挂了视频通话。

"东船西舫悄无言，这是什么意思？"杜丽培喃喃自语。

柳生阳度过了最初的惊诧，摸着下巴说道："这是出自白居易的《琵琶行》，整句是'东船西舫悄无言，唯见江心秋月白'。"

"今晚可没有月亮，这厮是什么意思，到底是用了什么诡计？"

杜丽培一屁股坐在柳生阳的床上，跷起了二郎腿。

柳生阳倒是没有在意，他或是站着，或是来回踱着步，思考着。杜丽培直愣愣地盯着他，脑袋里面乱七八糟地思索着，一会儿想着古诗词，一会儿又想着认真思考的男人真帅。突然，杜丽培的眼睛瞄到了柳生阳的裤脚，叫道："咦，你裤子粘了油漆！"

四　东船西舫悄无言　095

柳生阳随意地低头瞟了一眼,看到裤脚粘着白色的油漆,不知道是什么时候粘到的,油漆非常新,应该是刚刚漆上的,在他的印象中,飞雁号并没有任何粉刷的修缮活动。

他猛然一怔,口中喃喃地念叨着:"东船西舫悄无言……该死!我居然被这么简单的计策给骗了!"

杜丽培顿时跳了起来,兴奋地喊道:"你发现真相了?"

柳生阳阴着脸说道:"丽培,关灯。"

杜丽培吓了一跳,但是见柳生阳一脸严肃的表情,乖乖地按下了灯光按钮。

整个房间里,顿时漆黑一片。但瞬息之间,亮出了幽幽的蓝光。那是柳生阳打开了手机屏幕,调到了摄影模式,对着房间里面到处照来照去。

经验丰富的侦探立即意识到,柳生阳这是在找隐藏的摄像头,她马上也掏出手机,一起找起来。

片刻,他们就注意到了头顶的灯罩。

杜丽培打开手机的手电筒功能,帮柳生阳照明,后者拆开灯罩,果然发现了一个针孔摄像头。

"果然如此!"柳生阳喃喃自语。

杜丽培一脸迷惑,问道:"到底是怎么回事?难道是'茉莉花'在你的房间里安装摄像头并偷拍你隐藏'韦氏的秘宝'的过程,然后借机盗走?"

柳生阳摇了摇头,说道:"不,'茉莉花'玩得更大,他偷了整艘飞雁号?"

"什么?"杜丽培一脸蒙。

柳生阳正色道:"'茉莉花'用了一个移花接木的诡计!我们现在所在的船只,根本不是飞雁号!过来!"

柳生阳拉着杜丽培跑到甲板上，指着船首的"飞雁号"船名说道："油漆都还没有干，但乍看，真的和飞雁号别无二致。"

杜丽培震惊至极，但她不是笨蛋，被点清了关键点以后，立即想通透了，说道："原来如此，所谓东船西舫悄无言，就是指有两艘船。"

柳生阳点了点头，说道："飞雁号这种游船批量生产，一模一样的有很多艘，至少在杭州就有一样的飞鸿号、飞鹰号等，稍一改装，从外观上就看不出来了。至于里面，你记得上次我的房间被撬开吗？我估计就是'茉莉花'下来探路，把我房间的情况拍了下来，再到另外一艘船去布置一模一样的舱室。"

杜丽培整理了一下思路，说道："也就是说，'茉莉花'准备了一艘与飞雁号相同型号的船，改装成飞雁号，特别是你的舱室，更是一模一样，然后偷偷地跟在我们背后。这次借助飞雁号起火，把我们赶出飞雁号，在火光和灯光都熄灭的时候，偷梁换柱。但是我有点儿疑惑，这么大的玩意儿，怎么偷梁换柱。"

柳生阳指着远处的岸边说道："其实非常简单，飞雁号着火之后，就停在了冒牌货旁边。冒牌货估计有一些伪装，在黑暗之中看不出来。等到飞雁号熄火，陷入黑暗之中，这时冒牌货便亮了起来。之前因为担心飞雁号着火以后会爆炸，我们都被赶到了远处，从远处看，再加上黑暗之中没有参照物，根本意识不到距离有了变化，以为冒牌货就是飞雁号，便跟着上来了。"

杜丽培接下去说道："然后我们担心东西丢了，就来检查，一举一动都被'茉莉花'从摄像头中看到，他在真正的飞雁号上顺势就拿走了'韦氏的秘宝'！"

柳生阳叹气道："正是如此，若非有提示，以及裤脚上的油漆让我觉察到这艘船可能是伪装的，我们根本没法意识到这是一个诡计！"

杜丽培秀眉深蹙地说道:"如此大的工程,想必船上不少船员都被收买,或者有他的同伙。"

柳生阳摇了摇头,说道:"没有必要追查下去了。主要内容我都拍了下来,传给大学计算机系的朋友去破解了。"

杜丽培看到柳生阳一脸淡然的样子,想到柳生阳那"奸猾"的性格,顿时想到里面有料,问道:"你又干了什么坏事?"

"就如郭靖为了对付欧阳锋,在《九阴真经》的里面加料一样,我在里面也加了一些料。"

杜丽培闻言哈哈大笑道:"想必,他会很乐意接受!"

过了不多久,众多游客发现游船被掉包了,纷纷反映,船员赶紧报警,很快在距离他们不远处发现了真正的飞雁号。万幸的是,除了船上有些地方的油漆被火焰熏黑,里面什么都没有少。

五　江东父兄何怜我[①]

[①] 出自《史记·项羽本纪》：……纵江东父兄怜而王我，我何面目见之？

23. 龙王庙里的历史

飞雁号悠悠地顺着大运河北上，几日之内，从淮安行驶到了宿迁，这是在江苏的最后一站了。

宿迁为西楚霸王项羽的故乡，地理位置险要，自古以来，便是"北望齐鲁、南接江淮，居两水（即黄河、长江）中道、扼二京（即北京、南京）咽喉"，京杭大运河开通以后，更是南北中枢。

宿迁还有秀美风景，如此好地方，柳生阳与杜丽培自然欣欣然下船游玩，第一站便是龙王庙行宫。那地方原名"敕建安澜龙王庙"，乃是乾隆皇帝下江南的时候，途经宿迁的下榻之处。其原建于顺治年间（1644—1661），之后经过历代皇帝的翻新扩建，形成了四院三进封闭式合院的北方官式建筑群。

到了龙王庙行宫的时候，杜丽培东张西望，引得柳生阳好奇地问道："你在找寻什么人？"

杜丽培点了点头，说道："对，我就是在找人。之前每到一处，不是来了漕帮的'十二地支'后裔，就是莫名其妙的花间派'茉莉花'，回回如此，我都有些慌神了。眼下来到宿迁，与其让他们找上门来，还不如我主动去找他们。"

柳生阳哭笑不得，说道："世界上哪有那么多漕帮的'十二地支'后裔，那'茉莉花'估计也在忙着琢磨加料的'韦氏的秘宝'，没空

五 江东父兄何怜我

理会我们。"

杜丽培说道:"那好,希望这次的宿迁之行,能够安稳一点。"

两人便开始游览龙王庙行宫,该行宫之所以用龙王命名,是因为大殿正中,供奉的乃是东海龙王,左右八大水神,威严壮观。

到了最后一进院落禹王殿,为乾隆皇帝曾经居住过的寝宫,杜丽培一边游览,一边问道:"生阳,我突然想到了一点,刚才你说世界上没有那么多漕帮的'十二地支'后裔,为什么这么说?我想几百年繁衍下来,人口至少破千吧。"

柳生阳摇了摇头,说道:"没有你想象的那么多,漕帮的'十二地支'后裔,最多不会超过五十人。"

"这么少?人死光了?"

柳生阳说道:"主要有一个原因——'十二地支',其实根本没有十二个家族!"

杜丽培一惊,失声道:"什么?"

柳生阳指着寝宫说道:"自然是拜这位皇帝所赐!"

杜丽培瞅向寝宫,愣了一下,反应过来说道:"乾隆皇帝与漕帮的战争?"

杜丽培经过耳濡目染,对于漕帮的历史也有了一定的了解,自然知道乾隆皇帝与漕帮曾经展开过激烈的斗争。

柳生阳点了点头。"正是!胤禛毙命以后,弘历即位,当时他还只是一个二十五岁的年轻人,轻易地掌握了一个庞大的朝廷以后,蓦然发现眼皮子底下还有一股不由自己控制的势力存在,所谓卧榻之侧岂容他人鼾睡,年轻气盛的皇帝自然容不下漕帮的存在,于是发动了对漕帮的战争。"他顿了顿,接着说道,"与年轻气盛的皇帝相比,经历了雍正时期长期和平的漕帮'十二地支',个个垂垂老矣,显然已经忘了权力游戏的残酷性。'十二地支'当中,甚至有几家试图以妥协换取皇帝的垂青，他们倒向了皇帝。讽刺的是，皇帝根本不认可他们的忠诚，反而恐吓威胁漕帮剩余的'十二地支'，下令将投降的几家满门抄斩！血淋淋的事实残酷地教育了剩下的人，他们知道，除了战斗，别无选择，否则只能选择死亡，皇帝与漕帮的战争展开了。皇帝采用打击和分化的手段，逼得漕帮一度濒临瓦解。"

杜丽培想了想，说道："历史告诉了我们最终的结局，皇帝与漕帮和解，并且加入漕帮，赐予他们象征权力的龙棍。这令我很奇怪，为什么皇帝在明明占有优势的情况下，反而妥协呢？这不太符合弘历这个人好大喜功的性格。"

柳生阳淡淡地说道："从现有所知的情况来看，我怀疑，漕帮的'十二地支'，在生死关头，最终动用了那个能够颠覆天下的'九鼎之问'，迫使皇帝不得不妥协。"

杜丽培眼睛一亮，说道："我越来越对那个'九鼎之问'感到好奇了，究竟是怎么样的秘密，能够逼得权势滔天的皇帝妥协呢？生阳，你那同学把'韦氏的秘宝'破解得怎么样了？"

柳生阳眉头皱了起来，说道："情况比较复杂。"

"怎么说？现代的高科技，还无法破解古代的加密吗？"

柳生阳说道："'韦氏的秘宝'采用了双层加密。第一层加密很简单，用几个苏州码子代表一个数字，这个很容易地被破解了。但是第二层加密的难度就大大提升了，数字之间的规律莫名其妙，经过分析，我们可能还需要一个密码本。"

"密码本？"

"对，很常见的加密手段。用一本书，比如《西游记》《论语》等，什么书都可以。以数字指定不同页面不同行的字，形成加密。这对于破解而言，难度是顶级的，因为不知道是什么书，就要面对海量的数据。我同学估算，按照现在的破解速度，可以在一百年内完成解码。"

杜丽培顿时傻眼了,失声叫道:"一百年?都天荒地老了!"

柳生阳说道:"所以我们还得找到密码本,我问过了韦斯利,他根本不知道有这么一本书。如果我能够找到更多的'十二地支'后裔,说不定会发现一些线索。"

杜丽培一翻白眼,说道:"得了,说到底,即使那些'十二地支'的后裔不来找我们,我们也得找他们。是不是在宿迁,就有'十二地支'的后裔?"

柳生阳狡黠地说道:"是的,就是之前'茉莉花'冒充的来家。"

"那还浪费什么时间,快走吧!"

24. 来家村的"神经病"

柳生阳事先打探到,来家聚居在宿迁皂河镇,距离龙王庙并不远,开车半个小时即可到达,他们打了车,赶赴来氏聚居地。

赶到那里,赫然就见到了一个崭新的牌坊,上书"来家村"。

和柳氏、钮氏、孙氏、韦氏等"十二地支"一脉单传不同,来氏人丁兴旺,一百多年下来,繁衍众多,甚至聚居为村。

杜丽培下了车以后,眺望密密麻麻的民居,顿时傻了眼。"从何下手,从何下手啊!满眼都是姓'来'的人。"她支支吾吾,又转头对柳生阳说道，"你不是说'十二地支'的后裔不多吗？来家的我看至少有几千人。"

柳生阳摸了摸脑袋，说道："大概旁系多吧，嫡系基本没了。我从警察系统的朋友那里打听到，'茉莉花'冒充的来耀祖，确有其人。'茉莉花'之所以冒充他，一定有特别的原因，既然'茉莉花'已经帮我们事先调查过了，我们就直接找来耀祖即可。"

杜丽培撇了撇嘴，说道："你的朋友真多啊，一会儿是搞计算机的，一会儿是做警察的。"

柳生阳笑道："我是记者，广交天下朋友。"

他愣愣地直视着杜丽培，目光灼热。杜丽培原本经常调戏柳生阳，这时候反被他的目光吓坏了，叫道："你，你想干吗？"

"丽培，有个艰巨的任务要交给你！"

"你想要我做什么？太过分的我可不干！"杜丽培警惕地回答。

柳生阳说道："你是大美女，天生易于取得别人信任，所以打听来耀祖的下落，就交给你了。"

"喊！"杜丽培满面不屑，本来还期待着什么，合着只不过是借她的脸。

当然，杜丽培还是会认认真真地完成她的任务的。

她马上整理了一下颜容，四下里搜寻，看到一个坐着晒太阳的老者，便上前甜甜地问道："大爷，请教一下，您认识来耀祖吗？"

"那个神经病？"

杜丽培一愣，反问道："来耀祖？"

老者点了点头，说道："对，你找那个神经病干啥？"

杜丽培小声地说道："有些事情要找他了解一下。"

老者瞅了一眼杜丽培，说道："来耀祖那个神经病，专门忽悠人，说找什么漕帮的宝藏。姑娘，看你这么漂亮，但脑袋似乎不大灵光，居然也被忽悠了。"

杜丽培听闻"漕帮的宝藏",先是大喜,随后却像遭受了一万点的暴击,心灵严重受伤,硬着头皮恶狠狠地说道:"对,被这厮给坑了,来找他算账。"

老者顿了顿,说道:"找他没用的,你们又不是第一批来找他的人。"

"还有其他人?"杜丽培心头突然闪过一个念头,就把"茉莉花"的样貌描述了一遍。

老者叫道:"就是他!你们认识?"

杜丽培叹道:"我们认识,这个人冒充来耀祖和我们接触,幸好被识破了。"

老者微微地惊诧,想不到还会有人冒充来耀祖。

杜丽培眼看着关于来耀祖的下落已经没有多少可以问了,便转了一个念头,问道:"大爷,您既然听说过你们祖上是漕帮的要人,有关于漕帮宝藏的传闻,这事情可以跟我们说说吗?"

老者强硬地说道:"那只是传闻,哪有什么宝藏。你们也别找来耀祖了,找不到了!"

杜丽培一脸不解,问道:"为什么?"

"他不知道跑哪里去了,已经好几个月没有见到人了。"

杜丽培眼看没法子接下去了,瞅了瞅柳生阳,后者摊开手,表示让她自己解决,杜丽培白了他一眼,又对老者说道:"跑得了和尚,跑不了庙,那来耀祖家在哪里?"

老者站起来说道:"这厮丢尽了来家人的脸,已经被赶出了来家村,房子也被拆掉了!"

杜丽培一万个不信,但老者显得有些不耐烦,挥了挥手,告辞就走。

柳生阳凑上来说道："你怎么看？"

杜丽培说道："瞒不过我的，他有什么事情隐瞒着。但是，又很奇怪，我们又不是拍电视剧，随随便便遇到一个人，就巧合地发现了异常。"

柳生阳笑道："反正来家村不大，我们随便逛逛再说。"

杜丽培点了点头，两人随意地逛起来。来家村是一个典型的苏北农村，现今更是展现了古典与现代结合的奇妙之处，两人正在观赏村落，突然听到有人高声叫道："来耀祖！你跑不了了！"

杜丽培和柳生阳对视一眼，不约而同地向着声音传来的方向跑过去，却见不远处围有不少人，居中一个大汉揪住了一个瘦小的男生，正在大声威吓："自古以来，欠债还钱，来耀祖，不还钱，就不要怪我不客气！"

说完，大汉抡起拳头就砸下去，瘦小男人闭上了眼睛，准备挨揍。半晌却没有肉疼传来，睁眼一看，一位身材高挑、颜容艳丽的女子，截住了大汉的拳头。

杜丽培怒吼道："即使欠债，也不能打人！"

大汉大怒，喝道："辣块妈妈[①]，找死！"

说时迟，那时快，杜丽培纵身上前，一个过肩摔，把大汉狠狠地扔在了地上。大汉只觉得天翻地覆，顿时全身疼痛不已。他见杜丽培比自己还能打，于是灰溜溜地拨开众人，头也不回地逃走了。

来耀祖逃脱了大汉的威吓，惊悸地看着他逃走，然后目光转向杜丽培与柳生阳。

"你是来耀祖？"柳生阳问道。

[①] 苏北方言，去你妈的。

五 江东父兄何怜我

来耀祖警惕地点了点头，问道："你们是？"

杜丽培抢着说道："我们也在找漕帮的宝藏！"

来耀祖眼睛一亮，顿时大喜，激动地上前说道："同志，同志！走，去我家细谈。"

柳生阳和杜丽培微微颔首，便随着来耀祖一起前去，不一会儿，他们来到了一栋古旧的老屋子前。

这是一间破旧的老屋，楼下是一个狭小的客厅，里面布满了灰尘和蜘蛛网，显然已经很久没有人打扫了。

来耀祖搓搓手，有些不好意思，说道："我这个人比较懒，最近又忙着找资料，所以没空打扫。随便坐，随便坐。"

进屋后，他拖过来两把破椅子，然后说去倒水，进了里间。

杜丽培瞅见椅子上面亦是布满尘土，忍不住秀眉微蹙。倒是柳生阳非常自然，掏出湿巾先是给杜丽培的椅子擦干净，又把自己的椅子擦干净，随即从容不迫地坐下。

来耀祖出来，拿了几瓶瓶装水，这让杜丽培微微地松了一口气，如果拿出的是杯子，真担心卫生状况。

三人随意地聊起来，都是关于漕帮宝藏的事情。来耀祖兴致勃勃，越聊越兴奋，不知不觉之间天色都暗了。来耀祖的肚子咕咕地叫了起来，他不好意思地搔了搔脑袋。"不忙的话，我们先去吃饭吧！"柳生阳急忙说道，他看了一眼来耀祖破旧不堪的家和褴褛的脏衣服，补充了一句，"我请！"

来耀祖真的很穷，身为东道主，反而让客人请客，着实丢脸，他却无可奈何。

三人出了门，来耀祖说道："我知道一家吃饭的地方不错，随我来。"

他们跟着来耀祖走，来家村规模不小，既有饭店，也有宾馆，来耀祖带着他们到了一家铺子前，居然遇到了一个熟人，那老者看到柳生阳一行，不由得一愣，失声叫道："是你们？"

来耀祖打了一个招呼："陆叔！这是我刚认识的朋友，也在找漕帮的宝藏。"

来家村的人都姓来，所以大家一般都用名来称呼。

来陆的脸色稍稍恢复了些，瞪了来耀祖一眼问道："是来请朋友吃饭的吗？"

柳生阳笑道："我与来耀祖甚是投缘，所以请他一起来吃饭。"

来陆明白这是柳生阳委婉地告诉自己，他知道来耀祖是个"穷鬼"，不会让囊中羞涩的来耀祖破费的。

来陆微微颔首，说道："那我去给你们做饭，尝尝宿迁小吃。"

三人落座，先喝了些茶水，不一会儿，陆续上来了溜素鳜鱼、黄狗猪头肉等当地特色菜，还有车轮饼、乾隆贡酥等小吃，大家都吃得非常开心，由于晚上要继续聊天，所以并没有喝酒，而是以茶代酒。

吃到差不多，柳生阳这个大款去结账，铺子的老板来陆突然说道："你究竟是为了什么接近来耀祖的？"

"纯粹是相同的爱好。"

来陆盯着柳生阳说道："希望真是如此，不要害了耀祖。这娃命苦，打小父母双亡，靠吃百家饭长大。不过他也用心，考上了大学，村里人合伙资助他读书，本来希望他能够好好学习，将来光宗耀祖。哪知道他去了大城市以后，见多了灯红酒绿，心态坏了，满脑子都是发大财。想赚钱，靠手啊！哪有那么轻轻松松就可以发财的。他大概是从小穷怕了，一心想尽快发财，竟动起了歪脑筋，想到了我们来家的祖先是漕帮的关键人物，又记起来村里口口相传的漕帮宝藏的传说，于是要去找宝藏。宝藏没找到，人却变得神神叨叨的！"

柳生阳顿时沉默了下来，穷乡僻壤的小子，终于没有抵御住大城

五　江东父兄何怜我　109

市繁华的诱惑，还因此吃了亏。

来陆继续说道："这也罢了，折腾几年，迟早会醒悟过来，那时候就可以走上正道，老老实实地过日子。但是他得了失心疯，到处借钱，说什么筹措资金，等赚到了就还给大家。大家看在邻里的面子上，就借钱给他。听说在乡里乡亲之间的，他就借了十多万元，这也罢了，他在外面也借了不少钱，据说有几十万元，今天我就听说有讨债的人过来，幸好你们帮他赶走了！但是跑得了初一，跑不了十五，真不知道他怎么能够对付过去。"

柳生阳说道："来耀祖有你这个乡亲，真是福气。"

来陆叹道："毕竟看着他长大，总不能眼睁睁地看着他毁了。"

柳生阳正色道："请放心，我们是正经人，我们找漕帮的宝藏纯粹是为了兴趣，而不是为了钱，有机会的话，我会引导一下来耀祖，让他从梦里醒来。"

"那多谢了！"

25. 惊怖罗祖庙

吃完饭，天色不早了，柳生阳和杜丽培打算在来家村留宿，于是开始寻找下榻之处。来家村规模不小，又位于交通要道，自有旅馆住宿服务。

来耀祖带他们到一个小旅馆，杜丽培要开两个房间，哪知居然没了，只有双床标间或者大床标间，最终要了一个双床的标间，这让前台看他们的眼神怪怪的——一对男女都跑来开房了，竟还搞什么分床睡？

定好了住处，他们又返回来耀祖家。刚到门口，来耀祖的脸色就大变，柳生阳和杜丽培也注意到了，门锁被人砸坏了。

来耀祖慌忙推门进去，客厅被捣得一塌糊涂，来耀祖急忙上楼，柳生阳和杜丽培跟上去。楼梯又小又窄，只能单人通行，杜丽培在先，柳生阳在后，一一上了楼。

楼上的格局亦不大，朝南的是卧室，朝北的是一个杂物间，两人不约而同地走向卧室。他们仔细地打量了一番十几平方米大的卧室，东西不多，就一床、一桌、一椅和一衣柜。这里被翻得乱七八糟，早有人捷足先登了。

来耀祖浑身颤抖，他想不到自己这么穷，居然还有人来偷盗。突然，来耀祖想到了一点，他捡起抽屉——这本来是属于书桌的，被偷盗的人抽了出来，翻找过以后就扔到了地上，将抽屉底下的三合板使劲地抽出，下面居然还有另外一层，是两层三合板拼起来的。暴露了的夹层中，有一个薄薄的塑料袋，里面装着许多资料。

柳生阳低声对杜丽培说道："我也这么干的！又方便又保密。之前的家伙太匆忙，没有发现抽屉底下是有夹层的。"

杜丽培愣了一下，瞬间"未婚妻"属性发作，恶狠狠地小声叫道："以后别想用这手藏私房钱。"

来耀祖拿起塑料袋，打开以后，掏出的却是一张照片，柳生阳和杜丽培马上把脑袋凑过来，只见是一张古旧的黑白照片，一排平房，以及一座倒塌了一半的塔，照片上有文字注明"罗祖庙"！

杜丽培虽然不明白这是什么,但见来耀祖将其视若珍宝地藏起来,肯定是有关键作用的。她抬头看了看柳生阳,后者也若有所思,疑问道:"罗祖庙?"

来耀祖抬起头看着柳生阳,说道:"你知道这个?本来打算明天带你去看看,不过现在我的资料被翻得这么厉害,我怕被人捷足先登了,如果不嫌晚,我们现在就过去?"

"罗祖庙和漕帮的宝藏有关?"柳生阳反问。

来耀祖点了点头,说道:"是的,那里有一个关于漕帮宝藏的传说。"

柳生阳思忖了一下,说道:"那么好吧,我们一起过去。"

来耀祖拿了一个手电筒,就和柳生阳、杜丽培一起出门。途中,杜丽培好奇地问道:"你们说的罗祖庙,究竟是什么呀?"

"罗祖庙,即罗教创教祖师罗清的庙宇。"

柳生阳看到杜丽培还是一脸迷惑的样子,就知道这个"女洋鬼子"虽然中文说得很溜,但是对于特定的中国历史文化,还是不清楚,于是给她解释:"罗教是中国的一大民间宗教,又名无为教,那句著名的'无生老母,真空家乡'的口号,就是源于罗教。罗教创教祖师罗清是明朝时候的山东即墨人,出身军户,曾经是漕运兵丁,其融合佛道,创立了罗教。到了清朝的时候,罗教一度与白莲教合流,被皇帝视为邪教,大肆打击,然而罗教势力已成,最终存活了下来。罗教与漕帮的关系非常密切,因为创教祖师就是出身漕运,首先在漕运系统发展信徒,清代前期的时候,罗教甚至被人称为水手罗教。罗教信徒之间讲究互利互助,对外抱团,一旦与外界发生矛盾,信徒都会挺身而出,共同应对挑战,于是在大运河上形成了一个巨大的势力集团。从某种意义上来说,罗教是漕帮的前身。到了康熙年间,胤禛派人化名翁岩、钱坚、潘清混入罗教,勾连教徒、江湖好汉和落魄文人，最终创建了漕帮，而那些活下来的创始成员，便是'十二地支'！罗教在漕帮内部影响巨大，专门有人负责宗教事务，如我柳家的祖上是落魄文人，在漕帮担任财务文书的工作一样，'十二地支'之一的罗家则负责罗教事务，后来为了避免受到皇帝的迫害，则谐音改为来姓！"

杜丽培恍然大悟道："原来如此，来家就是罗家，负责漕帮的宗教事务。"

来耀祖说道："确实如柳先生所言，我来家古时候在漕帮拥有极大的权势。"

三人打着手电筒摸黑走在路上，黑夜之中，除了踢踢踏踏的脚步声之外，只有大风呜呜地吹拂着。

杜丽培不时回头，警惕地眺望远处，引得柳生阳暗自奇怪，小声问道："怎么回事？"

"有人跟着我们。"杜丽培说道，"我怀疑是白天那个讨债的，他讨债不成，便趁着来耀祖离开的时候，去他家捣乱，现在又故意跟踪，想找他麻烦。要不是我们在，早就动手了。"

柳生阳盯着前面闷声走路的来耀祖，若有所思，他家那么穷，小偷也懒得去，乡亲之间也要面子，谁都不会做这么下作的事情，算来算去，就只有来耀祖的债主会这么干了。

"你打算怎么办？"

"让他跟着，如果犯浑想来闹事，我会叫他后悔的。"

柳生阳点了点头。

走了几公里，一行人终于来到了罗祖庙。

说是庙，其实非常简陋，一排一层的平房，附近有一座倒塌了一半的塔，塔边有一棵高大的云杉树。

在黑暗的深夜中，依稀能够看到破败的庙宇，仿佛废墟一般，墙面斑斑驳驳，露出了黄土的芯子，砖瓦更是脱落甚多。

他们走近罗祖庙，看到门窗都已经破败不堪，空荡荡、黑洞洞的仿佛骷髅头，老远就能闻到一股废旧房子特有的腐臭味，即使在寒冷的初春亦是非常清晰。

来耀祖指着罗祖庙说道："这里就是了！"

杜丽培看了几眼，说道："我以为罗祖庙会很奇怪，但是现在看来，很普通。"

"早年间，罗祖庙还兼营歇店饭铺，大运河沿岸的水手，都在这里吃饭住宿，直到后来漕帮建立，又加上朝廷严禁宗教，就改为了公所。不过，罗祖庙一直以来是我们来家的家庙，有什么重大事情，都在这里商议。而在这里，曾经发生过一件大事！事关漕帮的宝藏！"

来耀祖沉思了片刻，继续说道，"这事情，也多亏了你们，我才理清了思路。恰如你们所调查出来的那样，当年我们来家的先祖，和其他漕帮的人员，得到了一个天大的秘密，这个秘密之可怕，就是皇帝也会为之胆寒。"

柳生阳和杜丽培微微颔首，这个结论是他们调查出来的，可来耀祖接下来的话却让他们眼神一凛！

"正因为秘密太可怕了，所以不能由一个人掌握，得由来家和其他几家分别掌握一部分秘密。据说，漕帮的人把这个秘密分成几个信物，来家得到的是一把匕首，传承了下去。"

柳生阳和杜丽培恍然大悟，很多线索顿时可以串起来了。原来漕帮的秘密，是用信物传承的，比如韦氏传承的是书籍、钮氏传承的可能是龙棍，可惜孙氏和柳氏的，都已经失传了。

来耀祖说道："一百多年前，漕帮崩溃瓦解。既然漕帮都没了，朝廷也完蛋了，当时的先祖认为这个秘密已经没什么用处了，就打算将匕首公开，表示自此以后与漕帮再无关联。但就在这时候，发生了一件非常恐怖的事情！"

杜丽培脱口问道："什么事情？"

来耀祖面色凛然，说道："我们来家的先祖，和匕首同时失踪了。直到几个月以后，族人终于发现了他的尸体！你们知道尸体在哪里吗？"

柳生阳微微地思忖着，想到来耀祖带他们来罗祖庙的意义，便说道："在罗祖庙里？"

"猜对了一半，确切地说……"来耀祖抬起头，仰望庙前的云杉，"他的尸体，被挂在了这棵树上！当时，他的尸体已经腐朽，面庞腐烂，犹如一具骷髅，悬挂在树上，非常恐怖！"

杜丽培仰头眺望着高大且黑暗的云杉，想象着这番惊怖的场景，忍不住瑟瑟发抖。

来耀祖继续说道："至于匕首，则不知所终。后人都怀疑，是有人杀人夺宝，匕首落入了凶手的手中。但是我不觉得，因为这件事情实在太离奇了。假如是杀人夺宝，为何将尸体挂在树上，以至于过了这么久才被人发现？真要干，毁尸灭迹才有道理。所以，我觉得其中必有古怪，那匕首说不定还在罗祖庙中。我有空就来这里调查，希望能够找到什么线索。可能我的思路被限定了，一直没有什么头绪，正好你们也是来寻找漕帮的宝藏的，过来看看，说不定有新的想法。"

柳生阳说道："这倒是好主意，我们不妨到罗祖庙里面看看吧。"

26. 树丛中的骷髅

来耀祖首先进入罗祖庙，杜丽培兴致勃勃地跟在后面，但不一会儿就皱起眉头，因为她闻到了一股怪味，看着身边的柳生阳捏住鼻子走了进去，她只好硬着头皮继续往里走。

里面空空荡荡，正中有一个半米高、两米宽的供台，但上面的神像早已不知所终。

来耀祖干笑道："你是知道历史的，罗祖庙经历了战争的破坏，后来又被废弃，一度沦为仓库，直到最近才被清理出来，村里人本来打算将其恢复原状，但是资金不足，只好先这样空着。"

他又补充道："我来过多次，能找的地方都找过了，没有什么发现。"

虽说如此，柳生阳和杜丽培还是尽心地搜寻着，但是最终在整个罗祖庙的平房里面一无所获，毕竟来耀祖已经找了无数次都没啥发现，他们第一次来就有线索，那命运就实在是太不公平了。

突然，外面传来了扑通的响声，顿时惊动了众人。

"怎么回事？"杜丽培不由得惊呼。

来耀祖说道："可能是猫头鹰吧！经常在这里抓田鼠。我们出去看看。"

三人走出了罗祖庙的平房，回忆声响的所在，然后柳生阳指着不远处的破塔说道："似乎是从那里传过来的。"

"去看看！"

三人走了过去，来到破塔跟前。罗教本是融合了佛、道等诸多宗教的，而塔的风格基本沿袭佛教，为八角形，外表砖块裸露，风尘仆仆。塔倒塌了一半，上面空空荡荡的，好像是一根被斩断了的竹笋一样，但是高度依旧不低，至少有三层楼那么高。

来耀祖说道："这座塔，除了供奉罗祖，在古时候还兼用于灯塔，为运河的船只指明方向。漕运废弃以后，塔也就废了，后来在战争中被摧毁，留下了一座废墟。"

杜丽培好奇地说道："我们进去看看，可以吗？"

来耀祖点了点头，说道："当然没有问题，不过里面也是空荡荡的，什么东西都没有留下。"

进入塔里面，果然是一片空地。突然，上面传来咚咚的响声，把众人吓了一跳。

"这是怎么回事？"杜丽培顿时胆战心惊。

柳生阳凝神倾听，判断了一下，喝道："上去看看！"

来耀祖熟门熟路，立时找到楼梯，爬了上去，那楼梯历经一百多年，居然还没有腐朽。他们鱼贯而上，听到上面还有咚咚的响声，便小心翼翼地走上去。

三楼之上，再无四楼，因为塔已经塌了一半。他们提心吊胆，还以为有什么可怕的东西，定睛一看，顿时松了一口气，原来是高大的云杉树枝，被风吹拂，不停地拍打在塔上面，从而产生了咚咚的响声。

来耀祖哈哈大笑道："人吓人，吓死鬼！"

杜丽培向云杉凝望着，倏然之间，似乎隐隐约约看到树上藏着一个人形的物体，她一时好奇，打开了手机的手电筒，对着树木一照！

五　江东父兄何怜我　117

"啊!"

杜丽培一声惨叫,失手掉下手机,噔噔地后退几步,一屁股坐在地板上。

柳生阳忽听杜丽培惨叫,心中悚然,转头一看,却见杜丽培手机掉在地上亮着强光,亮光照射出杜丽培坐在地上惊恐的表情,她双目瞪大,直直地瞅着对面,浑身战栗,掩住了嘴巴,唯恐自己又叫起来。

"怎么?"

杜丽培伸出手,颤悠悠地指着云杉。

柳生阳凝视过去,昏暗的夜间,云杉树枝随风摇曳,枝叶之间,隐隐约约有一个人形。

他疑心大起,捡起杜丽培的手机,用手电筒照射过去,顿时倒吸了一口凉气。

树丛中挂着一具尸体!

还是熟人!

正是找来耀祖讨债的那个家伙。

他怎么死了?还挂在了树上?

来耀祖张大嘴巴,惊骇得说不出话来。

出了命案,柳生阳毫不含糊地报了警。毕竟,这又不是侦探小说,主角能够无所不能地解决一切命案,专业的事情就交给专业的人员吧!

宿迁的警察效率很高,一听说有命案,虽然是在深更半夜,但没有多久就开着警车赶了过来,他们第一时间勘查现场,并找柳生阳三人做了笔录。

宿迁当地的刑警队长按照惯例,向柳生阳、杜丽培和来耀祖询问,当他听到柳生阳自报家门以后,不由得一愣,说道:"果然是你！"

柳生阳奇怪地问道："你认识我？"

刑警队长叹道："你在我们江苏警界内，可是大名鼎鼎的人物。简直是真人版的'江户川柯南'，走到哪里，哪里就发生大案：在苏州，发生了明星分尸案和富豪毒杀案；在扬州，发生了美国人绑架案；在淮安，发生了游船调包案。上次参加全省警务交流会的时候，我们都在议论你，还打赌你会不会跑到宿迁，跑过来会发生什么案件。果然，我们这边中招了！有命案！"

柳生阳哭笑不得，说道："虽说我走到哪里，哪里就发案，但是好歹案件都能够解决，是不是？"

刑警队长拍了拍柳生阳的肩膀，笑道："开玩笑罢了，不用在意。保护人民的生命财产安全，是我们警察的责任。不过，还是麻烦交代一下，你们为啥深更半夜跑到这鸟不拉屎的地方来，然后又发现了死尸？"

来耀祖说道："我们是来找漕帮宝藏的线索的！"

刑警队长皱了皱眉，说道："来耀祖，你不要再惦记着什么漕帮的宝藏，找一个正经的活儿吧！这事情说来也和你有关，已经有人认出来了，死者是找你讨债的高利贷放贷人，白天还差点儿打死你。要不是柳先生和杜女士做证你一直和他们在一起，我都怀疑是你行凶杀人了。"

刑警队长竟然认识来耀祖，想想也是，小地方的人际关系千丝万缕，随随便便都能攀上亲戚。

尸体被警察用登高梯从树上解了下来，平放在地上，法医开始验尸。

柳生阳瞅着那具尸体，暗光之下，吊在树上的尸体显得极为恐怖，然而放到地面以后，就觉得这人死得非常可怜。

"怎么死的？"柳生阳问道。

法医说道："现在还不好说。"

来耀祖也把脑袋好奇地凑过来，但是他只看了几眼，就脸色骤变，毕竟并不是每个人都有胆子看验尸的。

柳生阳也不再过多关注验尸现场，毕竟死尸的事情和他们关系不大，他们只是凑巧发现罢了。

警方做好笔录之后，就放柳生阳三人离开了。三人一起返回来家村，一路上来耀祖失魂落魄，显然被吓着了，到了村口就匆匆地告别，柳生阳与杜丽培则去了旅馆休息。

进入房间以后，两人不由得尴尬起来。这和之前在一个房间议事不同，今晚是真要住在一起了。柳生阳打开电视，缓解尴尬，杜丽培则站起来，说道："我先去洗个澡，不许来偷看！"

说完，就跑进了盥洗间。不一会儿，响起了淅沥沥的水声。柳生阳心不在焉，瞅了一眼盥洗间，顿时愣住了。原来这盥洗间的外墙竟然是毛玻璃，杜丽培窈窕的轮廓投影在上面，清晰可见。

柳生阳摇摇头，强行把脑袋转向电视机，心想，要是杜丽培知道自己被看光了，会不会打死他。他又想，标间还搞什么情趣浴室，万一来的是两个大男人，那场景想想就觉得可怕。

差不多过了半个小时，杜丽培才出来。柳生阳瞟了一眼，果然她进去什么样子，出来也是什么样子，浴巾裹体之类的，绝对别想看到。

杜丽培一脸轻松，擦着头发说道："真是舒服，住在游船上有一样不好，储水有限，洗澡不能洗个爽。生阳，你要不要也来洗一下？"

"当然，不过我喜欢关灯洗澡，你也别偷窥！"柳生阳绝对不能让杜丽培发现他偷窥的秘密。

杜丽培啐了一口："谁要看你这臭男人！"

柳生阳摇摇头,进入盥洗室,硬是关灯洗澡,等他出来,杜丽培早已睡了过去,他便自顾自地瘫在床上,不一会儿就睡着了。

27. 传说下的真实目的

第二天,柳生阳起得比杜丽培还早,当他正在津津有味地吃着外卖的时候,杜丽培闻到了香味,不客气地起身走过来,旁若无人地大吃大喝起来。

柳生阳瞅了一眼对面的女人,先是一愣,接着无奈地摇了摇头。

柳生阳熟悉杜丽培的过程,就是杜丽培形象不断崩塌的过程。初次见到杜丽培时,她是一位"笑语盈盈暗香去"的古典美女,也展现了英姿飒爽的干练女侦探的一面。但随着柳生阳对她越来越熟悉,杜丽培也越来越不注重自己的形象,从化淡妆变成了懒得化妆,整天素面朝天,性格上更是暴露出粗暴急躁、动手比动脑更快的缺点。最可恶的是,杜丽培居然是一个吃货,成天就是埋头大吃大喝,真担心她以后的体重啊!

担心她的体重干吗?柳生阳蓦地发现自己也不小心进入了"未婚夫"模式,不由得摇了摇头,驱散了这个念头。毕竟两人只是假扮未婚夫妻,怎么可能真的在一起。

柳生阳静静地看着杜丽培傻吃傻喝，见她酒足饭饱之后，才问道："睡饱和吃饱了吗？"

"都饱了。"杜丽培毫无风度地瘫在沙发上，拍了拍被食物撑大的肚子，"对于昨晚的事情，我有点儿不解。"

柳生阳笑道："专业的事情就交给专业的人处理吧。我相信警方会有答案，我们去警察局那边打听一下即可。"

杜丽培一愣，问道："这也行？"

"为什么不行？"柳生阳反问，"别忘了我是记者。"

杜丽培不得不承认，柳生阳表面上是个闷骚宅男，实际上长袖善舞，每每都能够与警方谈笑风生，这令杜丽培羡慕不已。

他们离开来家村，返回市区，上门拜访刑警队长，后者一点也不惊诧他们的到来，笑道："走到哪里，哪里就出现大案的真人版'江户川柯南'，你们开始调查那具尸体的事情了？"

柳生阳笑道："既然我是真人版'江户川柯南'，走到哪里，哪里就出现大案，那我必须完善这个人设——哪里有大案，就在哪里解决。"

刑警队长耸了耸肩，笑道："这个理由不错。"

柳生阳问道："有什么发现？"

刑警队长开始介绍："死者死在晚上七点半到八点半之间，是被勒死的。尸体没有被移动过的痕迹，因此可以断定，发现尸体的现场，就是杀人现场。目前可以公开的信息就只有这些。"

杜丽培一愣，说道："晚上七点半到八点半之间？那个时间我们不是正在罗祖庙吗？死者就死在旁边的云杉上，也就是说，他是在我们眼皮子底下死掉的？"

刑警队长说道："可以这么认为。最初，我们认为来耀祖杀人嫌疑极大，毕竟他欠了那么多钱，具有杀人动机，但是根据你们的口供，他时时刻刻与你们在一起，根本没有杀人时机。"

杜丽培补充道："对，一秒钟都没有离开过我们的视线，你可别怀疑我们做假口供啊！"

刑警队长笑道："你们与来耀祖素昧平生，干吗给他做假口供，要知道做伪证是要坐牢的，我相信你们说的每一句话都是真实可信的。"

柳生阳思忖了一下，说道："有两点我觉得非常不可思议，第一，为什么死者被吊死在树上；第二，为什么选择我们在案发现场的时候杀害死者，这样被发现的可能性实在太大了。"

刑警队长摊开手，说道："老实说，我也搞不清凶手为什么选择在那样的时间、地点杀人。真要杀人，找个没人的地方，杀了毁尸灭迹，何必把尸体吊起来，引人注目。还非要冒着被发现的巨大风险，在附近有人的时候动手。如果抓到了凶手，我一定要问问他脑子是不是有问题。"

"会不会是邪教祭祀？"杜丽培脑洞大开地说道。

"怎么说？"刑警队长饶有兴趣地看着杜丽培。

杜丽培兴致勃勃地说道："别忘了，来家与罗教的关系密不可分。我稍稍查了一下历史，罗教分支极多，不少在传承过程中，都产生了变异，变成了邪教。再加上之前来家曾经发生过先祖被吊死在树上的事情，我怀疑日久天长，把人吊死在树上，形成了一种邪教的祭祀仪式。说不定之前也发生过，只是无人发现罢了。那死者是外地人，死了正好，无人过问！"

柳生阳和刑警队长一起摇头，都觉得杜丽培的脑洞实在太大了。

然后柳生阳看到杜丽培的脸色越来越难看，恶狠狠地瞪着自己，心中咯噔一下，急忙哄道："不过丽培的看法也极有道理，说不定这次吊死人的手法，与之前来家先祖被吊死有极大的联系！"

"那到底有什么联系？"杜丽培摆出一副"你要是不说出个子丑寅卯，今个别想活着走出警察局"的架势。

柳生阳顿时大汗淋漓，刑警队长看了心里直发笑，暗道美女老婆真不好伺候，大美女老婆更不好伺候。

重压之下，柳生阳突然联想到了以前从来没有想到过的一点，灵机一动，说道："藏尸！"

"怎么？"杜丽培不明白。

柳生阳反而询问刑警队长："假如在你的辖区内发生了命案，凶手要把尸体藏起来，有这个可能吗？"

刑警队长一副你侮辱我职业的表情，一挥手喝道："不是我吹牛，在我的辖区内，就是死一头猪，也会被我们发现，更何况死一个人！"

柳生阳正色道："但是罗祖庙的云杉上，如果再吊死一个人，你们会发现吗？"

刑警队长一愣，显然意识到了，这是一个盲区，他是个认真的人，不愿意吹牛皮，说道："罗祖庙附近人烟稀少，寻常人等更不会过去。而且尸体被隐藏在茂密的云杉里，除非腐败掉落，否则至少几个月内，我们不会发现。"

柳生阳说道："所以，凶手的目的是藏尸！以宿迁的气候而言，现在是三月出头，未来一个月内，尸体都不会腐败，也不会掉下来，至少可以藏一个月。一个月过去以后，很多线索和痕迹都会被时间淹没掉——这就是凶手在云杉那里杀人的目的！但是不巧，无意间被丽培发现了，导致他功亏一篑。"

杜丽培说道："你讲得好有道理，但是还得交代一下，和我提出的观点有什么联系？"

面对虎视眈眈的杜丽培，柳生阳不慌不忙地笑道："关键就是来家先祖被吊死在树上这件事情，别忘了，他死了好几个月才被发现。

那时候罗祖庙还是人来人往的,都没有人发现尸体,何况现在!联系到这点,不难发现,云杉是一个隐藏尸体的好地方。丽培果然是天生聪慧,一下子就抓住了重点,给予了我们提示,找出了凶手的目的!"

刑警队长一脸不悦,心想,请不要在"单身狗"面前秀恩爱!

杜丽培扬扬得意,自从她发现自己虽然身为侦探,洞察力和智商却完全被一个记者碾压以后,陷入了无尽的自惭形秽之中,直到今天才能够表现一番,保住了自己的面子。

刑警队长大笑道:"柳先生不愧是真人版'江户川柯南',虽然周围发生的案件多,但你破案也快,与你聊了一会儿,就有了颇多受益。有没有兴趣与我一起再去现场,去看看有什么新的线索发现?"

柳生阳说道:"非常荣幸,高木警官[①]。"

刑警队长一脸错愕,心想,这是在反讽他?

刑警队长瞪了柳生阳一眼,转而对杜丽培说道:"请,角姐[②]。"

"咦?为什么叫我角姐?"身为法国人的杜丽培,显然不太熟悉这些典故,傻乎乎地问道。

柳生阳和刑警队长神秘地对视了一眼,露出了心照不宣的笑容。

[①] 高木警官是动漫作品《名侦探柯南》中的角色,身份是警视厅刑事部搜查一课强行犯搜查三系巡查部长。
[②] 角姐是指动漫作品《名侦探柯南》中的角色毛利兰,因发型酷似角,故有此外号。

五 江东父兄何怜我

28. 江东父兄

刑警队长是有配工作车的,这次柳生阳和杜丽培总算不用走路去罗祖庙了,被载着来到了目的地。

外面刮着大风,下了车以后,杜丽培忍不住裹紧了衣服,她抬起头,仰望高大的云杉,叫道:"有一点我始终不明白,树这么高,人是怎么被吊上去的。我观察了一下,树有将近十米高,要把尸体吊上去,是个不小的工程。"

刑警队长说道:"这个不难,只要将绳子悬在树枝上,然后一头垂下来,利用滑轮原理,即使一个女人,也有可能吊起一个大男人。"

杜丽培又说道:"那问题又来了,绳子是怎么被挂到树上去的。抛上去?先不说十多米的高度需要很大的力量,接下来还得准确地挂住一根枝干,这难度实在有点儿大。如果是爬树上去把绳子挂住,那只有少数人可以做到,比如我!"

刑警队长大笑道:"其实这个一点儿都不难,随我来!"

柳生阳和杜丽培跟着刑警队长上了塔的三层,上面风更大,吹得树枝啪啪啪地打在塔身上。

杜丽培一上塔见了树,顿时醒悟,塔和树的距离极近,要挂绳子,只需把绳子平抛过去即可。毕竟平抛几米,可比仰抛十多米容易多了。

倏然，杜丽培就此联想到了一点，急忙叫道："既然在塔上挂绳到树上更容易，岂不是吊人也容易？"

刑警队长说道："我们确实有此怀疑。可是有一点要注意，死者身材强壮，并不是个能够轻易对付的人，这点杜小姐应该有体会。"

杜丽培点了点头，她撂倒过死者，确实深有体会。

"这么猛的一个男人，居然活生生地被吊死，身上既没有被制服的痕迹，也没有醉酒或者麻醉剂的痕迹，着实奇怪，那简直如死者是自己乖乖地套上绳子，跳下去被绞死一般。"

"总不会是自杀吧？"杜丽培疑问，"因为无法收回债务，无颜见江东父老？"

这时，一直沉默不语的柳生阳突然说道："我刚刚想到，死者说不定是中了陷阱，别忘了，当时是晚上，天上又没有月亮，周围也没有光源，视野很差，完全可能中计的。丽培，可以麻烦你扮演一下死者吗？"

"哦，没问题。"杜丽培点了点头，便要躺下。

柳生阳满头"黑线"，喝道："这时候还没有死！再说是被吊死的！"

杜丽培闹了一个大红脸，白了一眼柳生阳，随即听他吩咐。

柳生阳说道："我扮演凶手。深更半夜，死者来到这个鸟不拉屎的地方，一般情况下，多半是凶手用某个借口把他引诱过来。丽培，请从楼梯口走过来，走几步就别动了。"

杜丽培依言扮演死者的行动，从楼梯口走到三层，步行几步，驻足不前，这时候柳生阳说道："天色很暗，视野很差，死者根本看不清周围的情况。这时候他可能想打开手机的手电功能，凶手告诉他：'外面有人，对，就是来耀祖、柳生阳和杜丽培三个家伙，别惊动他们！'"

刑警队长忍俊不禁，杜丽培哭笑不得。

"于是死者打消了打开手电筒照明的计划,岂知这是自取灭亡之举。他循着凶手讲话的声音走过去,这个定位只是个大概,但是有一样东西,在黑暗中特别显眼……"

柳生阳掏出手机,打亮屏幕,放在塔的残垣上。

幽蓝的手机屏幕,在白天毫不起眼,黑夜无光的情况下却非常显眼,宛如黑暗海底中鮟鱇鱼的小灯笼,引诱着小鱼去寻死。

柳生阳继续说道:"手机的屏幕亮光,远处看不清,近处却非常醒目,死者顺着手机屏幕的亮光走过去。他以为是凶手拿着手机,其实凶手只是把手机放在了残垣上,本人则悄悄地拿起了事先准备好的绳索,潜伏到死者附近,等死者接近了残垣的时候……"

杜丽培正好走到了残垣边,柳生阳就从杜丽培的背后模拟将绳子套在了其脖子上,然后未待其反应过来,轻轻一推。当然这个力度很小,杜丽培只是小小地晃了晃,真实情况下死者却被推下了塔,活生生地吊死了。

惊心动魄的谋杀案,在柳生阳和杜丽培的模拟下,被栩栩如生地展现了出来,让刑警队长出了一身冷汗。

柳生阳继续说道:"当晚我们三人在罗祖庙的时候,听到塔这边有咚的一声巨响,由此我们被吸引了过去。现在我在想,那一声响,其实是死者被推下塔,撞击在塔身上发出的。当我们赶过去的时候,凶手早已借着黑夜遁身,消失得无影无踪了。"

杜丽培补充道:"对了,晚上我们来罗祖庙的时候,感觉到有人跟踪,极有可能是死者。"

刑警队长微微颔首,说道:"现在的问题,就是谁是杀人凶手了!"

这时,他的手机响起来,他接听了一下,随即皱起了眉头,片刻之后就挂了。他对柳生阳和杜丽培说道:"来耀祖自首了,说人是他杀的,动机是无钱还债,被逼得无路可走,便起了杀心!"

杜丽培叫起来："不可能，来耀祖一直和我们在一起，一秒钟都没有离开过，怎么可能是杀人凶手，除非……"

柳生阳接口道："他在包庇凶手，他知道凶手是谁！"

刑警队长说道："他的心理素质没有那么好，稍微审讯一下，即可招供。"

柳生阳摇了摇头，说道："不用那么麻烦，我已经知道凶手是谁了。"

刑警队长微微惊诧，却听柳生阳说道："这个人一定与来耀祖关系极好，否则不会为了他而杀逼债人，来耀祖也不会为了这个人而自首顶罪。这种人，很少，很少。"

刑警队长熟悉来家村的情况，这时候苦涩地笑了一下，艰难地吐出了一个名字："来陆！"

返回来家村，他们直接去了来陆开的饭铺，找到来陆，直奔主题："来耀祖去警察局自首了，说他是杀人犯。"

来陆似乎早知道警方会来找他一样，淡淡地说道："把他放出来，人是我杀的。"

"为什么？"刑警队长很难相信村里的老好人会杀人。

来陆叹道："我害了来耀祖！我从小看着耀祖长大，不忍心这个孩子被贫穷击垮，于是从小就哄他，说有漕帮的宝藏，长大了可以去找，造福乡亲。耀祖被这个念头支撑着长大，却走火入魔，不顾一切地去寻找，为了找宝藏，到处筹措资金，借了不少高利贷，被逼债逼得从学校逃走，只能回到老家。但是高利贷的债主却一路追了过来，让耀祖的生活雪上加霜！我不能让他的一辈子都毁了，于是动了杀机，弄死了那个家伙！本来以为尸体藏在树丛中很久以后才会被发现，哪知道一下子就被发现了。"

世事本来就很难预料，死者肆无忌惮地翻了来耀祖的房子，迫使来耀祖及早带着柳生阳一行去了罗祖庙，导致来陆的事情败露。不过也真佩服他，居然敢在旁边有人的时候动手，胆子真大！

杜丽培轻轻地叹了一口气，不知是不是为来陆在叹息。

下午，柳生阳和杜丽培看到来耀祖从警察局里面出来，神情非常憔悴，满面风霜。杜丽培上前打了一个招呼，来耀祖一言不发，转而去了家里，把所有关于漕帮宝藏的东西一股脑儿理了出来，堆在门口，点火烧了个精光。

杜丽培惊诧万分，问道："来耀祖，你不想找漕帮的宝藏了吗？"

来耀祖摇了摇头，说道："不找了，什么漕帮的宝藏，害了我，更害了陆叔，再也不找这些子虚乌有的东西了。"

杜丽培微微颔首，说道："这样也好，今后你打算做什么？"

来耀祖说道："读书是不成了，陆叔进去的时候跟我说，让我照顾一下他的铺子，我打算今后就好好地经营铺子，慢慢还钱。"

这对于来耀祖来说，或许是一个最好的结局吧！

柳生阳和杜丽培也即将结束宿迁之行，离开来家村之前，柳生阳突然说道："我或许能够找到来家的传承。"

杜丽培莫名其妙，反问："不是在来家祖先被吊死的时候，不翼而飞了吗？"

柳生阳神秘地一笑："这起案件，给了我一个灵感。走，我们去看看吧。"

杜丽培叹气道："好吧，嫁鸡随鸡，嫁狗随狗。你想折腾，就折腾吧！"

两人一路步行前往罗祖庙，两三公里只花了不到半个小时。抵达罗祖庙以后，柳生阳凝视着高大的云杉，沉默不语，不一会儿说道："你之前说你能够爬上这种树，是吗？"

"当然，小意思！"

"可不可以爬上去，找找有没有一样特别的东西——匕首！"

杜丽培虽然惊诧，但还是嬉皮笑脸地说道："看我的！"

但见杜丽培脱下外套，宛如猿猴一般，轻轻松松地顺着树干爬了上去，不一会儿人影就消失在了树丛之中。

没过多久，杜丽培在树上高声叫道："真的有呀！"

她像是轻巧的体操运动员一样，从树上鱼跃而下，落在柳生阳面前，把一样东西递了过来。

柳生阳定睛一看，确是一把匕首，表面斑斑驳驳，锈蚀不堪。

杜丽培打量着匕首，说道："这玩意儿都烂掉了，能留下什么秘密？"

柳生阳思忖了一下，把目光集中在了手柄上。他伸手用力一扯，拉掉了尾部，手柄里面果然是空心的，从中倒出了一张羊皮纸。

耐储存的皮革制品，即使在数百年以后都柔韧有余。打开羊皮纸，里面有一段刀刻文字，大意就是秘密的真相记载在韦氏的笔记上，但是打开解码秘密的关键，则是龙棍！

"原来破解'韦氏的秘宝'的关键，是龙棍？"

柳生阳点了点头，说道："正好我认识杭州漕运历史博物馆的人，可以把龙棍借来观摩一番。"

杜丽培瞅着柳生阳，说道："你这人，我越来越看不透了，能够与警察谈笑风生，又认识计算机专业的朋友，现在又多了博物馆的朋友，交友真广。"

柳生阳一愣，干笑道："毕竟我是记者。"

杜丽培又笑道："还是活生生的名侦探'江户川柯南'，走到哪里，哪里就发案。这次又破获了一起杀人案，还找到了失踪的匕首，说说看，你是怎么发现的？"

柳生阳笑道："云杉真是隐藏东西的好地方，可以隐藏尸体，反过来一想,其他物件也可以隐藏,若非登高找寻,根本不会发现秘密。我在想,古代的时候,来家的先祖想把匕首藏在树上,不过爬树太难了,他想了一个办法,先通过塔挂好绳子,再借助绳子爬上去。藏好匕首以后,爬下来的时候,却一不小心掉进了绳子套里面,把自己给吊死了。于是,留下了一个千古谜案!"

杜丽培目瞪口呆,失声叫道:"这也成?"

"历史的真相本来很简单,却被时间扭曲了。"

离开来家村,到了晚上,两人登上飞雁号,正要出发前往下一个目的地,柳生阳突然接到电话,面色顿时凝重起来,挂了电话以后,他对杜丽培说道:"我们得回杭州一趟了。"

"为什么?"杜丽培不解。

"因为龙棍被偷了,飞贼署名'茉莉花',指名要我回去!"

"不会吧!"

六　山寺月中寻桂子

29. 祸从口出

"这这,你从宿迁回到杭州,岂不是没有走完全程,违反协议了!"杜丽培心虚地说道。

柳生阳摇了摇头,说道:"我没有说不回来。协议只是规定了我在一个月内走完大运河的全程,但是没有规定我中间不能回到杭州。要知道,现在交通很发达,我顺便回个杭州,跟休假一样——旅行也是工作。"

杜丽培哭笑不得,乖乖地跟着柳生阳回去了。他们暂别了飞雁号,船员们已经习惯了两人经常无缘无故地"失踪"了。

从宿迁到杭州,最快的方式莫过于坐车到南京,再坐高铁,全程约莫三个多小时。赶到杭州火车东站以后,杜丽培以为还得打车从江干区前往拱墅区的杭州漕运历史博物馆,却想不到有人来接车。

那是一个身材高大的警察,张开双臂抱住柳生阳,笑道:"欢迎回来!老伙计,这次旅行怎么样?"

"非常棒,收获极多。"柳生阳转而把警察介绍给杜丽培,说道,"这位是我朋友,杭州的刑警蒋游竹。"

"这位美丽的女士是?"蒋游竹早就注意到待在柳生阳身边艳光四射的杜丽培了。

杜丽培之前是越来越懒,一说要回杭州,立即全副妆容,变成了最初的古典丽人。

未等柳生阳回答，杜丽培抢着回答："我是生阳的未婚妻，我叫杜丽培！"

蒋游竹倒吸了一口凉气，直愣愣地盯着柳生阳，半晌说不出话来。但那眼神已经完全出卖了他的心思：姓柳的，你这小子，怎么一声不吭就拐了一个如此美丽动人的女子，还不是女朋友，是未婚妻！

蒋游竹最后还是忍住了，只拍了拍柳生阳的肩膀，说道："走，我们去博物馆，看看现场情况吧。"

他招待两人坐进一辆警车内，开车从火车东站直奔杭州漕运历史博物馆。博物馆位于拱墅区的运河广场上，在著名的拱宸桥附近。

蒋游竹把车停在广场的停车场里，三人步行前往博物馆。这是一家公立博物馆，无须付费即可参观，今天不是休息日，大门却紧闭。

蒋游竹打了个电话，大门才开启，工作人员迎接他们进入。

对于漕运历史博物馆，众人并不陌生。其展厅面积就超过一万九千平方米，收藏有数十万件文物和文献，其中最珍贵的莫过于乾隆御赐龙棍。龙棍除去历史价值，本身亦是价值连城，龙棍本体以熟铜打造，外面包裹着黄金、白银，再镶嵌有诸多宝石，华丽至极，不愧是统治南北两千里运河的漕帮之权杖。

如今，展台上珍贵的龙棍消失得无影无踪，只剩下一个空荡荡的托架，下面有一张纸，打印着大号字体："柳生阳，来一场怪盗与侦探的对决吧！"落款是"茉莉花"。

柳生阳眉头皱了起来，问道："怎么丢的？据我所知，博物馆的安保措施很强。"

"昨天晚上丢的。安保人员正在巡逻，突然发生全博物馆范围的停电，甚至备用电源也无法开启，等来电了以后才发现，龙棍展台外面的钢化玻璃被强行撬开，龙棍被偷了。另外，现场的所有监控设备都被干扰，无法使用。"

杜丽培说道："'茉莉花'属于专业的文物盗窃、贩卖团伙花间派，他们有这种能力偷盗。"

"但这也太容易了，一眨眼，就没了。"蒋游竹有些不满。

"这博物馆的安保措施其实就是纸糊的，轻轻一戳就破。"杜丽培随口说道，为了增强说服力，她接着现身说法，"比如钮建被害的那晚，我就毫不费劲地从屋顶上翻了下来，绕开了一切安保措施……"

杜丽培突然发现柳生阳和蒋游竹目瞪口呆地看着自己，顿时意识到自己失言了，把自己的犯罪行径给捅了出来，连忙进行否认三连："不不，我没有，我在吹牛，千万别当真！"

她尴尬地笑着，旁边没人笑，蒋游竹看了一眼柳生阳，似乎在说："你这老婆虽然漂亮，但是不大对头啊！"

柳生阳回了一个眼神："看在我的面子上，就当她在吹牛吧！"

蒋游竹装作没有听到一样，闭口不谈。

杜丽培环顾四周，额头汗水涔涔，稍稍松了一口气，心中懊悔不已，活生生地被柳生阳抓了把柄，不知道接下来如何面对，真是祸从口出！

30. 徒劳无功

柳生阳不再关注杜丽培的言多语失，寻思道："'茉莉花'到底想要干什么？他把我从宿迁叫过来，就是为了让我侦破盗窃龙棍的案件吗？这也太简单了，一看就知道。"

蒋游竹微微颔首，赞同道："的确，这起盗窃案件看似诡异玄奇，然而说穿了不值一提，那个叫什么'茉莉花'的飞贼，也太小觑警方的智商了。"

杜丽培傻了，凑到柳生阳身边小声问道："你们在说什么，为什么我听不懂？在密集的摄像头和安保人员监控下，龙棍神秘失踪，岂不是一件怪案？为啥你们俩说这案子破起来很简单？"

柳生阳四下张望了一下，确认周围没有闲杂人等，便悄声地告诉杜丽培："'茉莉花'一来偷东西，博物馆就断电，连备用电源也没法使用，监控失效，安保无用。这又不是《十一罗汉》电影，飞贼有通天的本事。排除一切不可能，剩下的唯一答案就是内外勾结！"

杜丽培恍然大悟，瞟了一眼蒋游竹，又问道："那你的警察朋友怎么还没有动手抓那些内贼呢？"

"还没有证据，先侦查一番，抓住了线索再逮人。现在不声张，避免打草惊蛇。"

蒋游竹冷眼旁观这对情侣秀恩爱，便装腔作势地哼了几声提醒他们，等他们注意到自己才说道："龙棍的长度不短，如果要携带出去，以杭州警方的监控力度，恐怕有点儿难度，除非他们把龙棍给弄折了，斩成数段。"

杜丽培摇了摇头，说道："以我对花间派的了解，他们是不会这样毁坏文物的。花间派虽然是一个文物盗窃和贩卖集团，但是毕竟附庸风雅，根据他们的原则，很多情况下，宁可失去文物，也不会做出损毁文物的行为。"

蒋游竹松了一口气，说道："那就好，我们警方会加大排查力度，绝对不让他们离开杭州城半步。"

突然，柳生阳的手机响了起来，他一接，里面顿时传来了"茉莉花"的笑声："哈哈，柳生阳，看到我留的纸条了吗？"

柳生阳阴沉着脸说道："看到了，很遗憾，你盗窃的手段已经被我给破解了。"

"茉莉花"笑道："不，不。那么简单的伎俩，我相信你一眼就能够看得出来，用这种手段来进行我们之间的较量，既是侮辱你的智商，也是侮辱我的智商。"

"那你想干什么？"

"很简单，我把龙棍藏在了某处，现在给你一点提示：半江瑟瑟半江红！"

说完，"茉莉花"就挂了电话。

蒋游竹和杜丽培在一旁紧张地盯着柳生阳，见他把手机扔给蒋游竹，说道："查查刚才那个号码，定位一下，打过来的是'茉莉花'。"

"行！"蒋游竹马上动用警方的权限，和通信企业联系，查询号码和基站定位。

然后柳生阳对众人说道："'茉莉花'开始与我较量了，他说龙棍藏在某处，给了我一点提示：半江瑟瑟半江红！这是一首诗，作者白居易,名为《暮江吟》,全诗如下:一道残阳铺水中,半江瑟瑟半江红。可怜九月初三夜,露似真珠月似弓。"

柳生阳不愧是新闻专业出身的,文学素养高,随便一句诗,他就能够吟出全首。

杜丽培思索了一番,说道:"一首诗只取一句,我觉得应该和'二十四桥明月夜'一样,可能是个字谜。"

柳生阳沉思了一会儿,说道:"是地名,答案是丽水!"

蒋游竹说道:"丽水,那在几百公里开外?"

柳生阳摇了摇头,说道:"不,别忘了,在博物馆旁边,有一条丽水路,因此我认为,关键线索是丽水路。"

蒋游竹当机立断,说道:"行,我们马上出发去丽水路。"

三人急匆匆地离开博物馆,开车前往丽水路。丽水路就在运河文化广场附近,这是一条约莫四公里的小路,不是很长。他们开了过去,沿着运河走完了整条丽水路,却一无所获。

正当他们心生疑惑的时候,"茉莉花"的电话再次打了过来:"我给你的谜题猜出来了吧。接下来,我再给你一个提示:古运河畔清辉漾,一水横川贯蜀中!"

说完,"茉莉花"立即挂了电话。

柳生阳看了一眼,"茉莉花"已经换了一个新的号码,就把号码给了蒋游竹。

蒋游竹摇了摇头,说道:"没用,已经查过了,手机是被盗手机,位置一直在移动。"

柳生阳点了点头,说道:"这次的提示是:古运河畔清辉漾,一水横川贯蜀中!"

杜丽培喃喃自语:"古运河?我们现在就在运河边上啊!但是没有和川蜀有关的,难道是在讲川味火锅?"

柳生阳摇了摇头，绝对不是，他怀疑又是字谜，所以认真地思索着，不一会儿说道："答案是湖州！"

"为什么？"杜丽培疑问。

柳生阳解释道："古运河畔清辉漾，一水横川贯蜀中——前半句解谜用意义法，河畔清辉荡漾是湖水的湖，后半句用拆字法，川字被一条水在中间横着穿过，乃是州，故而答案是湖州！"

"走，我们去湖州街！"

这次蒋游竹一听到湖州，在脑中自动就理解成湖州街了。

湖州街在丽水路不远处，和南北向的路不同，街为东西向，是故湖州街与丽水路垂直。

湖州街比丽水路长，他们自西向东，慢慢地开过去，费了老半天劲都没有什么发现。直到湖州街东侧，已经是正午了，大吃货杜丽培的肚子首先咕咕地叫了起来。柳生阳看一无所获，不如先解决吃饭问题，便指着前面的一排建筑说道："走，我们先去吃饭。那是我的母校，我知道有几个食堂的饭菜不错。"

31. "茉莉花"的真实目的

柳生阳的母校为杭州城市大学，其被湖州街一分为二，有南北两个校区、两个校门，蒋游竹看着两边，迟疑了一下问道："去哪边？"

柳生阳沉思了一下，说道："北校区偏重自然科学专业，南校区偏重人文艺术专业。"

蒋游竹毫不犹豫地把车停在南校园门口的停车场，下车去了南校区。

很显然，南校区妹子多，柳生阳在积极地为朋友解决终身大事。

杜丽培当然猜到了柳生阳和蒋游竹的心思，一时哭笑不得。

此刻正是中午吃饭时间，校园里的学生下了课，都拥向了食堂，人潮汹涌。杜丽培四下里张望，南校区妹子果然多，她们还没有沾染上社会的不良习气，洋溢着浓浓的清纯气息。

其实他们三个人在校园里也很引人注目，蒋游竹一身警服非常显眼，而杜丽培更是夸张，她本来就是绝世丽人，化妆之后尤为耀眼，那中西合璧的面容，吸引了无数学生的目光，不仅男生在看，女生也是忍不住投来视线，窃窃私语，这位丽人究竟是什么身份，来此作甚？

柳生阳在校园里面居然还有不少熟人，认识的人纷纷和他打招呼，由于是南校区，打招呼的基本都是妹子。

杜丽培酸溜溜地说道："哎哟，想不到你还挺有人气的。"

柳生阳点了点头，说道："因为我是学校一个社团的首领。"

"什么社团？艺术社？推理社？还是话剧社？"

"都不是，我是E城市俱乐部的社长。"

"啥？"

蒋游竹一点就通，哈哈大笑道："柳生阳这厮，就是狡猾。"

"为什么？"杜丽培依旧不明白。

蒋游竹沉思了一下，说道："假如你的电脑坏了，你会怎么办？"

"找人修啊！"

"女学生们不大懂电脑,经常坏,出门去修比较麻烦,恰好现在学校里面组织了一个社团,免费为女学生们修电脑,换作你愿不愿意让他们进门来修电脑?"

"当然,白修啊!不花钱。"

"这就对了。要知道,男生是不能进女生寝室的,除了修电脑。而男生进了女生寝室,会发生很多事情,比如看对眼了、恋爱之类的。"

杜丽培恍然大悟,瞪着柳生阳喝道:"原来如此,话说你在大学里面,到底进了多少女生寝室,勾搭了多少妹子?"

柳生阳摇了摇头,说道:"我是社长,不会亲自出手。我专门为社员服务,自从E城市俱乐部成立以后,至少促成了四百多对,我可是功德无量。计算机专业的人,人人都欠我人情。所以他们肯帮忙协助我破解韦氏秘宝的秘密。好了,食堂到了,我们去吃饭吧。"

柳生阳指着前面的大食堂,该食堂位于体育馆之下,面积非常大。当然,他们不会和普通学生一样去吃大锅饭,而是去专门烧小炒的留学生餐厅,点了三四个菜,美滋滋地体会了一把校园美食。

吃饱了饭,三人休息,随口聊天。蒋游竹疑惑地说道:"一整个上午,两条路跑下来,一无所获,总感觉我们像是被'茉莉花'耍了一样。"

杜丽培道:"我也有这个想法,他在牵着我们的鼻子走。"

柳生阳思索道:"但是这有什么意义呢?据我了解,'茉莉花'不会做这么无聊的事情的,他表面上的游戏,其实另有目的。以上次的游船调包计为例,表面上是为了耍我,实际上是窃取了'韦氏的秘宝'。由此可见,必定有阴谋!"

杜丽培想了想,说道:"是不是为了拖延时间?就故意耍我们。"

柳生阳没有否认,也没有赞同,他说道:"既然如此,我们不妨

六 山寺月中寻桂子

站在'茉莉花'的角度思考问题。"

"从他的角度?"蒋游竹询问。

柳生阳自言自语地说道:"现在我是'茉莉花',我拿到了龙棍、'韦氏的秘宝'。根据来家匕首中的内容提示,龙棍是破解韦氏秘宝的关键。'韦氏的秘宝'虽然被柳生阳篡改了,但是问题不大,有九成的内容可以破解。接下来我要做什么呢?嗯,当然是用龙棍破解'韦氏的秘宝'。但要怎么破解呢?"

柳生阳突然脸色一变,失声叫道:"我知道'茉莉花'的真正目的了!"

"什么?"

蒋游竹和杜丽培都是一惊!

柳生阳叫道:"从他的角度而言,他盗取龙棍的目的并不是为了龙棍,而是为了破解'韦氏的秘宝'。'韦氏的秘宝'是一串密码,现代社会,破解密码最好的办法就是使用计算机。而恰好,有一个人正在用计算机处理'韦氏的秘宝'。"

杜丽培"啊"了一声,她当然知道,柳生阳的同学接受了委托,正在处理"韦氏的秘宝"。

柳生阳急忙打电话给那个同学,许久无人接听,他阴沉着脸说道:"最坏的结果,'茉莉花'故意弄些什么提示,不是为了耍我们,而是为了吸引警方的注意力,他就可以乘机劫持、绑架我同学,逼迫他破解'韦氏的秘宝'。"

蒋游竹大怒,忍不住骂道:"可恶的家伙!"

随之柳生阳又陷入了深深的疑惑中,自言自语地说道:"不对啊!来家的匕首提示龙棍才是破解秘密关键的信息,'茉莉花'是怎么知道这点的,我白天刚知道,'茉莉花'晚上就盗取了龙棍。"

说完,他有点儿不信任地看了一眼杜丽培,后者顿时悟出了他的眼神，怒道："虽然只有两个人知道这个信息，但我绝对不会泄密！"

柳生阳收回了异样的眼神，尴尬地笑了笑，两人这段日子共同经历了风风雨雨，他明白杜丽培绝对不是泄密者。

突然柳生阳一愣，拿起手机，骂道："该死！"

他恶狠狠地将手机砸在地上，其他人顿时醒悟，是手机泄密了。

柳生阳说道："既然不是我，也不是丽培泄密，那么只有手机了——我用手机通知过我的同学。现在想来，我们走完丽水路，'茉莉花'就打电话过来，真是精确，恰是我手机被他操控，随时可以监视定位！"

32. 另辟蹊径

柳生阳砸了手机，片刻又后悔了，咂了咂嘴巴。杜丽培知道他心里在想什么，忍不住嘲弄道："没了手机，看你咋办，现代社会，没有手机可是万万不能的。"

柳生阳一咬牙，喝道："买！"

他熟门熟路，跑到通信公司驻校营业厅，重新办理了手机卡，顺便买了一个手机，叫嚣道："现在我换新的了，看'茉莉花'怎么窃密！"

蒋游竹觉得柳生阳这个文科生对于通信技术的了解实在太少了，换新的照样可以窃密，于是上前同情地拍了拍他的肩膀。"我建议，暂时不要用，抽空去局子里，我叫信息科的同事帮你看看。"他顿了顿，接着问道，"假设你的同学真被'茉莉花'给绑架了，他有龙棍作为引子，又有'韦氏的秘宝'的数据，很容易就能够破解秘密。接下来，我会马上派人前往你同学的住所、工作场所，以及一切他留下痕迹的地方，寻找他的踪迹，顺藤摸瓜，找到'茉莉花'的老巢。那么你有什么计划？"

柳生阳想了想，说道："我们先去我同学的工作场所吧。有些东西，我想了解一下。"

"没问题，我陪你去。"

三人马上离开大学，开车从城北赶往城西，到达目的地的时候，日头已经微微偏西了。柳生阳同学的工作单位是一家计算机研究所，位于西湖边，掩映在一片绿色当中，若不是门口的匾额，都会让人误以为是一家会所。

这种超级计算中心，保密程度很高，一般都是防守严密，闲杂人等不得入内，好在蒋游竹是警察，让他们可以会见柳生阳同学的上级。

"你们说邹桂平？他今天没来上班，早上我收到了一条他的信息，说感冒了，要请假一天。"

柳生阳脸色一沉，他同学被绑架的事情基本确凿了，于是他问了自己关心的问题："那您知不知道邹桂平在处理一批数据？"

上级答复道："知道，我们研究所的计算力有宽裕，就鼓励员工业余时间做些研究，邹桂平好像在处理一批古籍的数据，可惜线索有限，破解难度很大。"

众人一喜，柳生阳继续问道："那数据还在吗？"

"不在了。邹桂平因为无法破解这批数据，将其全部拷了下来，拿回家了。"

众人的脸色变了，"茉莉花"有数据和线索，那破解"韦氏的秘宝"简直易如反掌。

柳生阳又问道："如果线索条件充分，那破解这批数据至少需要什么样的硬件设备？大概多久能够破解？"

"那简单了，一台普通的民用电脑就可以，只要运行速度超过每秒二百亿次，花个一天就能够破解。如果用我们研究所的超级计算机，那可能十分之一秒都不用。"

柳生阳知道"茉莉花"即使绑架了邹桂平，逼迫其办事，也很难进入计算机研究中心使用超级计算机来破解，于是原计划只是打算打听一下，破解"韦氏的秘宝"需要什么硬件设备，然后可以顺着这条线索跟踪过去。眼下却说只需要民用电脑即可破解，那简直等于设备遍地都是，他的计划顿时"破产"了。

邹桂平的上级看着三人愁眉苦脸，稍稍解说了一下："每秒二百亿次的电脑，在民用市场是顶尖产品，而且一台还不够，必须进行并联处理，至少要两三台才行。"

柳生阳眼睛一亮，致谢了以后，三人就离开了计算机研究所。柳生阳对蒋游竹说道："'茉莉花'绑架了我同学，要破解'韦氏的秘宝'，必须准备大量的高端民用电脑。但是杭州并非'茉莉花'的大本营，他在仓促之间过来，肯定没有想到这点，所以他只能去市场上采购，只要查一下今天市场上的高性能电脑交易记录，即可找到一丝线索。"

杜丽培眼睛发亮，补充道："别忘了网购市场，现在网购很快，早上下单，下午就可以到达。对了，还有网吧，部分高端网吧，有高性能民用电脑，把网吧包下来也可以进行处理。"

蒋游竹点了点头,一一记在心里,随即便安排人员去处理。

离开研究所时,日头已经偏西了。眼看天色渐晚,蒋游竹向两人告辞:"刚才我同事来了消息,说在你同学的住所,发现闯入的痕迹,你同学确认被绑架了,我们会加班加点,将他营救出来,请安心。"

"辛苦了!"柳生阳点了点头,致意道,"那我们两个业余的,就不打搅你们干正事了。"

"要我送一下你们吗?"蒋游竹问道。

柳生阳摇了摇头,说道:"不必了,我们走过去,在西湖边找一家宾馆住下即可。"

"明天见!"蒋游竹开车离开。

柳生阳送别蒋游竹,想咨询一下杜丽培对于住所的意见,于是扭头瞅向丽人,却见后者脸色陡然大变,恶狠狠地盯着自己,气势汹汹地质问道:"某人直到现在还把我当贼一样防着,泄密了,第一个怀疑到我头上,枉我救了他的狗命!"

柳生阳尴尬万分,合着杜丽培一直记恨着他刚才疑心了她一次的大仇,女人果然是小心眼。

但是,这时候绝对不能退让,退让了就一辈子被压在底下了,于是柳生阳犹如念咒一般念念有词:"有人深更半夜翻墙进入博物馆意图不轨……"

话音方落,咒语立即显灵,杜丽培犹如川剧变脸,陡然换上了一副嘻嘻哈哈讨好的笑颜,勾住柳生阳的胳膊腻声说道:"亲爱的,我还没有逛过西湖,晚上逛西湖真浪漫。"

柳生阳问道:"刚才你说了什么?"

"我?啥都没有说。"杜丽培正色道。

柳生阳顿时理解到,女人都是天生的演员。

两人都是聪明人,不会在无聊的事情上浪费时间,于是心照不宣，犹如一对真正的夫妻一般，依偎在一起，观赏西湖西线的风景。西湖西线交通不便，人烟稀少，游览起来，独有一份幽静。

柳生阳问道："你跟着钮建来到杭州，真没有游过西湖？"

杜丽培摇了摇头，说道："哪有空，整天被老板指使着干活，西湖近在眼前，又远在天边，根本是奢望。"

"真是可怜！"

"所以，我的梦想就是傍上一个超有钱的富豪，可以让我任逍遥！亲爱的，加油！不然我会甩了你的！"

柳生阳干笑了几声，两眼朝天。

两人逛了一会儿西湖，天色逐渐转暗，就在附近的一家宾馆下榻，各自开了一个房间，吃完饭以后也没有什么心思过夜生活，就分开休息了。

33. 深夜惊魂

深夜，熟睡中的杜丽培倏然张开眼睛，她一直是一个非常警觉的人，即使在睡眠中，依旧保持着对周边的警惕。

她微微侧首，把目光瞄向房间的门口。门缝底下透着走廊里的灯光，但两边稍许黯淡，似乎被什么东西遮住了一样。

有人立在她的房门口。

深更半夜，在她的房间门口干吗？

杜丽培耐心地等到门缝下的遮挡没有了，这才蹑手蹑脚地走了过去。她通过猫眼向外看，空无一人。

即使确认了，杜丽培依旧等了十多分钟，才悄悄地打开门。

她观察了一下门口的地毯，有被人踩踏的细微痕迹。

是谁呢？

宾馆的客房服务？深更半夜，不会来的。

那么只剩下盯着她的人了。

杜丽培马上返回房间，穿戴好衣物，拆开窗户的限位器，悄然从窗户离开房间。幸好西湖边的宾馆都不高，她轻轻松松地落到了地面上。

杜丽培闭目，用鼻子体味着空气中丰富多彩的气息，在无数细节中，果然找到了一股独特的气味。

是的，那是她做的手脚。

杜丽培在门口的地毯上喷了一圈特殊的香水，这种香水的味道会和周围的背景气味混合，令人无法察觉。一旦有人站在杜丽培房间的门口，会很容易沾上气味，自此被杜丽培盯上。她接受过特殊的训练，能够在空气中追踪这种味道，而且这种香气挥发很慢，有长达十多个小时的挥发期，只要不下雨，她就能够在几个小时内跟踪沾了这种香气的人。

虽然不知道这人的用意，但是杜丽培觉得有必要追踪一下，看看到底是谁在监视自己。

杜丽培循着气味，很快就追了上去，瞅见不远处的路灯下，有一个人背对着自己。杜丽培悄悄地躲在灌木丛中，从口袋里面掏出一支小巧的单筒望远镜，窥视过去。

那是一个男人，穿着风衣，打扮得很古怪。

突然，那个人转过身，似乎觉察到了什么，杜丽培顿时吓了一跳，望远镜都差点儿掉了下来。

因为她认识这个人！

在杭州漕运历史博物馆，这个男人杀了钮建！

在扬州的画舫上，这个男人差点儿把自己打死！

对，就是自己一直在苦苦地追踪的假面凶手！

假面凶手很奇怪，自从杀了钮建以后，仿佛消失了一般，无影无踪，直到扬州才出现了一次，接着又神秘地消失了。这次怎么又突然出现了？而且就在房间门口监视自己，难道是想趁机杀了自己？

杜丽培心头突突地狂跳，她极力地遏制住恐惧。

还好，杜丽培躲在灌木丛中，假面凶手看不到她。

借着假面凶手转身的瞬间，杜丽培看到，他手里头拿着一个奇怪的机器，虽然远，不过由于夜间寂静，杜丽培能够听到那个东西发出嗒嗒的响声。

出身巴黎第六大学[①]的杜丽培，一瞬间就认出了这个机器：盖格计数器！

盖格计数器是侦测核辐射的机器，假面凶手拿着这玩意儿做什么？杜丽培一时间想不通，却见假面凶手拿着盖格计数器不停地侦测，通过嗒嗒声判断方向前进。

杜丽培暗中跟踪，她不敢让假面凶手发现，其恐怖的实力，令杜

---

① 巴黎第六大学，也称皮埃尔和玛丽·居里大学（Université Pierre et Marie Curie，UPMC），是巴黎大学科学学院的核心，也是现在法国最大的科学和医学集合体，是法国唯一一所只有理工学科的公立大学。其在许多领域都处于顶尖水平，被多项世界排名评为法国第一和世界顶尖大学。2018年与巴黎第四大学合并成索邦大学。

丽培恐惧万分，要是一不留神被发现了，随时都可能被他杀死的。

幸好假面凶手沾染了香水的气味，让杜丽培可以远远地追踪。

假面凶手跟着盖格计数器跑上了西湖边上的一座小山，杜丽培也跟踪上去，她有点不明白，深更半夜，假面凶手跑到山上来干吗，打野猪吗？

忽然，前面隐隐约约地出现了一座建筑，借助微弱的夜光，杜丽培看清楚这是一座寺庙，门口站着一个人，忍受着初春的寒冷，正在放哨。

假面凶手以惊人的气势，犹如一头猛兽一样，扑向放哨之人，瞬间将其制服。然而，他旁边突然又站起了一个人，手持匕首，刺向假面凶手——那是暗哨。假面凶手仿佛早已知晓暗哨的存在，胳膊往后迅猛地一扫，立时把暗哨击倒。

杜丽培看得瞠目结舌，太厉害了！假面凶手几乎在短短三秒钟之内就制服了寺庙门前的岗哨，却没有惊动一草一木。

假面凶手推开庙宇的大门，光亮映照出来，原来外表看似黑漆漆的庙宇，只是把门窗封闭了起来。

假面凶手淡定地闯了进去，不一会儿，里面传出了一阵鬼哭狼嚎，倏然之间窗户被砸破，一条人影敏捷地从窗户里面跳了出来，拼命逃跑的同时，还惦记着手中拎上一条长棍。杜丽培定睛一看，这不是"茉莉花"吗？

"茉莉花"张皇失措，往后扭头张望，唯恐假面凶手追出来。然而怕什么什么就来，但见假面凶手从窗户里跳出来，"茉莉花"魂飞魄散，飞也似的仓皇而逃。

"茉莉花"再一次正面看到了假面凶手，其穿着带帽子的风衣，面部戴着面具，看不清面目，然而熟悉的身材和凶横的表现，令人记忆深刻。

假面凶手大踏步地朝着"茉莉花"追去,"茉莉花"情急之下,竟然朝着杜丽培隐藏的地方跑了过来。杜丽培顿时头大无比,进会暴露,退也会暴露,眼看"茉莉花"越来越近,她硬着头皮站了起来,拦住了"茉莉花"。

"茉莉花"哪里会想到这边还会有黄雀盯着,他死死地瞪着杜丽培,吼叫道:"算你们狠!"

说完,把手里头的棍子朝杜丽培一扔,忙不迭地越过杜丽培逃走了。

杜丽培见"茉莉花"逃亡之中也要拿着棍子,可见是非常重要的物件,伸手接住,入手沉重,定睛一看,竟然是龙棍,难怪"茉莉花"视若珍宝,实在无路可逃了,才不得不抛弃。

然而眼下尴尬的是,假面凶手也被杜丽培挡住,两人面面相觑。

杜丽培心跳加快,呼吸急促,她看着假面凶手,他似乎一时也搞不清状况,没有立即进攻,而是站在不远处,瞅着杜丽培。

杜丽培转身立马开跑,她知道自己根本不是假面凶手的对手,那厮一个回合就能够把自己打倒,不跑的话,难道等死啊!

可是女性天生在体力上弱于男性,在山林间左腾右挪的杜丽培,跑得气喘吁吁,最终还是被假面凶手拦住,其默然无声,伸出了右手,意思是交出龙棍。

杜丽培无可奈何,一手捏着龙棍的一头,将龙棍的另外一头递向假面凶手。

假面凶手捏住了龙棍的一头,说时迟,那时快,杜丽培犹如蛇一般蹿上去,在假面凶手没有反应过来的时候,就把手伸到了其面部,捏住面具,用力一扯。

杜丽培老早就对假面凶手好奇了,这个人太神秘了,身份神秘,动向神秘,甚至难以摸清他的真实目的,眼下难得有好机会,杜丽培

六 山寺月中寻桂子

冒险想扯下假面凶手的面具，看看他究竟是何方神圣。

杜丽培扯起面具的一只角，就发现面具是被绑带固定的，无法完全掀起，她只能看到假面凶手的下巴，但是那熟悉的感觉，令杜丽培浑身一震。

假面凶手立即反应过来，推开杜丽培，顾不得龙棍，逃之夭夭，消失在了黑暗的森林之中。

杜丽培呆呆地立在原地，脑中一片混乱。

是他，是他，怎么可能是他？

杜丽培马上凝住心神，掏出手机，拨打了柳生阳的电话，一方面想确认真相，另外一方面却祈求着不要看到真相。

深更半夜，柳生阳大概在熟睡，他过了好一会儿才懒洋洋地接起来："喂？"

不知道是不是新手机的话筒有问题，柳生阳的声音听起来有点失真。

杜丽培镇定至极，装作娇媚地说道："我丽培，人家想你了。"

半晌，柳生阳回答："现在是凌晨两点，想我就等到明天吧。"

"不行，我真的很想你。你在我门口喊一声我名字，我保证乖乖地不打搅你。"

想必柳生阳一定觉得很无可奈何，但还是老老实实地开门，对着杜丽培的房间喊了一声，然后有气无力地回复："听到了吗？"

"听见了，我爱你，亲爱的。"

杜丽培挂了电话，迅速记下了现在的时间。

杜丽培拿着龙棍，马不停蹄地回到宾馆，从窗口爬入房间，拿起放在床头的录音笔，倾听录音。她快速调节，终于听到了半个小时以前，有人冲着门口大喊杜丽培的名字。她立即如释重负地松了一口气，从刚才的路程来看，回到宾馆，最快也要半个小时，录音笔证明柳生阳一直在宾馆里面，他不是假面凶手。

想到这里，杜丽培出门敲了敲柳生阳的房门，过了半晌，柳生阳才开了门，他穿着宾馆提供的睡衣，头发乱蓬蓬的，睡眼蒙眬，问道："你今晚到底发了什么癫？"

"没什么，就是想你。"杜丽培高兴地伸手抱住柳生阳。

柳生阳显然被杜丽培这大胆的举动惊呆了，不知所措，一动不动。

柳生阳身上有一股洗澡后的清香，假如他是假面凶手，长途跑回来，身上必然布满汗臭。

杜丽培抱了一下柳生阳，飞快地离开，丢下一脸不解的柳生阳。

然而五分钟之后，柳生阳不得不又耐着性子为杜丽培打开了房门，看到杜丽培穿着一身宾馆提供的长袍睡衣，钻进了他的房间，看样子竟像是要和柳生阳同房一样。

"你干什么？"柳生阳警惕地喝问。

杜丽培媚然说道："人家太想你了，想和你一起睡。"

说完，伸手抽走房间里面另外一件睡衣，钻进了柳生阳房间的浴室，稀里哗啦地洗起澡来。柳生阳坐在床边，听着水声，一脸沉思，以他对杜丽培的了解，这厮绝对不会送上门来，肯定另有阴谋。

阴谋其实没有，原因只有一个，杜丽培把龙棍拿到房间里以后，左瞅瞅，右看看，想找找龙棍有什么奥秘。她发现龙棍除了做工奢华、入手沉重以外，并没有其他的特点。

突然，她想起了一个重要的问题：假面凶手是通过盖格计数机找到"茉莉花"一伙的，说明"茉莉花"他们手中某样东西沾染了放射性元素，想来想去，最有可能的便是龙棍。

杜丽培顿时吓得魂飞魄散，以她的科学常识，知道龙棍的辐射量绝对不会很大，如果大的话，长期持有龙棍的钮建早就得了各种辐射

六　山寺月中寻桂子　155

病死翘翘了。然而她终究不能为此冒险，想来想去，还是先把龙棍丢在房间里，自己跑到柳生阳这边房间睡吧。

于是杜丽培就跑进了柳生阳的房间里，先洗了个澡，冲掉身上沾染的放射污染，出来的时候，已经换了一身睡衣。宾馆的睡衣比较厚重，然而即便睡衣在杜丽培身上松松垮垮地挂着，仍能隐隐约约地显出她优美的身姿。

她呼啦一声钻进被子里面，娇媚地说道："亲爱的，快来。"

柳生阳面色平静，钻进被子，背对杜丽培，不一会儿，居然发出了呼噜声。

"喊！"杜丽培心里非常不满，更是纳闷，自己天姿国色，主动诱惑，竟然没法将柳生阳勾引过来，这厮到底是自己不行，还是不喜欢女人？

34. 龙棍的线索在哪里？

经过杜丽培深更半夜的反复折腾，两人在第二天早上都起不来了。直到蒋游竹赶来，疯狂地敲门，这才惊动了他们。杜丽培被吵得烦了，伸脚把柳生阳踢下床，叫他去开门。

柳生阳不满地瞪了女人一眼，最后还是打着哈欠开门迎接蒋游竹，问道："你咋知道我们在这里，我还没有通知你呢！"

蒋游竹笑道："我作为警察，怎么可能不知道你们在哪里。"

他看到杜丽培俯卧着横七竖八地霸占了整张床，不由得深深地鄙视这对情侣的虚伪：明着开两个房间，最后还不是睡到一张床上了吗？

"给你们十分钟，我在自助餐厅等你们。"蒋游竹不悦地说道。

十分钟后，这对情侣光鲜地出现在蒋游竹面前，特别是杜丽培，明媚艳丽，根本令人想不到刚才还是一条瘫在床上的"死鱼"。

三人一边吃早饭，一边聊天，柳生阳问道："一大早就来找我们，是有好消息？"

"对！"蒋游竹一边奇怪地看着眼前这位美丽的外国女人喝着豆浆、啃着油条，一边说道，"昨天半夜……不，确切地说是今天的凌晨，有人匿名报警，说有'茉莉花'的线索。我们赶到西湖边的一座小山上，山上有一座庙，在里面发现了你同学，他已经被解救了。除此以外，还有若干匪徒，都被打得鬼哭狼嚎，'茉莉花'倒是没有找到，估计跑了。"

"不会吧！"柳生阳惊叹道。

"据说是一个蒙面人跑过来，打倒了所有匪徒，解救了你同学。至于那个蒙面人是怎么找到你同学的，我们也从钮建家人那边得到了一个消息。龙棍的制造原料中含有少量的放射性元素，虽然不至于对人产生危害，但是在辐射监测仪器下很明显。那个蒙面人用一个盖格计数器追踪到了龙棍——我们在现场发现了一个被丢掉的盖格计数器，他打跑了'茉莉花'，救了你同学，真是威猛。我怀疑匿名电话就是他打的。"蒋游竹吃了一勺炒饭继续说道，"现场有很多电脑，据你同学说，'茉莉花'绑架了他，逼迫他用龙棍的线索破解'韦氏的秘宝'，差点儿就要成功了，幸好有人阻止，令其功败垂成。唯一的

六　山寺月中寻桂子　157

遗憾就是龙棍不见了。"

杜丽培尴尬地举起手，说道："那个，我能够插一句吗？"

"请说。"

"龙棍在我这里。"

柳生阳和蒋游竹一下子都呆住了。

杜丽培小声地解释道："昨晚我看到一个神秘人偷偷摸摸的，就跟了过去，发现他跑到庙里，打跑了'茉莉花'。'茉莉花'在跑的时候，拿着龙棍，被我堵上，只好把龙棍丢给我，我就拿回来了。"

蒋游竹目瞪口呆，瞅了瞅柳生阳，那意思是"你女人可真厉害"！

蒋游竹咳嗽了一下，正色问道："可以交给警方吗？"

"当然。"杜丽培愉快地说道，"我可不想继续保存那危险的玩意儿。"

蒋游竹问道："那好，等下我派人过去拿。放在哪里了？事后得检测一下是否有放射性物质残留。"

"我原来的房间里。"

蒋游竹心中不由得一阵鄙视，他们莫不是利用这个借口，可以名正言顺地双宿双栖吧。身为"单身狗"，他也好想玩这一出，然而前提是得有女性愿意配合。

他们商议了一下，为了避免夜长梦多，应该及早破解"韦氏的秘宝"的秘密。他们有线索：龙棍；有人员：邹桂平；有设备：超级计算机。

吃罢早餐，蒋游竹叫来的专业人员都已经悉数到场，开始专业地检测龙棍的放射性浓度。幸运的是，龙棍的放射性并不强，虽然在天然环境的背景中显得非常突出，但是对于人体的危害，最多等于照射几次 X 光而已。

众人一起去了公安局，隔着含铅的玻璃，观看专业人员小心翼翼地处理龙棍。

杜丽培好奇地问道:"话说,这龙棍的线索,究竟在哪里?拿到龙棍以后,我看来看去,也没有看到什么门道。"

蒋游竹介绍道:"龙棍藏匿的破解'韦氏的秘宝'的线索,其实在内侧。龙棍外围包裹着一层黄金和白银,剥掉这层金属以后,里面是熟铜,以失蜡法铸着一本经书,是为罗教的经书《苦功悟道卷》。'韦氏的秘宝'就是以此经书为密码的。"

杜丽培惊叹道:"真叫人意想不到,谁会想到一根棍子的黄金壳底下,居然有文字。你们是怎么发现的?"

蒋游竹说道:"不是我们发现的,是'茉莉花'发现的。根据邹桂平所言,'茉莉花'得到了龙棍之后,苦思冥想寻找线索,最后在不破坏龙棍的情况下,将其放入 X 光机,终于发现了线索。"

"倒也是个人才。"柳生阳评价道。

专业人员用 X 光透视了龙棍,得到了完整的《苦功悟道卷》,然后将其数据化,输入超级计算机中,以此为线索,开始破解"韦氏的秘宝"的密码。不到一秒钟,就听到滴滴的提示音响起,超级计算机已经将"韦氏的秘宝"破解了。

众人为之一振,纷纷上前,想看看"韦氏的秘宝"到底是什么,屏幕上映出了一排排文字,只看了一个开头,大家就面面相觑。

"这是什么?"蒋游竹首先发问。

柳生阳摸着下巴说道:"这是一本第三人视角的笔记小说,我们看下去吧。"

六　山寺月中寻桂子　159

35. 故宫的密码

"年号向未逾花甲，康熙难过六十一。"

一排漆黑的大字，写在皇宫的红墙之上，闻之无不色变。

自前明太祖以来，历代皇帝，若非特殊情况，皆是一帝一年号。年号较长者，便是"洪武"，算上"建文"那几年，有三十五年，确实不过花甲之数。偏偏当今皇帝八岁登基改元，年号康熙，如今已经是康熙六十一年（1722），过了花甲之数。秋后皇帝接连大病，卧床不起，熬不熬得过这冬天很难说。这排谶语，是在诅咒皇帝今年归天！

历来谶语都是惊天大案，秦朝的时候，一句"始皇帝死而地分"，杀了好几万人。汉武帝听到谶语，就连太子也不放过。现在居然有人在皇宫中诅咒皇帝快去死，恐怕皇帝气愤至极，这宫中不知道得死多少人。

这守卫森严的宫中，居然出现诅咒皇帝赶紧死的谶语，亦是一件丑事，皇帝没有派人秘密调查，反而遣人出宫，招来了九门提督韦都统。

韦都统的祖父是康熙朝前期权倾一时的鹿鼎公韦公爵，在废三藩、灭台湾、破罗刹的时候立下了赫赫战功。可惜韦公爵壮志未酬身先死，三十岁不到就染病去世，令皇帝痛心疾首。而他的孙子酷肖其祖父，当今皇帝睹孙思祖，先是招入宫中做了御前侍卫，过几年外放，当上九门提督的都统，极得宠信。

韦都统来到宫中，皇帝的贴身太监魏珠向韦都统宣示口谕后说道："韦大人，皇上的意思是不要大张旗鼓。皇上又说，韦大人是外臣，进出宫中不便，让奴才给大人伺候着。"

韦都统明白魏珠算是皇帝的耳目，当下表示："臣遵旨。有劳魏公公了。"

他心中一阵苦笑，人算不如天算，虽然想尽办法，依旧逃不出这帝位之争！

原来，皇帝儿女众多，迄今为止，成年的有九个阿哥，个个有权继承皇位。偏偏皇帝又没有立下太子，大阿哥屡立屡废，引得其他阿哥蠢蠢欲动，九龙夺嫡。韦都统素来没有野心，也就极力避免卷入夺嫡风暴中。但如今皇帝已经无法控制皇宫了，宫中的人看他快驾崩的模样，纷纷投靠新主子。于是皇帝宁可信任多年前的贴身御前侍卫，让当下的九门提督都统入宫来查案，也不愿意让宫中的人插手。

韦都统虽是武将，但文武双全，读书能够考状元，他在案件的现场认真观察了谶语，突然说道："此字歪歪扭扭，乃是用左手书写，防止被人认出字迹。但笔力刚健，是男人写的。"

然后韦都统又在谶语之前比画了一下，说道："谶语在我胸口位置，一般人写字，必然将字列在眼睛的位置，可见此人比我矮，我的个子有五尺一寸，那贼子的个子在四尺五左右。"

韦都统随后询问魏珠："魏公公，宫中识字、个子又在四尺五左右的男人有多少？"

魏珠思忖了一番，说道："宫中识字男子，即使算上我等废人，一只手也数得过来。"

韦都统说道："就请魏公公，将之召唤过来，本官要仔细询问。"

六 山寺月中寻桂子

韦都统毕竟是外人，宫内的事情，还是让宫内的人处置，避免贻人口实。魏珠作为皇帝宠信的太监，权势极大，一声令下，宫中识字的男人，除了皇室的以外，尽数招呼了过来。恰如魏珠所言，算上太监，宫中识字的男子也不多。原来，皇帝是满人，侍卫多半是满蒙，识得汉字的不多。至于太监，则汲取了前明宦官乱政的教训，严厉禁止无根之人入宫以后读书识字。

韦都统令这十多个人，用左手反反复复地书写"六十一"这三个字，不免叫魏珠暗暗奇怪，问道："韦大人，为何不细细拷问，却让他们写字呢？再说，如果是为了写字对比笔迹，为何反复写这三个字？"

韦都统说道："严刑拷打之下，容易出冤案，让那真凶逃掉。至于为何反复叫这些人写字，却是因为那贼子故意用左手写字，为的就是不让字迹败露，若贼子混淆其中，令其写字对比笔迹，必定会竭力改变字迹，以免被识破。但我却令其反反复复书写这几个字，疲惫之下，必会疏忽，露出破绽。"

魏珠拍手道："韦大人不愧文武双全，智慧过人。"

韦都统令这些人足足写了一千遍，写得个个手软。然后韦都统细细对比笔迹，眉头不由得皱了起来，魏珠一惊，问道："韦大人？"

韦都统放下字迹，叹道："没有任何一人的字迹，与墙上的谶语字迹相似，应该另有其人，莫非……"

魏珠吓得胆战心惊，低声喝道："韦大人，祸从口出！"

除去侍卫、太监，那宫中还能够写字的，就只剩下那几个阿哥了，如今多事之秋，谁敢乱说话。

韦都统点了点头，转移话题道："另外叫本官觉得奇怪的是，那谶语所在的墙面，并非偏僻的角落，相反极为热闹，否则不至于一早就被人看到妖言，夜间宫中侍卫、太监和宫女，不时会路过，什么人有这个本事,瞅准了隙缝,趁机写上呢?由此可见,此贼一定非常熟悉宫中的情况,至少在宫中住了十多年!"

魏珠的脸色更加发白,侍卫经常调动,不可能在一个地方职守很久,太监、宫女亦是如此,在宫中住了十多年,熟悉宫中一草一木的,真的只剩下几个阿哥和他们的伴当了!

好在韦都统闭口不言,一转眼天色暗了下来,按照规矩,外臣是不能留宿宫中的,魏珠让韦都统先行出宫,后者疑问道:"魏公公,下官不用向皇上禀报案情吗?"

魏珠不耐烦地喝道:"自有本公公禀报皇上,不劳韦大人了。"

韦都统只得离去,次日一大早,他就接到了宫中的信,又出现谶语了,赶紧出门入宫。那魏珠焦急地等候在宫门口,看到韦都统松了一口气,说道:"可盼到韦大人,今个一大早,又看到不吉祥的东西,皇上震怒至极,请韦大人及早破案!"

新的谶语,亦是昨日那几个字,出现的地方,又在夜间相当热闹的场所,也真不知道那个贼子有何通天的本事,竟然可以瞒过若干侍卫、宫女,写下妖言。

韦都统不由得陷入了深深的沉思,片刻说道:"本官约莫想到那个反贼的身份了。"

魏珠大喜。"不愧是皇上器重的人,终于要捉到反贼了。"然后小心翼翼地问道,"是哪位?"

他的意思是哪位阿哥,却见韦都统摇了摇头,说道:"都不是!"

魏珠松了一口气,又问道:"既然不是他们,那又究竟是何人,冒着诛九族的大罪,写下如此悖逆的妖言?"

韦都统说道:"因为他已经没有九族可以诛了。"

魏珠一愣,却听韦都统说道:"那反贼住在宫外,我等尽快出宫捉拿那反贼!"

两人急忙出宫，上马疾驰满城内。魏珠疑惑地问道："韦大人，为何你能一下子就猜到了反贼的身份？"

韦都统说道："本官身为提督九门步军巡捕五营统领，掌管京师除皇宫的一切大小事务，前几日内城发生了一起火灾，一个官儿满门被烧死。当时本官就觉得蹊跷，因为火势并不大，却没有人逃出来，显然是有人杀人灭口。"

魏珠问道："那官儿几品？和宫中的妖言有什么关系？"

"八品，芝麻绿豆的官儿。但是他的身份不一般，却是皇宫的木工首①，主管皇宫的设计、维修！"

魏珠熟悉宫中的大小官员，一听韦都统提及木工首，便失声道："可是蒯正良？"

"正是此人，因为官职不大，本官一开始也没有留心。然后本官连续两天看到了谶语，想到写谶语的贼子不仅要识字，还得熟悉宫中的情况，数来数去，数不到人，这时候猛然想起，蒯正良正好符合要求！蒯家从前明开始，历代为皇宫木工首，说不定留了什么机关暗道，能够自由地出入皇宫！"

做官，当然要识字。蒯正良又是皇宫的木工首，经年维护皇宫，任谁都没有他熟悉皇宫。

魏珠又疑问道："可是，蒯家不是全家人都死绝了吗？"

韦都统说道："蒯正良全家是死绝了，但他还有一个叔叔，当日蒯家人死光以后，曾经作为苦主，露过脸。"

两人带着一干下属，方出了内城，突然拐角处人吼马嘶，竟然涌

---

① 木工首，就相当于后世的建筑设计师和维修工程师，但在封建时代，匠人的身份，即使有官位，也无足轻重。

出了十多骑蒙面人，个个手持长枪，一个对冲，就杀得韦都统和魏珠的手下死伤惨重！

韦都统是御前侍卫出身，武艺高超，一看那群人冲过来，就知道是中了埋伏，他动作极快，知道躲不过了，马上拉住缰绳，让马立而起，避开了敌人的一击。随之跳下马，抽出马刀，一刀挥过去，斩断了对面之敌的马腿，迅速地向后撤退。

"韦大人，救救老奴！"

韦都统突然听到魏珠的喊叫声，回头一看，却见魏珠的马倒在地上，压住了他的腿，人却没伤着。

韦都统转念一想，迅速冲过去，把魏珠拖出来，拉着他往胡同里跑，后面追兵不断。内城胡同极多，两人左拐右弯，竟然摆脱了追击。

太监被吓得上气不接下气，颤抖着说道："究竟是谁？要来害我们？"

韦都统冷笑道："还有谁？肯定是哪个阿哥，意识到了蒯家人的重要性，来劫杀我们了。"

魏珠一愣，片刻失声道："要谋逆？"

韦都统说道："那个派兵的阿哥是聪明人，他也从谶语中看出来，既然姓蒯的能够自由出入皇宫，那么掌握了这些机要，他也能够随时出入皇宫。皇上没有立太子，万一哪一天皇上大行了，这时候就非常有用了！"

魏珠汗流如雨，紧紧地抓住韦都统的胳膊叫道："我们要马上禀报皇上，有阿哥要谋逆！"

韦都统喝道："没用！魏公公，你实话告诉本官，皇上是不是不行了！"

魏珠沉默了半晌，回答道："皇上是快不行了，整日昏迷不醒，

六 山寺月中寻桂子

宫中都是佟佳氏贵妃在做主，她担心阿哥们乱来，就封锁了消息。"

韦都统哼了一声说道："皇上令本官调查谶语，如此大事，却一不让本官觐见面授，二不许本官当面禀报，想来就奇怪，昨天我就觉得不对劲了，果然如此。"

魏珠又问道："韦大人，现在如何是好？九龙夺嫡，稍有不慎，就粉身碎骨。"

韦都统思忖说道："且不慌，皇上到底还在，没有哪个阿哥有这个胆子闯进皇宫。我等先回九门提督，提防再招刺杀，之后寻那蒯正良的叔叔。"

魏珠唯韦都统之命是从，两人小心翼翼，唯恐再遇到刺客，行走了半日才回到九门提督的衙门，这才松了一口气。

韦都统发令要去找寻蒯正良的叔叔，却听下属说道："禀大人，那姓蒯的老头，正在衙门内，说大人一定会来找他的，怎么轰也轰不走，怕不小心打死了，就留在门房里。"

韦都统和魏珠大惊失色，急忙叫道："快快请来！"

很快，一个六七十岁的老头被叫了过来，他向韦都统和魏珠拱拱手，说道："草民蒯腾见过大人！"没有下跪。

韦都统也没有在意，斟酌了稍许说道："蒯腾，你是一个聪明人，知道本官召唤你前来所为何事，你就老实交代吧。"

蒯腾不客气地坐在韦都统身旁的凳子上，魏珠大怒，却被韦都统制止，听蒯腾说道："事情说起来，要从唐朝的时候开始。"

他徐徐说着，韦都统和魏珠耐心地听着。

唐朝建立以后，李渊称帝。其有三子，长子建成为太子；次子世民功劳极大，为秦王。两子相争，终于酿成"玄武门之变"。话说建成有太子之名，文有魏征，武有齐王，却终究输给了世民，究其原因，失了地利。玄武门地势奇特，谁占有了玄武门，谁就控制了皇宫。世民眼光犀利，抢先占据玄武门，终于清除了亲兄弟，夺了天下。

时光如梭，很快到了明朝年间（1368—1644），成祖迁都北京，兴造皇宫，大木首是为蒯祥。他熟读史书，偶尔看到玄武门之事，突然心生念头：倘若在建造皇宫的时候，事先设计好机关秘道，一旦皇宫有变，将之投献真龙，那可是拥立大功，总比现在做个小小的大木首要强！于是，他凭借职权，悄悄地在皇宫的设计方案上做了手脚，由于技艺过人，竟然无人能够觉察其中隐藏的惊天秘密。

当然，蒯祥没有什么机会立功，他就把这个秘密告诉了儿子。在当时，很多职位是世代袭承，当兵的后代还是当兵的，匠人的后代还是匠人。蒯祥的儿子继承了父亲皇宫大木首的职位，却依旧没有机会脱颖而出。他只好继续把这个秘密透露给自己的儿子，子子孙孙传延下去。

日后明清鼎革，清从明制，皇宫里面除了换了姓和换了一身衣裳，什么都没有变，蒯家依旧是皇宫的大木首。一眨眼到了康熙六十一年，史上年号最久的皇帝终于快死了，他没有立下太子，九个儿子都有机会成为皇帝，一时之间风云变动。蒯家觉得机会来了，蒯正良就把这个秘密献给了他认为最有机会成为新一代皇帝的八阿哥胤禩。然而，八阿哥似乎认为此事过于荒谬，属无稽之谈，又担心被皇帝知道自己蠢蠢欲动的野心，索性杀人灭口，烧死了蒯正良全家。

但是八阿哥显然低估了蒯家，能够隐忍两朝三百年，岂是那么容易被绊倒？果然，蒯正良还有一个极为隐秘的叔叔，知道这个秘密，他愤恨于八阿哥屠杀蒯家，立誓报仇雪恨，开始了他的行动。

韦都统恍然大悟，说道："本官明白了，原来你掌握着进出皇宫的秘密通道，能够避开侍卫、宫女和太监的耳目，故意写下大逆不道的妖言，吸引别人的注意。只要任意一位阿哥想通了其中的关键，

六 山寺月中寻桂子

必然会来寻你，以图大宝。只要不是八阿哥做皇帝，你就可以报仇雪恨！"

蒯腾笑道："草民写了谶语之后，听说是韦大人主办此案，便留在了九门提督的衙门中，等着韦大人猜透其中的要诀。韦大人不愧是韦公爵后裔，心窍通透，终于来找草民了。"

韦都统却大叫道："好你个蒯腾，害得老子卷入风暴之中，想害我韦家满门吗？"

蒯腾笑道："此乃大危机，又是大富贵，就看韦大人怎么做了！"

韦都统说道："吾忠于皇上，不会做那谋逆之事。"

蒯腾却说道："只可惜，皇上不这么认为。我在宫中多年，也听过不少秘事。例如大人之祖父韦公爵，权倾朝野，却年纪轻轻就过世，岂不是奇怪？"

韦都统脸色大变，他的祖父韦公爵壮年病故，确实奇怪，然而韦氏一门，为了全家老小，不敢质疑。

蒯腾说道："据说，是皇上忌惮韦公爵是汉人，又知晓皇上的不少阴私，便遣人送药，药杀了韦公爵。如此凉薄之人，大人还要效忠吗？"

韦都统叹道："蒯腾，本官倒是奇怪，无论事成不成，你掌握了如此惊天的秘密，都不会有好下场，难道不怕吗？"

蒯腾一阵悲凉，叹道："还有什么好怕的？孤身一人，孤苦伶仃，不如死了好。"

魏珠一愣，盯着蒯腾，见其面上无须，不由得一惊，失声道："你，居然也是无根之人，想必亦是在宫中办事。若非如此，韦大人侦办谶语之事，甚是隐秘，你一介草民，怎么能够知道？"

蒯腾闭目不语，伸手从怀中掏出一块粗布，递给韦都统，随之口吐鲜血，竟然倒地毙命了。

两人大吃一惊，韦都统上前拨开蒯腾的嘴巴，闻了闻说道："砒霜，原来他早有死志。"

魏珠问道："韦大人，现在如何是好？"

韦都统说道："罢了罢了，箭在弦上，不得不发。之前袭击我们的，恐怕就是八阿哥的人。他想通了其中的关键，便极力阻止我们。现在我们已经是八阿哥的眼中钉、肉中刺了。既然如此，我们就去找八阿哥的对头——四阿哥！"

两人说动身就动身，唯恐八阿哥再行刺杀，换了一身九门提督小兵的衣服出衙门，来到四阿哥的雍亲王府中，觐见四阿哥胤禛。

胤禛外号冷面王，不知九门提督都统和皇帝亲信魏珠前来何事，一言不发。

韦都统笑道："本官此次前来，却是要送王爷一顶白帽子！"

胤禛已经是亲王了，再来一顶白帽子，那就是皇帝。闻之，胤禛不由得色变，喝道："勿要胡言乱语！"

当下，韦都统把事情原原本本地说了一遍，又有魏珠证明，皇帝快不行了，宫中是贵妃在做主。

韦都统劝胤禛马上动手，说道："欲成大事，必下大决心！王爷，当断不断，反受其乱，难道你要等八阿哥当了皇帝，将你圈禁，再后悔？"

四阿哥与八阿哥不合已是众所周知，胤禛也明白，一旦老八上台，没有他的好下场，终于动容，说道："本王府中有四百死士，可立即集结。但皇上未驾鹤，吾若行事，等同于谋逆！"

韦都统说道："皇上昏迷不醒，已经不能理事。王爷可循唐太宗故事，抢先入宫，占了先机，再宣布皇上不能理事，是为太上皇。"

四阿哥犹豫了稍许，终于下定决心。

入夜，雍亲王府中突然涌出四百人，一言不发，冲向皇宫。若是平常，如此多人聚集，早就被视为谋逆了。但是九门提督都统与之勾结，是以无人反应。

冲到了皇宫之前，红墙高耸，别说四百人，就是四千人强攻，也不可入内。但是当韦都统打开那块粗布，一个隐藏了三百年的惊天秘密使皇宫失去了一切阻碍，变成了通途。

胤禛迎着北京十一月的冷风，面如刀割，心头却是火热的，他隐忍多年，就是等着今晚的放手一搏，或得九鼎食，或得九鼎烹！雍亲王的死士在韦都统的带领和魏珠的指点下，成功地避开了皇宫中的侍卫，在其他人都还没有觉察的时候，终于来到皇帝的寝宫昭仁殿前。

作为皇帝，护卫重重，身边总少不了贴身侍卫，雍亲王的死士不可避免地与之接触。

"何人，竟敢在皇上寝宫前喧哗，谋逆吗？"御前侍卫首领喝道。

胤禛一咬牙，事到临头，就差临门一脚，顾不得了，喝道："杀！"

死士们拔出刀剑，冲向侍卫们。侍卫毫不畏惧地拔出刀剑，与之展开厮杀。死士人多势众，自知世袭罔替的泼天富贵，就看此刻了，无不戮力厮杀。而侍卫一方，因为皇宫遍布人马，守卫寝宫的并不多，但他们胜在都是精锐，为了保护皇帝，无不奋勇杀敌。一时之间，两者杀得难解难分。

韦都统抓住胤禛说道："王爷，我等在此阻挡，你先进去，占了大义才有名分！"

胤禛本不是武将，战场厮杀无用，他跺跺脚，带着魏珠等几个人推门进去，果然看到皇帝躺在床上，昏迷不醒，贵妃佟佳氏忧愁地守着，她刚才就听到外面喊杀声不断，心底一沉，此刻又见有人闯进来，不由得站起来，但见是胤禛，失声叫道："雍亲王，你要谋逆吗？"

皇帝的皇后早逝，自此再未立后，贵妃佟佳氏实际上是后宫之主，她的话极具分量。

胤禛喝道："皇上不能理事，外面多有奸人图谋不轨，儿臣无奈，便替皇阿玛处置诸事了。"

贵妃听到外面厮杀声渐渐平息，进来的却是雍亲王的死士，便知道大势已去，她看了胤禛一眼，又看了魏珠一眼，连皇帝的身边人都反了，还有什么话可说呢？

贵妃叹道："罢了罢了，皇上快不行了，是要有个人来做主。皇上平常就很看重四阿哥，就请四阿哥担当这个重担。"

胤禛大喜，说道："还请贵妃大告宫中外朝，皇上退位，已经立孤为帝。"

贵妃点了点头，犹豫了一下，说道："皇上虽然快不行了，终究还没有驾崩，尔莫要行那'沙丘之变'！"

"沙丘之变"说的是赵武灵王，晚年被儿子困在沙丘宫中活活饿死。贵妃怕胤禛利欲熏心，弑父夺位。

胤禛脸色一白，见被揭破了想法，犹豫了一下说道："孤为李世民，皇上便为李渊。"

李世民虽然兄弟相残，逼得李渊退位，终究让老爹活到老死。

大势已定，胤禛走出寝宫，看到地上遍地尸骸，突然发现韦都统不见了，不由得询问身边的魏珠道："咦，韦都统呢？"

魏珠也是一愣，说道："方才见他与侍卫厮杀，莫不是战死了？"

"快，把他找到，活要见人，死要见尸。"胤禛喝道，他死死地盯着魏珠，"莫忘了，那皇宫的机关秘道图！"

然而，胤禛始终没有找到韦都统的踪迹。他在占了大义名分以后，把皇帝移驾圆明园畅春园，不久皇帝驾崩，庙号圣祖。胤禛就此登基，改元雍正。他为人酷厉，逼死与之争夺皇位的大敌八阿哥与九

六　山寺月中寻桂子

阿哥，圈禁同母兄弟。但是在胤禛心中，始终有一个心腹大患，那就是拥有皇宫机关秘道图的韦都统，唯恐他勾结他人，再次兵变。

直到后来，胤禛才知道，韦都统竟然躲入了漕帮之中，或许兵变那一刻韦都统就已经知道，自己将会成为胤禛的眼中钉，为了自保，就离开了庙堂。胤禛忌惮韦都统，终其一生，都不敢对韦家下手。

36. 杭州之行的尾声

众人看完了韦氏秘宝的记载，无不心惊肉跳，原来这就是漕帮能够挑战皇权的惊天秘密！

杜丽培失声叫道："真是可怕，一个延续了近三百年的秘密，掌握了这个秘密，就等于掌握了皇宫，皇帝的安全根本无法得以保障，难怪这个秘密叫作'九鼎之问'；怪不得日后清朝的皇帝都喜欢住在圆明园了。"

柳生阳也说道："胤禛忌惮'九鼎之问'，所以不敢挑战漕帮。可他的儿子弘历就不一样了，或许是根本不知道这个事情，于是试图收复漕帮。漕帮被迫动用了'九鼎之问'对抗，我怀疑是他们进入皇宫，绑架了皇帝，逼迫了皇帝妥协，自此以后就再也没有皇帝敢挑战漕帮，直到漕帮和帝制一起覆灭。"

众人点了点头，乾隆皇帝与漕帮的战争，皇帝始终处于优势状态，最后却莫名其妙地和解，这"韦氏的秘宝"算是揭开了历史上的一大谜团。

"不过，"杜丽培皱着眉头，说道，"谜团是揭开了，但是有一点还藏在历史当中，就是这条秘道在哪里。"

韦氏秘宝中透露了这个消息，却并没有记载这个秘密的详细情况。

柳生阳说道："来耀祖不是说过吗？漕帮的'十二地支'，把'九鼎之问'都分解了。我觉得下面应该还有新的线索，就是有关这个秘道的。"

杜丽培点了点头，算是认同了柳生阳的观点。

柳生阳和杜丽培既然已经完成了在杭州的任务，就向蒋游竹告别，后者开玩笑道："老柳啊！你妹子那么漂亮，啥时候也给我介绍一个？"

杜丽培哈哈大笑道："放心，只要我瞅见了貌美的妹子，一定会介绍给你的。"

蒋游竹送他们到了杭州东站，两人乘坐火车前往徐州，却不是宿迁。原来，飞雁号已经到达了徐州。

去徐州的旅途大概有三个小时，闲极无聊，柳生阳问道："丽培，现在没有外人，你可以告诉我，为什么你会在钮建被杀那一天，跑去博物馆呢？"

杜丽培一阵尴尬，就是因为这件事，她被柳生阳抓了把柄，这时候只好交代："钮建叫我调查漕帮宝藏的事情，不过我觉得他这人也神神秘秘的，就去监视他。那天我想去博物馆探探他的情况，却意外看到他被假面凶手给杀害了。"

柳生阳追问道："你看清假面凶手了吗？"

杜丽培叹道:"要是我看清楚了,老早捧着大钱去度假了,也不会认识你这个小白脸了。你说,是不是缘分?"

柳生阳摇了摇头,若有所思。

大概是昨晚没有睡好的缘故,杜丽培就把座位后背向后扳倒,打算美美地睡一觉。她阖上双目,关闭了视觉器官,这让她的其他感觉敏感了起来。突然之间,她闻到了一股若有若无的气味,整个人顿时僵住了。

这是她之前在西湖宾馆时,专门喷到房间门口的香味,用以侦测他人是否来过。她借此得以跟踪假面凶手,找到了龙棍。回来之后,杜丽培马上抹去了香水,避免产生误判。换句话说,目前只有假面凶手身上有这股香味。

她缓缓地睁开了眼睛,仔细寻找,终于确认了香味来自熟悉的身边人柳生阳脚底。杜丽培瞪大眼睛,死死地盯着柳生阳,突然觉察到,柳生阳与假面凶手的体形很像,她忍不住心底升起一股寒气。

"你怎么了?"柳生阳看到杜丽培面白如僵尸,表情扭曲。

杜丽培干笑一声,小声说道:"突然来了姨妈,姨妈痛。"

说完,急急忙忙地拎着包跑进厕所。柳生阳摇了摇头,也没有在意,女人的事情,他能够干涉吗?

躲进厕所的杜丽培大口大口地呼吸,心中骇然不已,她想到,柳生阳与假面凶手,从来没有同时出现过——不,刚开始的时候,假面凶手曾经试图杀死柳生阳。可那个假面凶手,实在太弱了,一枪就被她赶跑;后来的假面凶手,无不以蛮力打得她狼狈不堪。

不不,如果柳生阳就是凶手,为什么要演这出戏,根本毫无意义?他可以秘密行动,夺取有关漕帮宝藏的各个秘密,何必大张旗鼓,引人注目呢?

或许,凶手与柳生阳凑巧身材接近。

或许，柳生阳在半夜被她叫到房间门口的时候，意外沾染了香水。

杜丽培为柳生阳找了许多借口后，终于定了定神，离开了厕所，回到座位上。

柳生阳问道："好些了吗？要不要我倒一杯热水？"

杜丽培微笑地摇了摇头，说道："你让我靠一下，我就会舒服一点。"

柳生阳一愣，说道："好吧，过来。"

杜丽培靠在柳生阳的身上，两人宛如亲密的情侣，依偎在一起。

七　一生真伪复谁知

37. 许家女子

柳生阳和杜丽培坐了三个小时的火车,在天黑之前赶到了徐州,一出徐州火车东站,就看到有人在出站口高举一块牌子,上书:"欢迎柳生阳先生莅临徐州!"

杜丽培定睛一看,举牌的是一个穿着黑西装、戴着黑墨镜的壮汉,明显是司机、保镖一类的人物。其旁边则站着一个女子,长身玉立,一头黑发披散,自然垂落。她相貌秀丽,微微显得有些羞涩,一双大眼在黑框眼镜之下仍明眸善睐。她上着淡灰色女式小西装,下着同色包臀短裙,长腿上包裹着黑丝,脚踩白色中跟小皮鞋,整体着装非常职业化。

杜丽培收回眼光,扭头对柳生阳说道:"果然,走到哪里,哪里就有人上门来,概不例外。不过这次倒是稀奇,第一次出现女人。"

柳生阳也颇为好奇,到底是什么人在徐州等他,于是携杜丽培上前。那女子看有人走上来,拿起手机看了看,随后马上笑着欢迎:"柳生阳先生,欢迎来到徐州。我叫许嫣,是漕帮'十二地支'之一的许家后代,我作为家族代表,特来迎接你。"

还真是和漕帮关联的!

杜丽培倒吸了一口冷气,心中盘算了一下,许家对应的是"十二地支"中的"午"字。

柳生阳点了点头，说道："请问找我有什么事情？"

许嫇笑道："自然是与'十二地支'有关了，此地不便，不妨由我招待柳先生，我们细细详谈。"

许嫇又望向了杜丽培，上下打量，面露惊诧的表情，问道："这位是？"

杜丽培颇为不快，每次她都被忽略，于是急忙勾上柳生阳的胳膊，抢着回答："我叫杜丽培，是柳生阳的未婚妻！"

许嫇不由得叹道："杜小姐天姿国色，极配柳先生。"

杜丽培不免扬扬得意。

柳生阳却道："许嫇小姐名字应该是从'增嫇眼而蛾眉'而来的吧！"

"柳先生大才，小女子的名字，确实是因为出生的时候眼睛又大又亮而来的。"许嫇笑着说，"我们先上车吧！"

许嫇带着两人前往停车场，在一辆奔驰迈巴赫前停下，西装壮汉赶紧开门把柳生阳一行送入后排，自己则打开后备箱，放好牌子，又坐到了司机的位置上。

杜丽培横了一眼，心想，许家应该挺有钱的，至少买得起这百八十万的车子。

许嫇自己坐在副驾驶座上，指挥着司机开车。

杜丽培悄悄地捅了一下柳生阳的腰，小声问道："生阳，这女人的名字，有什么特别？你一报出来，她就觉得稀奇。"

柳生阳知道这法国女人的汉语水平最多只是初中生级别，太高深的不懂，便说道："嫇，本意是美目，她的眼睛又大又漂亮，我便想到这名字多半是出自张衡的《思玄赋》："咸姣丽以蛊媚兮，增嫇眼而蛾眉。"这典故比较生僻，大部分人不知道。"

杜丽培酸溜溜地说道："难怪这女人夸你大才。是吗？大才子！"

柳生阳难得调情道："你吃醋啊！"

杜丽培瞪了他一眼，低声喝道："不许我吃吗？我可是你未婚妻！"后面三个字，她可是咬牙切齿说出来的。

柳生阳干笑着，无言以对。两人原本是假情侣，随着一起冒险，竟越来越亲密，现在逐渐向真情侣发展了。杜丽培敢爱敢恨，想吃醋就吃醋，弄得柳生阳无力应对。

幸好，这时候许嫆来解围了。

"柳先生，现在你在'十二地支'的后裔中，可是大有名气。不仅破解了'韦氏的秘宝'之谜，揭开了来氏的传承失落之谜，还侦破了一场推迟了一百年的谋杀案——孙氏孙立国之死！"

柳生阳听着许嫆的赞誉，仔细一想，这话不对啊！怎么都在说他断案的事情，莫非其中有特别的深意？

果然，许嫆继续说道："由此可见，柳先生有着高深的史学造诣和惊人的洞察力，历史谜题无所不破。而我们许家，恰好有一段历史公案，希望柳先生能够帮一下忙。"

杜丽培撇了撇嘴，果然天下没有白吃的午餐，人家派漂亮妹子做代表，豪车接送，真有事情要干。

闻言，柳生阳淡淡地说道："只要我能够帮得上，便会尽力而为。"

许嫆松了一口气，说道："那我先多谢了！无论柳先生能不能破解这个公案，我们许家都将以漕帮宝藏的线索为酬谢！"

柳生阳和杜丽培的眼神都是一凛！

38. 百年公案

汽车开了几十公里,来到郊区的一片花园中,门口挂有匾额,上书"许园"。此时正值初春,百草绿意盎然,百花含羞待放,让人赏心悦目。

杜丽培悄悄地打量了一圈,心想,许家果然是有钱人家。

下了车,许嫮说道:"贵客来访,本来应该飨宴迎接,不过现在离饭点尚早,厨师又要一定时间准备,乘着有暇时,我们不妨小憩片刻,正好商议点儿事情。"

客随主便,柳生阳和杜丽培没有意见。

许嫮便邀请两位客人进入了一间客厅,里面的装饰简约而不简单,精致而不失大气。同为富豪的孙立国与之对比,明显落了下风,一股子暴发户气息。

"请坐!"许嫮指着一张四面围着沙发的茶几笑道,"两位,来点儿什么?柳先生是杭州人,龙井?杜小姐是法国人,咖啡?"

柳生阳微微颔首,正中心意。杜丽培却微微不快,她本能地察觉到,许嫮太过逢迎了,便说道:"嫁鸡随鸡,嫁狗随狗,我要习惯中国的风格,也来龙井吧!"

许嫮稍露诧异,但马上又显微笑,说道:"好的,龙井。"

她亲自动手,沏了三杯茶,两杯西湖龙井端给客人,一杯正山小种自己享用。

三人围坐在沙发上,杜丽培紧贴柳生阳,与许嫆面对面,袅袅茶水汽之中,许嫆首先开场:"我请柳先生来的目的,是想找到杀死我曾爷爷的凶手!"

柳生阳和杜丽培都倒吸了一口冷气,呆了半晌,柳生阳说道:"以许小姐的年纪估算,想必曾爷爷的故事已有百年,时间久远,可能有点儿难度。"

许嫆叹息道:"我知道有难度,所以只能找你侦破了。我曾爷爷在我爷爷出生之前,就已经被杀害了。"

杜丽培终于忍俊不禁,扑哧一声笑了出来:"不会吧,你曾爷爷已经过世了,怎么把你爷爷生出来的?"

柳生阳摇了摇头,杜丽培这外国姑娘,一点都不懂中国的国情,瞪了她一眼,叫她不要乱说话,圆场道:"是过继吧。"

许嫆正色道:"对!我曾爷爷被杀害以后,族人就将我爷爷过继到他名下。"

柳生阳斟酌了一下,问道:"许小姐,你曾爷爷被杀害的具体情形是怎样的?可否介绍一下。"

许嫆说道:"没问题,首先容我铺垫一下历史背景吧!"

她拉开茶几下面的抽屉,拿出一个遥控器,轻轻一点,侧面的一台LED电视机亮了起来,展现出了一张张历史照片。

许嫆一边切换照片,一边解说:"漕帮自雍正年间(1723—1735)兴起,到乾隆年间势力发展到顶峰,盛极而衰,开始走下坡路。到了光绪年间,由于运河堵塞,海运和火车崛起,漕帮失去了赖以生存的土壤。然而百足之虫死而不僵,漕帮把手从运河伸向了陆地,依旧熬过了相当长的一段时间。直到一件事情的发生,终于促使漕帮瓦解!"

电视机屏幕上黑白照片切换,定位在了一张肖像上,那人头戴顶戴,身穿马褂,看似一个清朝的官员。

"这是我曾爷爷许知远,时任漕帮帮主。漕帮的'十二地支',经历过乾隆年间与皇帝的对抗,实际上只剩下了八家,分别是孙氏、钮氏、柳氏、巴氏、许氏、来氏、成氏和第十三家韦氏。坐镇淮安的几家没落,只有坐镇徐州的许氏一家独大,漕帮几乎等同于许家。漕帮自从纳入朝廷的体系以后,一直以来与皇朝捆绑在一起,转眼间皇朝覆灭了,漕帮日益衰弱,当年的漕帮帮主许知远,就打算做一件惊天动地的大事,复兴漕帮,也可以说是复辟皇朝!"许娉继续介绍道,"当年的漕帮,虽然已经衰弱了,但是依旧有几十万帮众以及无数钱粮,若是振臂一呼,在当时的混战之中,也能够获得一席之地。然而我的曾爷爷没有顺应时代的潮流,而是逆历史行动,与辫帅张勋合作,意图复辟!"

电视屏幕上出现了一张作战图,从徐州进军,冲向北京。

"按照计划,辫帅张勋率领大军武力进攻北京,扫除北洋诸军,而漕帮则响应辫帅,在情报、后勤方面进行支援。结局大家已经知道了,辫帅虽然复辟成功,然而不到十二天就灰溜溜地被赶出北京城。经此一役,漕帮元气大伤,历年积累一扫而光。我曾爷爷力图振兴漕帮,过了几个月,遭到内奸出卖,被北洋军逮捕处决。漕帮群龙无首,由于当时清朝已经覆灭,害怕遭到清洗,身为旗人的钮氏和韦氏出逃海外,其他几家或隐居,或避世,漕帮终于瓦解,覆灭在历史的尘埃中。"许娉接着叹道,"我曾爷爷的所作所为,历史已经给了评判,我们后辈也不多做粉饰脸面之事了,唯独有一件事情,令人耿耿于怀。那究竟是何人,出卖了我曾爷爷,导致他惨遭杀害!"

柳生阳点了点头,说道:"原来如此。关于这方面的事情,有详细资料吗?"

许娉说道:"有,请看。"

她又按了一下遥控器，电视机居然播放起了视频，令柳生阳和杜丽培都诧异不已，许嫣解释道："这是为了方便展现实景，我们许家请人根据历史文献还原了现场。"

两人恍然大悟，便盯着屏幕观看。

但见屏幕上，首先映出了时间和地点：

"一九一七年十月十九日，徐州。"

视频中的天灰蒙蒙的，接着屏幕上出现了一个穿着厚棉衣的阴沉男人，旁边是字幕介绍：漕帮帮主许知远——化名冯梦龙。

许知远装扮成一个富商，身边围着几个短打装扮的人，应该是保镖，他们警惕地察看四周，确认安全无虞了，送许知远进了一间屋子。

屋子里面坐着不少人，个个面色凝重，这时候字幕一一在他们身边亮起，介绍他们的身份，分别是：

柳浩然——化名：范仲淹

孙美玉——化名：苏东坡

巴海林——化名：王羲之

成焕林——化名：张骞

来大鹏——化名：端木赐

钮小川——化名：徐霞客

韦深叶——化名：颜真卿

这些人，是漕帮的核心"十二地支"。

不过奇怪的是，镜头这时候朝着桌子来了一个特写，上面摆放着若干水果，供众人商议时吃食消遣。

许知远向众人点了点头，在主座坐了下来。他正和众人探讨复兴漕帮的大事，倏然，大门猛然被人砸开，一下子涌入了几个身穿蓝色军装的北洋军士兵，领头的连长喝道："捉拿复辟反贼许知远，余者

七 一生真伪复谁知　185

不要擅动!"

许知远大惊失色,环视一圈众人,每个人的表情尽收眼底,他愤怒地喊道:"叛徒……"

话还没有说完,北洋军士兵冲上去抓捕许知远,堵住了他的嘴。许知远呜呜地喊不出声,拼命挣扎,扑到桌前,从水果盘中抓起一个非常具有违和感的西红柿,往自己的脑袋上猛然一砸,顿时西红柿四分五裂。

视频中北洋军抓住了许知远,将其横拖竖拉带走。连长威严地盯着余者,叫道:"尔等非富即贵,何必跟着反贼作乱呢?幸好有人通风报信,才逮到许知远这逆贼。"

连长转身离去,字幕打出:三天后,传来了许知远被处死的消息。

视频不长,短短五分钟,但是拍摄得极为用心,各色物件、服饰,无不遵照历史还原。可以说,是最大程度地把那一刻的真相透出来了。

许嫣暂停了视频,继续说道:"这就是我先祖被逮捕的那一幕。漕帮虽然因此瓦解了,但许氏本来就是大族,在漕帮的瓦解中,也占得了最多的资源。我族愤恨有内奸出卖了许知远,一直试图找到叛徒,报仇雪恨,却始终无法如愿。所知唯一的线索,就是许知远抓住西红柿往自己头上一砸,这个动作一定有特别的含义,与叛徒的真实身份有关,然而却一直没有人能够破解。时光如梭,一转眼一百多年过去了,寻找真相已经没有意义了,毕竟当事人已经全部过世了,但谜团依旧没能破解。"

柳生阳思忖了少许,说道:"视频中刻意介绍了每个人的化名,想必化名比较可疑吧。"

许嫣点了点头,说道:"对,因为当时漕帮的要员,都被北洋军政府通缉，非常危险，每个人都用历史人名作为化名，避免被追查到。我曾爷爷被逮捕的时候自砸的西红柿，被公认为查找叛徒的线索，或许西红柿与化名有什么关联。"

杜丽培眼睛一亮，觉得秀智商的时候来了，马上叫道："我知道叛徒是谁了！一定是柳浩然。西红柿又叫番茄，番茄番茄，里面带有范字，而柳浩然的化名却叫范仲淹，所以叛徒就是他！"

柳生阳一阵尴尬，低声说道："绝对不是！我曾祖父为人刚直，不会做出出卖人的事情。"

杜丽培猛然惊觉，这柳浩然姓柳，分明是自己未婚夫的先祖，自己大大咧咧地指责他是叛徒，不是等于打自己的脸吗？顿时缩回脑袋，无言以对。

许婷抿嘴浅笑，看了一下墙上的钟表，说道："好了，时间还足够，我们不用马上得出结论，可以慢慢地推测。现在已经五点了，还是先去填饱肚子吧！"

杜丽培一方面是为了化解尴尬，一方面由于吃货本能，瞬间点头如捣蒜。三人起身，主人带着客人前往饭厅。

39. 霸道女总裁的忧郁

吃饭的地方在隔壁，是一间小餐厅，面积不大，装饰亦是那种简约的典雅风格。居中有一张圆木桌，直径一米左右，已经摆上了几个菜肴，都是当地的特色菜，有地锅鸡、羊肉汤等。

许嫣热情地招呼客人："两位请，随意坐。"

圆木桌边上只放了三把椅子，不分主客席。柳生阳不假客气，随意挑了一个位置，杜丽培等他坐下以后，也随意挑了一个位置，挪动椅子，靠近柳生阳。

许嫣又问道："两位来点酒水吧？我这里有茅台、女儿红、拉图、麦卡伦，请尽情享受吧。"

柳生阳婉言谢绝道："为了保持头脑清醒，我从来不喝酒，来点果汁即可。"

杜丽培瞅了一眼柳生阳，本想照样学样，终究抵不过美酒的诱惑，咧开嘴笑道："拉图，我喝红的。"

"没问题。"许嫣拍了拍手，叫来服务人员，吩咐了一下，不久便送来了橙汁和已经开瓶的红酒。

许嫣亲自动手，为两位客人倒饮料和红酒，自己也倒了拉图，然后举起酒杯，笑吟吟地说道："为了我们的友谊，干杯！"

"干杯！"

"Tchin-tchin！"（法语祝酒词，干杯）

三人举杯各自饮了第一口，酒宴正式开始。

身在一场只有三个人的私宴上，没有必要假客气，更无须维持姿态，大家都放得很开。吃饭、喝酒，佳肴流水般地端上来、撤掉，美酒一眨眼就消耗了一瓶。

两位喝酒的女士酒劲上来，面庞红扑扑的，许嫇是雪白色中透着桃红，杜丽培是乳白色中透着玫红，各有风姿。

许嫇面颊绯红，眯着双眸，透过眼镜打量着柳生阳说道："我突然发现，柳先生不仅文采过人，相貌亦是不差，难怪能够吸引到杜小姐这番国色天香的丽人。"

杜丽培哈哈大笑，勾住柳生阳的胳膊说道："过奖过奖，这说明我眼光好！是吗，亲爱的？"

"可惜，我就没有机会遇到柳先生。真想有个能干的男人陪在我身边帮忙啊！"许嫇叹道，接着对杜丽培说道，"杜小姐，假若我给你一千万元，你肯不肯把柳先生让给我？"

杜丽培闻言眼睛立马发亮，点头如啄米，叫道："当然肯了，不知是付现金，还是支票？"

许嫇抿嘴娇笑道："杜小姐虽然肯了，但我怕柳先生舍不得你。这样国色天香的丽人，哪个男人会千金易替？"

杜丽培又笑道："没关系，我可以先拿钱，再做他的情妇，金钱、爱情两不误。"

许嫇说道："那我得防着点你。"

柳生阳听两人越说越不像话，只好说道："两位，喝多了。"

杜丽培站起来叫道："胡说，我没醉！"

嘴上很硬，身体却软绵绵地歪了下来，落在了柳生阳的怀中。

柳生阳只好致歉道："不好意思，丽培喝醉了，请问今晚我们住哪儿?"

许嫣说道:"早有准备,我带你们过去吧。"

她站了起来,身体有点儿摇摇晃晃,但不至于如杜丽培一样。

柳生阳搀着杜丽培,跟在许嫣后面,穿过庭院,来到一间客房前。许嫣打开房间,说道:"今晚就请两位下榻于此吧。"

"多谢招待。"

柳生阳关上房门,把杜丽培拖进房间,搬到床上,正琢磨着怎么处理这条"醉鱼"。"醉鱼"却忽然一跃而起,把柳生阳吓了一跳!

"你发什么酒疯?"

杜丽培不屑地说道:"嘁,区区半瓶酒,我怎么会喝醉?平常我都是拿瓶子吹白的,这是装醉,懂不懂?"

柳生阳摇了摇头,说道:"装醉个屁!"

杜丽培白了他一眼说道:"第一眼看到这姓许的,我就觉得她心怀鬼胎,看你的眼神都不对劲。我故意借酒试探,果然探出来了。这厮醉翁之意不在酒,在乎男人啊!"

柳生阳哭笑不得,按住杜丽培的双肩说道:"你想多了!"

杜丽培酸酸地说道:"我知道,我们是冒牌的,反正没啥关系,不如我就把你卖给姓许的吧!还可以拿一笔钱。"

柳生阳心念一动,平常被杜丽培调戏多了,不免有了免疫力,然而这时候却能够清晰地感受到她的真情真意,一时之间不知道如何应对,于是伸手摸了摸杜丽培的脑袋说道:"少胡思乱想,洗完澡快点儿睡觉,明天就清醒了。"

杜丽培不满地嘟着嘴巴,摇摇晃晃地进了浴室,柳生阳很快听到里面传来淅沥沥的水声。不一会儿,杜丽培裹着浴巾出来。大概是泡了热水澡的缘故,看起来清醒了不少,兴高采烈地跳到床上,钻进被子里面,娇媚地叫道:"快来呀。"

柳生阳浑身一震，摇了摇头，说道："你先睡，我出去透透气。"

杜丽培气得把枕头扔到柳生阳身上，后者飞也似的逃出了房间。

等柳生阳跑了，杜丽培怒气冲冲地蒙着头躺下。

出逃的柳生阳呼吸着初春夜晚的寒气，不由得苦笑连连，最难消受美人恩，他并非瞎子，看得出杜丽培对他的感情，可惜……

柳生阳在庭院中来回踱步，打算等杜丽培睡着了再回去，毕竟今晚只有一张床，得挤一挤。如果那女人不睡着，鬼知道会闹出什么花样。

倏然，柳生阳看到远处有一道倩影，伴随着袅袅青烟，原来是许婷倚靠在一根柱子上，独自抽烟。

许婷也发现了柳生阳，担心柳生阳觉得女人吸烟不好，手忙脚乱地扔掉，干笑道："见笑了。柳先生怎么不去陪大美人儿，跑到这里来？"

柳生阳顺口胡诌："她喝多了睡熟，睡相太差，把我一脚蹬了下来。"

许婷忍俊不禁，窃笑。

柳生阳问道："许小姐有心事？"

许婷说道："柳先生看出来了，确实有点儿烦恼。"

"不知道是什么事情，我可以帮忙吗？"

许婷挑眼看着柳生阳，姿态妩媚至极，说道："你当然可以帮忙啊！入赘许家吧！有美人消受，又有万贯家财，人财两得，岂不美哉？"

柳生阳不由得一愣，许婷竟然玩真的！

许婷淡淡地说道："许家本是豪门，传到我这一代，只有我这个独女，本来我可以无忧无虑地过着大小姐的生活，想不到运命无常，两年前，父母坐飞机出了意外，令我不得不开始承担起许家继承人的责任。当时我什么都没有准备好，事事懵懂，却不得不面对残酷的社会，外面有数不清的敌人，里面则有无数觊觎家产的无良亲戚，一次次的教训，一次次的惨痛，逼得我成长，逼得我成熟，从前的小女孩，终于变成了'霸道女总裁'！"

柳生阳反问道："不是很成功吗？"

"你只看到了我面前的风光，没有看到我背后的辛苦。我真的很累，很累，很想有个依靠。"

许嫚正视柳生阳，说道："而你，是我的最佳选择之一。你是'十二地支'的后裔，许多共有的秘密可以分享；你聪明能干，手腕过人，无论是孙立国之死，还是对付'茉莉花'，都展现了你的才干。另外，你相貌不差，配得上我。基于这几点，我有兴趣接触你，但是想不到你身边缠着一个洋婆子。"

果然，许嫚和杜丽培相互看不顺眼。

柳生阳苦笑一下，说道："受宠若惊。"

许嫚说道："你可以考虑一下我的建议，至于那个女人，我会给她一笔钱让她滚蛋。当然，你们若真的藕断丝连，只要不带进家里来，我也会睁一只眼，闭一只眼的！"

这令柳生阳稍稍不快，自己在许嫚的眼中，只是一个能当老公的能干男人？没有感情，只有利益交换，反而不如杜丽培真性情。

他正想拒绝，倏然一个男人蹿过来，高声呼叫："许嫚，你不能这样对我。我不许你找别的男人！"

那是一个相貌非常英俊的年轻男子，然而油头粉面，看似十分纨绔。

许嫚大怒，上前就是一个大嘴巴，打得年轻男子晕头转向。

那男子被打得一愣一愣的。接着就听许嫚暴喝道："成均以，你胡说八道什么？你算什么东西，居然敢管我？还不给我马上滚！"

名叫成均以的男子，噙着泪水，含恨离去，看得柳生阳目瞪口呆，许嫇和成均以简直像交换了性别一样。

许嫇扶着额头，一脸痛苦地叹道："见笑了。不成器的青梅竹马，以为一起长大，我就非得嫁给他。如果能干，还好说，看那废物的样子，入赘进来，我还不是给他当妈！对了，他是成氏，也是'十二地支'的后裔！同样是'十二地支'，为啥你那么能干，他却是一个废物呢？"

柳生阳无言以对。

稍许，许嫇忽然想起了什么似的，笑吟吟地问道："柳先生，你才大如海，有没有兴趣与我一起探索许园的秘密？这也与我之后要给你的漕帮宝藏的线索有关！"

柳生阳一愣，合着之前许嫇是空口许诺。

40. 许园的秘密

"许园有什么秘密？"柳生阳颇为诧异。

许嫇竖起右手食指，放在唇边轻轻地晃动，浅笑曰："时间总会掩藏一些秘密！这句话对于拥有七十多年历史的许园而言，非常适用。随我来吧。"

说完,许嫆转身,迈着小碎步向前。

柳生阳没有一丝踌躇,跟了上去,视角变成了从背后打量她。许嫆的个子不高,一米六出头,比杜丽培至少要矮一个头,不过她的身材匀称,修身的职业装裹在身上,显出了女性优美的曲线。当许嫆款款走动的时候,柳生阳突然想起了一个词语:"娉婷",应是专门用来形容许嫆的吧!

深夜的许园,万籁俱寂,路灯透着淡淡的黄光,偶尔与几个巡夜的保安路遇,见到老板皆默默地自动避开。

柳生阳随着许嫆来到一座巨大的建筑之前,后者推开大门,伸手摸索,开启了里面的电灯,顿时一片明亮。

建筑里面是一个大厅,风格简约,没有多余的摆设。

许嫆大声地说道:"欢迎来到八尺阁!最初这里有一张会议桌,长约八尺,因此得名。你猜猜,这里最初是做什么用的?"

由于空间很大,许嫆的声音在里面回荡,显得很迷幻。

柳生阳琢磨了一下,说道:"看起来像会议间,是吗?"

许嫆咯咯地娇笑道:"错了,大错特错,这里不是什么会议间。"

她犹如跳芭蕾一般转了一个圈,大声地说道:"曾经的这里,充满了血腥与恐怖。八尺阁被建造出来,最初的目的,是服务侵华日军驻徐州宪兵队,这里是鬼子的宪兵司令部!是一个噬人的魔窟!"

柳生阳恍然大悟,难怪许园带着浓浓的日式简约风格,一开始还看不出来,如今被点破,倒是瞅出了端倪。

许嫆开始介绍起许园的历史:"一九三八年,徐州沦陷,鬼子大肆镇压抗日活动,由于活动不方便,打算修建一个专供宪兵司令部使用的场所。当时,鬼子看中了这里,抓来了当地著名的建筑师设计。说来也巧,宪兵司令和建筑师居然是慕尼黑工业大学的同学。看在同学的面子上,宪兵司令试图劝降建筑师。建筑师假意答应,提出了一个条件,他会在设计的建筑里面,留下一个密室,如果宪兵司令能够破解这个密室,那么他就投降,如果不能破解这个密室……"

许嫆接下去说道:"建筑师拿出了设计图,按照这张蓝图,建造了如今的许园。宪兵司令按照建筑师开出的不得破坏建筑的前提条件,开始了寻找。找了很久,都没有发现密室,于是开始质疑建筑师在糊弄他。建筑师就给了他一条线索提示。"

"什么线索?"柳生阳也开始感兴趣起来了。

许嫆说道:"线索很奇特,是一道数学应用题:有一位老汉即将去世,决定把所有的财产分给三个儿子。他的财产是十七只羊,他在遗嘱中表述:他将所有羊的二分之一给大儿子,三分之一给二儿子,九分之一给小儿子,但是不准宰羊。怎么解决这个问题?"

这是一道很经典的应用题,却不难,柳生阳马上说道:"解决方法很容易:十七只羊,去向别人借一只羊,就有了十八只。大儿子得十八的二分之一为九只羊,二儿子得三分之一为六只羊,小儿子得九分之一为两只羊,九加六加二得十七,剩下一只就还给别人了。"

许嫆拍手赞叹道:"正是如此!柳先生,你觉得线索的含义是什么?"

柳生阳眉头一皱,说道:"建筑师的意思就是借?从别处借空间?"

许嫆说道:"大致如此吧。但是我猜不出,宪兵司令也猜不出,到底哪里可以借空间。"

柳生阳急忙追问道:"后来呢?"

"后来,发生了一件事。建筑师借助有一次来拜访宪兵司令的机会,突然出手偷袭,救出了若干被抓捕的抗日志士。鬼子马上反应过来,将司令部团团围住,可是等鬼子突入进去,却发现抗日志士消失得无影无踪,非常神奇。显然,他们借助建筑师留下的密室逃走了。"

柳生阳问道:"那鬼子发现了密室没有?"

许嫚摇了摇头,说道:"没有,鬼子没有发现。这时候宪兵司令也顾不得打赌,掘地三尺,到处找寻,然而始终找不到密室。后来宪兵司令在作战时死了,鬼子也完蛋了,司令部作为敌产被政府接收,再后来又落入了许家手里,经过修整,改名为许园。密室,也就成了千古谜团。"

柳生阳颇为奇怪,说道:"既然战争已经结束了,为什么建筑师没有公开这个秘密?"

许嫚的声音转为低沉,说道:"因为他没有机会公开了。建筑师在拯救抗日志士的时候,中了流弹,不幸牺牲。而被他拯救的抗日志士,按照他的要求,不得吐露这个秘密,以便日后继续拯救陷于敌营的同志。这些人在后来陆陆续续战死,密室的真相随之消失。"

许嫚抬头看着柳生阳,问道:"柳先生,有兴趣来破解这个秘密吗?"

柳生阳微微颔首,说道:"很有趣,我会认真研究一下。"

许嫚笑嘻嘻地说道:"奖励可是美女总裁的一个吻哦!"

柳生阳一愣,推辞道:"家有猛虎,许小姐可不要开玩笑。"

许嫚嗤嗤地笑了笑,说道:"也可以弄假成真。"

柳生阳不再理会许嫚,开始调查许园的秘密,他思忖片刻,说道:"可以带我参观一下整个建筑吗?"

"没问题。随我来。"

许嫚带着柳生阳,开始参观整个建筑。

"八尺阁外形呈正方形,长宽各是五十米,高八米,面积广大。我们现在只在一个大厅中。八尺阁被四面承重墙以十字的结构分为四个大厅,为了方便,被分别命名为甲乙丙丁。每个相隔大厅都打通了通道,可以从任意一个大厅出发,顺时针或者逆时针绕整个八尺阁一周。"

两人走到墙壁正中的大门前，一打开，果然进入了另外一个相似结构的大厅，如此类似的大厅，一共有四个，紧紧地贴在一起，由四个小正方体组成一个大正方体。

许嫆继续解说："一般而言，密室应该建在地下，我们的脚底。但是鬼子曾经掘地三尺，什么都没有发现。"

当柳生阳把视线投向天花板的时候，许嫆笑着说道："天花板只有十公分左右厚，最多能挖个老鼠洞。所谓密室，想必至少能够让人藏进去吧。"

柳生阳又瞅瞅墙壁，问道："夹墙？"

许嫆笑而不语。

柳生阳自言自语地说道："假如有夹墙，最简单的办法就是观察墙壁的厚度。"

"那怎么观察墙壁的厚度呢？"

"当然是从墙壁上开的洞观察。"

"在墙壁上开洞？会破坏建筑的。"许嫆显然被绕糊涂了。

柳生阳哭笑不得地说道："没有洞怎么能够从一个厅走到另外一个厅呢？那洞就是门。"

"哦，对，我怎么忘了。"许嫆拍了拍脑袋，饶有兴趣地观察柳生阳的行动。

八尺阁的结构很简单，外围是呈口字的墙壁，每一面的墙壁中间都开设有一扇门；里面是呈十字的四面墙，恰好每面墙的中间也都开设有一扇门。两人立在门的中间，分别向两侧的墙面观察。毫无疑问，墙壁的厚度都是一致的，没有什么夹层。

这下子，连柳生阳也束手无策了，他呆立半晌，转而询问许嫆道："建筑师曾经给出过提示，含义是借空间，会不会是密室从其他地方借空间？我想问一下，有量过八尺阁的面积吗？"

七 一生真伪复谁知

"量过，数据都在我脑中。"

"有误差吗？"

许嫣想了一下，说道："有。八尺阁一共有四个厅，每个厅测量得出的面积数据，与八尺阁蓝图上的设计面积数据对比，小了零点五平方米左右的面积。"

柳生阳淡淡地说道："密室的提示线索，关键就在于借。假如从每个厅借一点面积，即使每个厅只被借走零点五平方米，加起来一共有两平方米左右，足够搭建一个密室了。"

许嫣不解地问道："有误差不是很正常吗？几千平方米的八尺阁，误差几平方米，已经非常精确了。毕竟不是火箭发动机，一丝一毫都不能差。八尺阁在建造上本来就允许存在一定的误差，建造施工也会产生误差，再加上日久天长，建材的热胀冷缩和建筑本身的位移，都会产生误差。而且八尺阁有四个厅，这些误差的面积是零碎分散的，根本无法组合起来。"

"也是。"柳生阳打了一个哈欠，这时候才惊觉，时间不早了，他歉意地望向许嫣，"我有点儿困了，想回去睡觉，就不陪许小姐了。"

许嫣笑道："是我耽搁了柳先生的休息。我送你回去吧。"

柳生阳摆了摆手，说道："不用了，我记忆力不错，走过一遍的路，就能记住了。我自己回去。"

许嫣听得出柳生阳不想让自己陪着，就没有不知趣地跟上去，只是把柳生阳带到门口，含笑目送他离开。

她望着偌大的八尺阁，心中开始沉思，刚才柳生阳的想法给了她不少新的思路，当她目光瞅到某个地方的时候，忽然浑身一震……

41. 许家惊变

柳生阳回到客房的时候，杜丽培已经睡得和死猪一样，他悄悄地洗完澡，躺在杜丽培身边，做起了春秋大梦。

第二天，柳生阳被杜丽培吵醒，睁眼一看：杜丽培穿戴整齐，站在床边，正拼命地摇他。杜丽培见柳生阳醒了，便叫道："出大事了，姓许的不见了！"

"什么不见了？"柳生阳刚刚睡醒，还有点迷迷糊糊。

"许嫣失踪了！"

柳生阳大吃一惊，慌慌张张地穿衣起床，草草地梳洗了一番，离开客房。他和杜丽培一起前往大厅，一边走，一边问道："到底是怎么回事？"

杜丽培说道："我一早起来，想去弄点儿吃的，就看到许园里面大乱，于是找人打听了一下，才知道姓许的失踪了。"

柳生阳扭头盯着杜丽培，问道："看似你很高兴？"

杜丽培笑嘻嘻地看着柳生阳。"她是我的情敌，失踪了，我自然高兴。"她接着补充一句，"不是我干的，昨晚我可是一直和你睡在一起。"

柳生阳摇了摇头，哭笑不得。

到了大厅，柳生阳看到有两个人在指挥众人寻找许嫣。这两个人，柳生阳都见过，一个是之前开车来接他们的壮汉司机，另外一个则是昨晚被许嫚打了一巴掌的青梅竹马成均以。

和镇定自若的司机相比，成均以显然不成器，惊慌失措，六神无主，抬眼看到柳生阳过来，似乎这才想起有这号人，马上扑过来叫道："嫚妹不见了，是不是你害了她？"

未等柳生阳出手，杜丽培就一拳砸出去，把成均以打得踉跄后退。

杜丽培把手缩了回来，小声问道："这娘娘腔是谁？怎么见了你跟见了仇人一样？许嫚的姘头？"

柳生阳置之不理，这时候司机上前，生硬而不失礼貌地说道："柳先生，你好！我是总裁特别助理许海洋。现在总裁失踪了，而你又是昨晚最后一个见到她的人，所以我想咨询一下，你最后看到总裁是什么时候？"

柳生阳疑惑地说道："到底怎么回事？可以跟我说说吗？"

许海洋点了点头，说道："可以。"

最早发现许嫚不见的就是许海洋，他是许嫚的心腹，平时兼任司机一职。根据日程，今天他一大早就在许园门口等着，左等右等不见许嫚的踪影，又未得许嫚的通知，心中奇怪，便进入许园询问。许海洋身为许嫚的特别助理，相当于大管家，权力极大，许园的人没有不听他的，一问之下才发现大事不妙，许嫚失踪了。许海洋紧急通知了许嫚唯一的亲人——未婚夫成均以，两人开始搜索许园，情急之下，倒是忘了柳生阳的存在。

柳生阳皱紧了眉头，他没有想到，许嫚居然会出事。

"你们报警了没有？"

许海洋犹豫了一下，摇了摇头，说道："不太方便。"

柳生阳以为他们忌讳声誉，喝道："人要紧，还是名声要紧？快报警！"

许海洋踌躇了一下，终于点了点头，他正要掏出手机报警，柳生阳想了一下，说道："等等，还是我来吧，我在江苏警方中有点儿小名气，我报警比你报警会更受警方的重视。"

果然，柳生阳报警之后，大受重视，不到一刻钟，大批警方人员在刑警队长的亲自带领下赶来。一进入许园，刑警队长疾步上前，握住柳生阳的手，说道："久仰久仰，闻名不如见面，你在江苏警方中声名如雷贯耳！想不到继苏州、扬州、淮安、宿迁的伙计们之后，终于轮到我们徐州的了。"

柳生阳和杜丽培尴尬不已，其他人则是浑身一震：这姓柳的果然没有吹牛，他在警界名气很大，整个江苏省的警察都对他刮目相看，有戏！

警方开始调查，现在调查一个人的踪迹，最有效的办法就是查看监控。之前许海洋之所以判断柳生阳是最后一个见到许嫣的人，是因为他已经查看过监控了。

监控中显示，柳生阳和许嫣一起进入了八尺阁，待了几个小时以后，最后许嫣送柳生阳出门，自己则返回八尺阁。自此之后，许嫣再也没有出现。

刑警队长问道："柳先生，目前监控显示您没有嫌疑，可以回顾一下，您和许小姐在干什么吗？"

柳生阳点了点头，回溯了一下他与许嫣在昨晚一起寻找八尺阁密室的事情，最后判断道："我现在怀疑，她是不是找到了八尺阁的密室，不小心陷在里面出不来了？"

刑警队长说道："有可能，我们会将这里列为重点寻找区域！"

柳生阳一愣，反问："这么相信我的判断？"

刑警队长笑道："从其他地市的同行反馈情况来看，相信柳先生没错的。走，我们去八尺阁。"

七 一生真伪复谁知 201

众人和一半的警察去了八尺阁，到达以后，许园里面的人不太清楚这边的情况，反而是由柳生阳介绍了一下八尺阁的历史和典故。听罢，刑警队长眉头一皱，说道："猜谜的话太复杂了，浪费时间，我们要及早动手找出许小姐，避免她遭受意外。海洋先生，我们要在这里动土，可以吗？"

许海洋一咬牙说道："只要能找到小姐，把这里拆了都没有关系！"

刑警队长得到了允许，便安排人准备器械，开始在八尺阁里面拆卸找人。

如此一来，一上午的时间就过去了。许海洋不愧是总裁特别助理，外表粗鲁，内心精细，看到警察如此辛苦地找人，就吩咐许园的厨师准备饭菜，供应午饭。许园的厨师，那是五星级的水平，虽说只是盒饭，都精致无比。

许海洋表示只要能找到许小姐，可以把许园掘地三尺，但实际操作起来却太难了。许园当年是按照军事级别来施工的，历经七十多年屹立不倒，挖掘起来非常费劲，到了傍晚依旧没有起色。

柳生阳是许嫣的贵客，主人有事，贵客碍于情面必须出手帮忙，他就一直留在现场，苦苦思索谜团。相比之下，杜丽培将许嫣视为情敌，满脸幸灾乐祸，最后不知道溜达到哪里去了，柳生阳也不好约束，只要不捣乱，随她了。

不久，许园有人前来悄悄地通风报信，成均以听了以后面色凝重，先赶过去处理事情了。不一会儿，又有人来招呼许海洋，后者亦是面色凝重。柳生阳冷眼旁观，想了一下，上前问道："有什么事情，我可以帮忙吗？"

许海洋犹豫了一下，终于叹道："我之所以不想报警，是因为容易把事情捅出去，至于声誉什么，无所谓，只是有一些不要脸的家伙，会如看到尸体的秃鹫一样，过来吃绝户！总裁刚出事，那些亲戚就上门来，嚷着要分家产！成均以招架不住，我虽然姓许，却是一个外人，更没有办法。"

柳生阳冷笑道："没事，我最会对付这些家伙。走！"

想了一下，柳生阳还是拉了一张"虎皮"，招呼刑警队长过去帮忙，后者欣然同意。

三人来到客厅，里面居然坐满了大大小小几十号人，分属各个家庭。他们似乎已经把这里当作了自己家，毫不客气地颐指气使，在场的成均以犹如受气的小媳妇，惨遭围攻。

柳生阳一到客厅，就大声喝道："全部给我闭嘴！"

众人吓了一跳，顿时安静了下来，一起将目光投向柳生阳，当发现是一个陌生人之后，马上气势汹汹地开始围攻。

一个老太婆喝道："你是什么东西，敢在这里大喊大叫。"

柳生阳大声喝道："我是许嫣小姐的律师，她的一切事情，由我全权代理！"

一个油头粉面大喜，叫道："原来是律师，那太好了，许嫣是我们的亲戚，现在她死了，又没有继承人，还不赶紧把财产分给我们！"

柳生阳喝道："许小姐没有死，她只是失踪了。在法律上，只有失踪两年以上，才可以宣告死亡，因此许嫣小姐的一切财产，还轮不到你们叽叽歪歪！现在，许园还是许嫣小姐的私人财产，你们没有得到允许擅自进入，犯了非法侵入住宅罪，犯本罪者可处三年以下有期徒刑！还有你，别乱动这里的东西，这是有主人的，擅自拿走是偷窃，达到一定数额也要判刑！"

众人听了，无不倒吸一口凉气，本想发作，却见柳生阳身边的那张"虎皮"，顿时疯了。

柳生阳大叫道："来人，还不把这些人赶出去！"

许海洋乘机招呼安保人员，连推带揉，在众人的骂骂咧咧中，将他们赶了出去，许园顿时安静了下来。

许海洋竖起大拇指赞叹道："柳先生好手段！"

柳生阳不屑地说道："一听说亲戚有事，不想着帮忙，反而急急忙忙地来吃绝户，如此不要脸，确实少见。另外，他们无知至极，稍稍吓唬一下就被吓跑了。当然，这还得谢谢刑警队长的帮忙。"

刑警队长笑道："我什么都没说，什么都没干。"

众人心知肚明，"虎皮"是非常有用的。

成均以看着柳生阳，满面不甘，叹气道："现在我终于知道，为什么许嫣会找你。你确实比我能干太多了，你能够保护和协助她，我不行……"

说完，成均以转身离开。

柳生阳一愣，心想，他是不是误会了什么。

末了，他悄悄地问许海洋，许嫣和成均以到底是怎么回事。

许海洋叹了一声，说道："孽缘啊！"

据许海洋讲述，许家和同为"十二地支"之一的成家是世交，许嫣和成均以两人青梅竹马，感情深厚，后来订了婚，本来应该是公主与王子的幸福生活。但是后来许家惊变，许嫣不得不独立支撑许家，巨大的压力导致她性格大变。这时候成均以的不足便暴露了出来，他不仅不能协助许嫣，反而凸显了纨绔子弟的无能。两人感情生变，许嫣开始厌恶成均以，后者却不想放弃，苦苦追求，希望有一天能够得到许嫣的认可。

许海洋瞅了柳生阳一眼，说道："柳先生是总裁看中的男子，有意留下来吗？"

"你觉得呢？"

许海洋又瞅了一下柳生阳身边空荡荡的位置，说道："我觉得不会，总裁虽然貌美如花，但是比起杜小姐来，还是稍稍差了些许。换我，也舍不得这种大美人，宁可爱美人不爱江山。"

两人对视一眼，哈哈大笑。

42. 借来的空间

柳生阳回到房间休息，打开门看到杜丽培早就瘫在了床上，她听见动静，抬起头，满面疲惫的模样。

柳生阳好奇地问道："一整天都没有见到你，跑哪里去了？"

杜丽培把脑袋放下，搁在枕头上，叫道："我去调查许知远的公案了，累死老娘了，跑了一天。"

柳生阳想想也是，杜丽培不是那种闲得无聊、整天游手好闲的人。既然她不愿意去帮情敌，那一定是去找其他有趣的事情消磨时间。

"有线索吗？"

"有，真相已经很接近了。你呢？找到姓许的了吗？"

柳生阳摇了摇头叹道："还没有，警方在八尺阁内掘地三尺，都没有什么发现。"

杜丽培叹道："好怪啊！一栋建筑里面的暗室，不外乎地下室、夹层，总不可能如同哈利·波特中的密室一样，存在于虚空之中。"

柳生阳皱眉说道："当年建筑师留下了线索，暗示密室的空间应该是借来的,实际测量可以发现,八尺阁四个厅的面积确实有缺失,每个厅缺失半平方米左右,但是如何将这些零散的面积组合起来呢?这是一个很大的难题。"

杜丽培抬起头,媚笑道:"亲爱的,你作为一个文科生,在几何方面天生不如理科生钻研得深,这时候你应该向他人请教。比如,眼前就有一位来自巴黎第六大学的高材生。"

柳生阳难得不再一本正经,开玩笑道:"老师,我想学几何!"

杜丽培白了他一眼,说道:"从几何角度而言,这是一个典型的拼图游戏。魔术师刘谦有一个魔术,先用八块不同形状的几何板拼成了一个正方形,然后他又增加了一个几何板,再次拼成一个正方形,两个正方形的面积一模一样。这是怎么回事呢?实际上,后者的面积大于前者,但是人眼无法分辨这种精细的差距。你犯了一样的错误,用眼睛观察事物,导致了误判,请相信数字,数字是不会错的。既然八尺阁的面积是个定数,那么问题一定出在平面上,你只需要找到拼图的办法即可。"

柳生阳若有所思,倏然叫道:"我明白了!"

说完,他飞也似的离开了。

杜丽培摇了摇头,想了一下,马上起来穿衣,跟着出去看热闹。

等她追上去,看到柳生阳已经叫警方停止施工了,他说道:"我已经知道了许小姐藏在哪里了!"

许海洋大喜道:"柳先生已经发现了密室所在?"

柳生阳点了点头,说道:"不错,我已经找到了密室。"

刑警队长皱着眉头问道:"究竟是怎么回事?"

柳生阳解释道:"八尺阁一共有四个厅,每个厅测量得出的面积数据,与八尺阁蓝图上的设计面积数据比较,小了半平方米左右的面积。而根据建筑师的提示,密室的关键就在于'借'字。假如从每个厅借一点面积，即使每个厅只被借走半平方米，加起来一共有两平方米左右，足够搭建一个密室了。"

许海洋顿时摸不着头脑，问道："但是，八尺阁四个厅缺失的面积是零碎分散的，怎么组合起来？"

柳生阳微笑道："恰好，有一个点，是可以组合这些零碎的面积的。"

他拿出手机，在绘图软件上画了一个"田"字图形，展示给大家看，并解释道："这是八尺阁的结构俯视图。"

然后指着"田"字的中心点，说道："就是这里！"

许海洋难以置信，说道："怎么可能，在这里？四面墙聚焦的中心点，实心的，根本没法做密室，即使挖一个洞，也只能勉强塞一罐可乐罢了。"

柳生阳说道："一开始我也是这样想的，但是转换一下思路。"他瞅了一眼杜丽培，微笑致意，又画了一个图形：

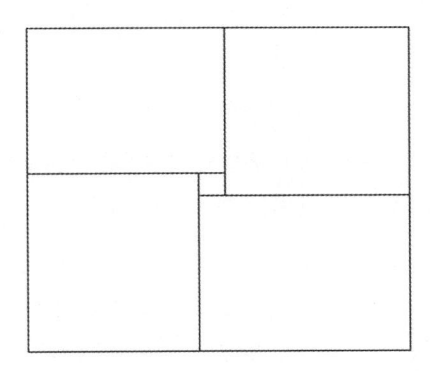

众人一看之下，顿时恍然大悟，连刑警队长都忍不住失声大叫："竟然是这样的结构。"

建筑师利用八尺阁四面墙的聚焦点，稍微挤出一点儿空间，建立了一个密室。一般情况而言，这是不可能的，但是八尺阁实在太大了，数千平方米的空间，多出一个两平方米的密室，根本无法察觉。何况也根本没有人会想到，在实心墙的交叉点上居然还可能建成密室！

　　许海洋迫不及待地跑到四面墙的交叉点上，敲了敲墙面，顿时又皱起了眉头，说道："实心？"

　　柳生阳一脸不可能的表情，也凑过来敲了几下，露出了不解的神情。片刻，似乎想通了，蹲下从下往上敲，再站起来一直把手高高地举起，突然愣了一下，叹道："设计这个密室的建筑师真是聪明，他深谙人心，知道一旦有密室的传闻出去，总会有有心人到处敲打墙面寻找，他担心被看穿破绽，索性把底下的做成了实心。所以，密室在上面！"

　　许海洋大声招呼手下道："快快，拿梯子来！"

　　柳生阳想了想补充道："顺便把救护车叫来。"

　　许海洋虽然不解，但是考虑到柳生阳的惊人洞察力，当即拨打了医院的电话。

　　许园面积广大，很多地方的修理和维护需要攀高，常备有梯子，很快有人带来了一把阶梯式的梯子。许海洋忙不迭地站上去，一点点地沿着墙面向上敲打，在三米高处，当他敲击的时候，墙面发出了哐哐的响声。

　　"就是这里了！"许海洋兴奋地大叫，"给我锤子，我要破墙！"

　　柳生阳急忙叫道："不要用蛮力，试着找找看，可能有把手！"

　　许海洋想了一下，如果用蛮力可能会伤到许嫣，就四下里找寻。不一会儿，在暗处找到了一个开关，竟然可以打开墙面，打开后出现了一个黑漆漆的大洞。

　　八尺阁历史上著名的密室，在今朝终于被揭开了真相，人们好奇地凑上去看。

许海洋马上爬进洞里,刚进去就探出头叫道:"里面秽气很重,要憋死人!我等不及秽气散去,憋气进去,要是超过两分钟没有出来,就来救我。"

众人点了点头,刑警队长马上安排人准备防毒面具。

许海洋转身钻了进去,不到一分钟,就拖着一个人出来,欣喜至极地叫道:"找到小姐了!"

马上有人上去,帮忙把许嫣抬了下来,她脸色如同死人一般惨白,但胸口微微有起伏,还活着。

柳生阳的先见之明起了作用,救护车不一会儿就赶到了,并在第一时间把许嫣送去了医院,许海洋贴身陪着,嘱托柳生阳看好许园。

43. 时间的女儿

晚上十点多就传来了好消息,许嫣苏醒了,她是吸入了过多不干净的空气而导致昏迷的。今晚要休息休息,明天十点邀请柳生阳过去会面。

柳生阳稍稍松了一口气,就打算先脱衣休息,有事情明天再说。

旁边的杜丽培酸酸地说道:"看到打算结婚的对象好了,心情很开心吧!"

柳生阳哭笑不得,觉得有必要堵住杜丽培这张嘴巴,便正色道:"许嫮不是我喜欢的类型,所以你不用瞎猜。"

"骗鬼,你。"杜丽培一脸鄙夷。

柳生阳说道:"许嫮外表温文儒雅,内心强悍冷酷,看她对自己青梅竹马的未婚夫的态度就知道了,在她心中,实力代表一切。她这种风格,令我颇为不爽。"

杜丽培转念一想,马上认识到柳生阳其实很讨厌这种人,类似的孙立国,他也很厌恶,于是丽人的心情顿时好起来,笑吟吟地问道:"那你喜欢哪种性格的女人呢?"

"性格爽直,大大方方,心胸宽广。"

杜丽培顿时大笑道:"岂不是在说我吗?"

"第三点心胸宽广,你似乎搭不上边吧?"

"喊,我就喜欢吃醋,吃吃吃,你管不着。"

小小的误会解除以后,杜丽培兴高采烈起来,躺在床上,一只手枕着脑袋说道:"其实,刚才我突然想到一点,你们其实可以更早地找到许嫮。"

"怎么说?"柳生阳很好奇。

"密室的入口那么高,许嫮怎么上去的?现场没有梯子,她肯定用现成的桌子、椅子之类的爬上去。不过估计白天的时候,被清洁工收拾了,以至于所有人都没有发现关键。不然桌子、椅子格格不入地放在那里,任谁都会有疑心的。"

柳生阳恍然大悟,心想,许嫮真倒霉。

余话不说,两人上床睡觉,第二天吃过早餐,前去医院探望许嫮。

许嫮在高级病房中,上半身坐起来,看脸色已经好了很多。许海洋在旁边陪着，双目都是血丝，一脸疲惫，这位忠心的大管家，想必彻夜守护着他的主人。

许嫣说道："事情我听海洋叔说过了，非常感谢你帮我守护家产，更重要的是发现了密室的线索，找到了我。"

柳生阳问道："究竟是怎么回事？"

许嫣叹道："前晚你离开以后，我思忖片刻，竟然想到了关键，于是爬上去打开了密室，不料里面空气污浊，我没有防备，竟然昏了过去。密室的门有重力机关，自己会关闭。我就被困在了里面。若不是你及时找到了我，我一定会在里面窒息而死。"

柳生阳点了点头，说道："这是应该的，承蒙招待，总得做点儿什么。"

许嫣本想说"既然救命之恩，必然以身相许"，但见杜丽培一脸得意地倚在柳生阳身边，便知道事无可能，于是把这些话咽了下去，说道："患难见真情，海洋叔证明了他的忠诚，柳先生证明了你的品德。至于那些趁我出事就来吃绝户的亲戚，我会让他们好看的。"

话音方落，一个人闯了进来，却是成均以，一进门就叫道："嫣妹，你终于被找到了，太好了。"

柳生阳和杜丽培冷眼旁观，看模样成均以是刚刚才知道许嫣被救出，消息如此滞后，可见其在许嫣心目中的地位。看来青梅竹马，未必终成眷属。

许嫣皱着眉头，不过看在成均以真切的感情上，想了想说道："这次你虽然没啥用，不过终究证明了你还是站在我这边的，没有背叛我。"

成均以说道："我怎么会背叛你？"他看看柳生阳，不免有些心酸。

柳生阳说道："这次来拜访，一是探望，二是告别，我们即将离

七 一生真伪复谁知 211

开。再者,许知远留下的谜题,我们已经解开了。"

许嫇吃了一惊,失声道:"不会吧!这么快解开了,柳先生真是大才!"

柳生阳却指着杜丽培说道:"非我也,这次是丽培发现真相的。"

许嫇收敛了眼光,想不到小觑了杜丽培。

杜丽培故意咳嗽几下。"不错,昨天我跑了一天,终于发现了真相!"她顿了顿,继续说道,"大家有没有想过,西红柿又名番茄,是外来蔬果,是什么时候传入中国的?"

柳生阳微微地思忖着,说道:"我记得西红柿产于美洲,至少在哥伦布到达美洲之后才会传入中国,应该在明朝的时候。"

许嫇反问道:"难道我先祖在暗示,出卖他的叛徒,化名与明朝有关。先祖许知远的化名是冯梦龙,除此以外,另外只有一个人的化名是明朝人,那就是化名为徐霞客的钮小川!"

杜丽培露出了大家都中计了的笑容,说道:"但是,大家有没有想过,许知远是在十月被抓的,可是十月怎么会有西红柿呢?要知道,一百多年前,可没有温室大棚培育反季蔬菜!"

柳生阳和许嫇震惊不已,居然把这个细节给漏掉了。

杜丽培说道:"巴黎的蔬菜很贵,我就想办法自己种西红柿,因此对其习性很熟悉。为什么在一个没有西红柿的季节里,却出现了西红柿?我想来想去,唯一的可能就是那个谜团的内容遭到过篡改!"

许嫇奇怪地疑问道:"为什么要篡改这个谜团?再说,谜团是类似传闻一类的东西,怎么篡改?"

杜丽培推测道:"我想动手脚的那个家伙,就是叛徒。他猜出了许知远的暗示,唯恐受到惩戒,就想方设法篡改谜团的内容,篡改的关键就在西红柿上,原本应该是另外一样东西,经过叛徒的篡改,人们就误以为西红柿才是谜团内容的核心,真相由此被掩盖。至于如何篡改谜团的内容，那简单了，因为本就是传闻，只要加大宣传力度，谎言重复一千遍就会变成真理。"

许嫣沉默了片刻，柳生阳想了一下，指出杜丽培推测中的不足，说道："但是叛徒试图篡改真相的话，同样会把自己暴露出来。因为这件事情不止他一个人知道，许知远被抓住的时候，同时在场的至少有十个人。"

杜丽培微笑道："假如是在所有人都死光以后呢？就只剩下叛徒自己一个人，他仍然能够听到'许知远××'的谜团，害怕有一天被揭穿，就想方设法篡改内容。于是，我就去图书馆进行了查阅。"

杜丽培从提包里面抽出了一沓资料，递给大家看，里面把出席会议的"十二地支"都记载了下来，并注明了他们的生卒年。当年在现场出现的八个人资料齐全，能够发现，他们中最为年长的是韦深叶，活到了二十世纪七十年代。难道韦深叶就是叛徒？

他们接着看了韦深叶的资料，其在共和以后，逃亡国外，一直到去世，其后裔最近才回国。如此而言，似乎不太可能是篡改真相的叛徒。只有常年待在本地的人，才有这个需求。

杜丽培说道："然后我又发现了一个问题，我觉得篡改真相的那个家伙太蠢了，为什么挑选西红柿呢？十月怎么会有西红柿呢？他其实可以挑选另外的东西，我在书上找了一下，土豆也是明朝传入的，十月的时候，这个玩意儿还有啊！"

柳生阳和许嫣都是一愣，又是一个破绽！这关系着什么呢？

杜丽培没有直接回答，柳生阳陷入了沉思。"我明白了，原因很简单。篡改真相的不是叛徒本人，而是他的后代。而他的后代，因为生活在一个任何季节都可以吃到西红柿的时代，以至于忽略了西红柿天然的生长周期！"他顿了顿，接着说道，"这个时代距离我们不远，最早应该是从二十世纪八九十年代开始的。是吗？丽培。"

杜丽培点了点头，说道："不错，大概从八十年代中期开始，本地报纸上出现了一系列的文章，内容都是和许知远有关的，在文中出现的就是西红柿。而这些文章的署名都是同一个人。他通过一系列的文章加深了人们对于西红柿的印象，在此以后，即使其他人撰写的文章，也都是西红柿唱主角了，显然大家都已经被误导了。"

许嫣怒道："这个人是谁？"

杜丽培一字一语地说道："成子章！而他的父亲，正是当年在现场的人员之一——成焕林！"

成均以大吃一惊道："居然是我大爷在篡改真相！"

许嫣却默然不语，过了一会儿才说道："成焕林是我妈妈的祖父，而成子章是我妈妈的大伯伯。"

柳生阳和杜丽培都暗叹不已，历史就是这么荒谬，牺牲者与叛徒的后代，居然结合在了一起。时间的女儿名为真相，真相却不一定叫人快乐。

很久以后，许嫣终于得到了一份资料，上书：大兵破门而入，顿执许逆。许逆大呼："贼子害我！"言毕大兵掩其口，许逆狂挣，竟脱大兵之手，捡案之石榴自砸其首……

石榴是汉代张骞出使西域以后带回来的，叛徒是化名为张骞的成焕林！

八　闻君有白玉美人

44. 贪婪的日本鬼子

告别了许嫇，柳生阳和杜丽培坐上飞雁号，继续他们的旅程。从江苏进入山东，抵达济宁以后，大运河在此断流，飞雁号也迎来了终点站。不过对于柳生阳和杜丽培而言，却尚未到达目的地，他们乘坐火车，继续前行，首先来到北京的郊区通州，参观这里的大运河博物馆。

通州位于北京东南面，是京杭大运河的北起点，这里一点儿也不像北方，其地势平坦，河流众多，碧波千顷，渔舟唱晚，宛如江南。

大运河博物馆位于通州繁华地段，前方是一片巨大的广场，名曰运河广场，建筑外形颇具现代感，等柳生阳一行赶来的时候，早有人在门口迎接。

那是一位五六十岁的先生，风度翩翩，一见两人，便迎接上来，说道："欢迎两位莅临大运河博物馆！我是馆长巴京！"

"巴金？"杜丽培疑问道。

"北京的京。"

杜丽培松了一口气，叹道："还好不是京巴。"

巴京哈哈大笑道："柳先生，你的女朋友很调皮。"

柳生阳轻轻敲了一下杜丽培的脑袋，喝道："礼貌点。"

"喊！"

八　闻君有白玉美人　217

"不用在意,其实我的嘴巴也很毒。"

杜丽培顿时有了兴趣,问道:"怎么个毒法?"

巴京笑道:"比如,我实在不想来迎接你们,柳先生是远近闻名的瘟神,'十二地支'的后裔,接触者无不倒了大霉。不是死了,就是被绑架,还会自己受困,即使自己没事,身边的人也会莫名其妙地去杀人。"

柳生阳苦笑一声,巴京说的都是事实,他就是一个走到哪里,哪里就出事的"瘟神",接触的"十二地支"后裔,钮建和孙立国已经归天,韦斯利被绑架,来陆为了来耀祖动手杀人,许嫣受困险些殒命。

杜丽培赞叹道:"够毒!服了。不过你嘴巴再毒,遇到生阳也得倒霉!哈哈!"

"我不怕!"巴京说道,"请进。"

两人进入博物馆,由馆长巴京带着他们游览。巴京为人风趣幽默,学识又高,两人听得兴致勃勃。博物馆沾了京城的光,藏品众多,丰富多彩。

参观完毕,巴京又带着他们来到办公室,接下来要商谈的才是正事。

巴京说道:"许小姐常年赞助本博物馆,我与她相识甚久,是老朋友了。许小姐为了酬谢柳先生,决意将关于漕帮宝藏的线索告之,在此我也知无不言,言无不尽,绝不保留。"

柳生阳点了点头,说道:"那就多谢了。但是我很奇怪,据我所知,关于漕帮宝藏的线索,主要由孙氏、柳氏、来氏、许氏、巴氏、钮氏、来氏、韦氏等残存的'十二地支'后裔收藏,流传至今,残缺不全。比如我们柳氏,还有孙氏等,就已经失去了相关的线索,敢问巴先生是如何搜集这方面的线索的?"

巴京摆了摆手，说道："不是我搜集的，我只是一个发掘者，将之从历史深处发掘出来。"

他转身打开电脑，调出一个文档，指给柳生阳和杜丽培，并说道："请看。"

柳生阳和杜丽培定睛一看，那是一个古旧的文档，被扫描以后存入电脑，那文档文字竖排，却是汉字中夹杂着假名，乃是一份日文文档。虽然两人都不懂日语，但借着汉字，还是能勉勉强强地读出来，大概含义就是日本侵华派遣军总部，要求北京这边搜集有关漕帮宝藏的线索，寻找漕帮宝藏。

巴京解释道："抗战末期，日寇物力穷匮，为了发掘可用资源，听闻漕帮历来收藏的财宝数目惊人，便将主意打在了这上面。中国派遣军总司令官冈村宁次，亲自下令，调派精干人员，与汉奸配合，开始了漕帮宝藏线索的发掘。"

巴京点击鼠标，电脑屏幕上滑出了一个人的照片，其穿着旧日本军官制服，戴着圆边眼镜，与其说是军人，不如说更像是一个文人，然而其眼中的阴鸷目光，显示其并非善类。

"春田准一郎，出身日本华族，曾经化名就读于北京大学，是个'中国通'，寻找漕帮宝藏线索的事情主要由其负责。虽然他是个日本鬼子，但是也不得不惊叹他的才华。他调查以后发现，漕帮的'十二地支'后裔，自从漕帮崩溃以后，散落各处，很多人隐姓埋名，无处找寻，从漕帮这边想寻找线索，几无可能。然而这厮另辟蹊径，他认为，乾隆以后，漕帮与朝廷关系密切，两者相依相存，说不定朝廷那边会有很多关于漕帮宝藏的线索。正好故宫博物院落在鬼子手中，他就组织了若干汉奸文人，从清朝的档案文献中搜寻。功夫不负有心人，居然让这个鬼子找到了线索。"

他继续点击鼠标，切换电脑上的画面，上面展示了一本笔记，凌乱地记录了许多名词。

巴京继续解释道:"当然,线索不是那么直截了当的。历史上,朝廷对于漕帮是既依赖,又忌讳。依赖漕帮维持南北航运,忌讳漕帮尾大不掉。乾隆以后,双方处于明面上的合作状态,暗地里朝廷对于漕帮进行着监视,特别是有关漕帮的宝藏,非常在心。朝廷不敢堂而皇之地搜集资料,就小心而零碎地记录了许多细节,比如统治漕帮的'十二地支'无意间的口误,还有漕帮的一些异常事情等。朝廷没拿这些资料做什么,却便宜了日本鬼子,他们针对这些支离破碎的内容进行综合分析,居然得出了结论,漕帮的宝藏其实埋藏在河北!"

柳生阳和杜丽培都是一怔,听巴京继续说下去:"其实仔细想想,确实有道理。漕帮根植于大运河,不可能离开大运河太远,肯定在大运河附近的省份之中。浙江是大运河的尾巴,太远了,不方便。江苏和山东都是平原,一览无余,无处藏匿宝藏。唯独河北,有燕山、太行山,地势险要,可以藏匿宝藏。而且靠近京畿——中国的政治中心,一旦有大事发生,可以迅速地动用宝藏,或是如漕帮建立之初一样,协助强人改朝换代,或是用以对抗朝廷。"

柳生阳紧张地问道:"然后呢?"

"春田准一郎继续深挖,终于断定,漕帮的宝藏,极有可能藏匿在保定的野三坡附近。"

巴京打开了网络地图,指着野三坡的地名介绍道,"野三坡位于如今的北京房山、宛平和保定的涞水、涞源交界处,山势险峻,易守难攻,寻常人不得入内。有个真事,明朝灭亡以后,一些明朝的遗民跑进了野三坡,继续过着留长发、穿汉服的明朝式生活。清朝居然对于在眼皮子底下都不剃发易服的人一无所知,可见其荒僻。漕帮把宝藏藏在这里正好,野三坡区域内还有一条拒马河,通向大清河,连接北京,能够发挥漕帮的水上优势,所以野三坡能够被漕帮看中。"

杜丽培急急忙忙地问道："接下来呢？是不是日本鬼子开始去寻宝了？他们有没有成功？"

巴京点了点头，说道："是的，接下来，春田准一郎就要出发，出发之前，却发生了一件离奇的事情，玉珠链神秘失踪了！"

45. 玉珠链的失踪之谜

柳生阳疑问道："玉珠链？这是什么？莫非也是'十二地支'的传承物之一？"

巴京点了点头，说道："正是！现在已经不知道是哪家的传承物了，在漕帮解体以后，落入了他人之手，后来被日本鬼子所得。和其他传承物不同，玉珠链非常特殊。其他传承物，如来氏的匕首、'韦氏的秘宝'等，可谓为漕帮宝藏的钥匙，而玉珠链则是护身符！"

杜丽培饶有兴趣地问道："为什么是护身符？"

巴京摇了摇头。"这点我也不是很清楚，根据零零碎碎的传闻，说漕帮的人在藏匿宝藏的时候，设置了一个非常可怕的机关，如果没有玉珠链的保护，必死无疑。"他顿了顿，接着说道，"接下来我们回到原来的话题。春田准一郎夺到若干资料和玉珠链以后，将其带到了通州的宪兵司令部，严加把守。不过参与行动的众多汉奸文人，名气都不小，为了避免产生恶劣影响，导致鬼子的傀儡统治不力，春田准一郎不得不采取宽进严出的政策。所谓宽进严出，就是只要符合条件，任何人都可以进来参与，不过出去就严了，要经过严格的搜查，考虑到人体能够夹带一些东西，还得内部勘查。当然，大家都是要面子的人，还是羞于赤身裸体地被人搜查，所以春田准一郎还弄来了一台X光机，这样拍个照就能一目了然。春田准一郎本以为如此必然万无一失，哪知最后还是出了娄子，精心藏匿的玉珠链被盗了。

"一天，春田准一郎突然发现玉珠链不见了，经过调查，春田准一郎判断是有人剪断了玉珠链的绳子，将其化整为零地偷走了。认真地说，偷走玉珠链不难，其收藏的地方不算太保密，加之进进出出的人极多，这为偷走玉珠链提供了天时地利人和的条件。然而，偷走容易，带走难。春田准一郎认为其宽进严出的措施极其严密，小偷只是偷走了玉珠链，却还没有将之从宪兵司令部带走。于是他一方面严密搜查所有在宪兵司令部的人，一方面在宪兵司令部掘地三尺，调查了多日，却始终没有发现玉珠链。春田准一郎被搞得灰头土脸，另外考虑到寻找漕帮宝藏的钥匙都已经找到了，玉珠链显得无足轻重，他认为凭借现代的机械和炸药，有足够的能力摧毁一切机关暗器，索性就放弃了玉珠链。"

"然后呢？"杜丽培小心翼翼地问道。

巴京揭开了结局："玉珠链在抗战以后重现于世，被匿名送给了当时较为有名的漕帮'十二地支'的许氏后裔，等本博物馆建成，许氏就将其捐献了过来。至于春田准一郎，他在做好了妥善的准备以后，出发前往野三坡寻找宝藏。自此之后，再无音讯。历史上没有他的踪迹，也没有任何漕帮宝藏流出的踪迹，因此，我认为他死在调查野三坡漕帮宝藏一事上的可能性比较大，或许就是因为失去了玉珠链，导致被机关杀死。"

柳生阳和杜丽培微微颔首，却听巴京说道："接下来，我有个任务要交给你们。"

柳生阳眉头一皱，问道："怎么说？"

巴京笑道："想必你们也要去探寻漕帮的宝藏，万万不能少了玉珠链。但是玉珠链价值连城，我不能平白无故地借给你们，所以我想先给你们一个任务，完成了任务，我才借给你们玉珠链。"

"请说。"

巴京正色道："找出从宪兵司令部盗走玉珠链的谜底。"

柳生阳和杜丽培的眉头都皱了起来，相互对视了一眼。然后柳生阳反问道："都过去了七八十年，变化太大了，难以调查。"

"这点你们不用担心，宪兵司令部保存完整，被作为揭露日本鬼子罪行的爱国主义教育基地在使用。"巴京顿了顿，又抛出了一个重磅消息，"为了避免你们不卖力，我引入了一个竞争者，这个人你们应该认识。"

"谁？"杜丽培突然觉得不妙。

这时候敲门声响起。

"请进！"

推门进来，柳生阳和杜丽培定睛一看，几乎跳起来："茉莉花！"

来者正是"茉莉花"，他们的老熟人。

"茉莉花"哈哈大笑道："我们再次见面了。"

杜丽培怒道："我先逮住你，再报警抓你进去。"

"茉莉花"摇了摇手指头，说道："不不，我可是守法良民，没有任何把柄握在警方手里。"

杜丽培顿时泄气，"茉莉花"这厮极为狡猾，犯罪从来不留证据，警察难以下手。

柳生阳望向巴京，冷冷地说道："为什么？"

巴京无可奈何地摊开手，说道："别怨我，我有把柄被他逮住了。"

"茉莉花"面露微笑，冲着柳生阳和杜丽培说道："放心，这次我会用公平的方式与你们对决的，绝对不会耍手腕。当然，你们也可以选择放弃，那就只能失去玉珠链这样的护身符了。"

柳生阳平静地说道："我们接受。"

"茉莉花"说道："明早九点，博物馆门前，不见不散。"

离开博物馆，杜丽培强压着的怒气终于遏制不住。"看这个老头贼眉鼠眼，早就知道不是好东西，居然勾结飞贼来坑我们！"她气急败坏地叫道，接着说，"那个'茉莉花'的话，不能信。"

柳生阳说道："我知道，'茉莉花'为人奸诈狡猾，他做事喜欢用一件事情掩盖另外一件事情。比如飞雁号被掉包的那次，明为报复，实际上是为了盗取'韦氏的秘宝'。在杭州，明为牵着我们的鼻子，实际上是为了拖延时间。这次肯定有阴谋。"

"怎么办？"杜丽培担忧地问道。

柳生阳摸着下巴说道："礼尚往来啊！我问你，你既然能够跑进杭州的博物馆，那通州的博物馆，能不能在晚上偷偷地进去？"

杜丽培顿时吓了一跳，失声道："你让我做飞贼？"

"算是吧。先把关于漕帮宝藏的资料，从巴京的电脑里弄出来，避免事到临头了，被坑一把。"

杜丽培瞪大眼珠，直愣愣地看着柳生阳。过了一会儿，她装模作样地掩口叫道："本以为你是守法公民，想不到你也会生起作奸犯科的念头。"

柳生阳干笑道："调查需要，调查需要。"

杜丽培搂着柳生阳的胳膊，腻声说道："所谓嫁鸡随鸡，嫁狗随狗，老公要做梁上君子，人家就陪着做飞贼吧！"

柳生阳浑身汗毛竖起。

46. 飞贼游戏

　　两人在博物馆的附近订了一个宾馆，吃过晚饭，只能看电视和玩手机打发时间，好不容易熬到了深更半夜，柳生阳和杜丽培终于要出动了。

　　柳生阳正要打开房门，杜丽培便摆了摆手，示意不能走正门，而是打开了窗户，轻轻一撬，就打开了限位器。

　　柳生阳笑道："你可真有做飞贼的前途，经验丰富，技术精通！"

　　杜丽培洋洋得意，笑道："别忘了，我可是一个侦探，侦探在有必要的情况下，必须运用一下特殊的技巧。"

　　柳生阳耸了耸肩，跟着杜丽培爬出了窗户。他们的房间位于二楼，距离地面才三米，两个人又都是身手矫健之辈，轻轻松松地就跳了下去。这时候柳生阳才恍然大悟，难怪杜丽培坚持要二楼的房间，原来早有预谋了。

　　到了地面，两人便藏在阴暗处，偷偷摸摸地跑到博物馆附近。

　　白天的时候，他们曾经来过巴京的办公室，已经摸清楚了地形，还好其办公室不是在博物馆中心位置，否则侵入难度将大大增加。

他们到了巴京办公室的外围，柳生阳问道："你会撬锁吗？"

"会，不过没有必要。"

杜丽培四下里张望了一番，确认没人了，纵身一跃，双手抓住窗台的边沿，用力一撑，便爬上了窗台，然后站直了身体，从窗台上跳到了露台上。

露台的窗户开了一条隙缝，可以容纳一只手伸进去，杜丽培把手伸进里面，捣鼓了几下，打开了窗户，宛如耗子一般轻巧地爬了进去。不一会儿，她就下了楼，打开门，把柳生阳迎了进来。

柳生阳向杜丽培竖起了拇指，表示赞叹，杜丽培扬扬得意。

两人拉上窗帘，各自打开了手机的手电筒，然后合掌遮住光，靠从指缝里面透出来的光视物，避免太亮了引起他人的警觉。

他们打开电脑，还好里面没有设置密码，不然要把硬盘拆走才行。

柳生阳迅速地在电脑中寻找，果然发现了一个文件夹，标注为《漕帮的宝藏》，他打开粗粗地看了一眼，确认无疑，立即掏出U盘，插进电脑接口，进行复制。文件的内容不大，很快复制完毕。

正当柳生阳拔出U盘，用手指夹起，藏进怀中，打算回去再研究时，忽听外面一声锣响，有人大喊道："抓贼啊！抓贼啊！"

顿时外面明亮异常，杜丽培慌忙掩面低头往外面一看，几乎吓得晕厥，外面密密麻麻，有数百人，把整个办公室包围得严严实实。

杜丽培看着柳生阳叫道："完蛋了，我们被瓮中捉鳖！"

柳生阳也吓了一跳，杜丽培说道："绝对不能被抓，不然一世英名都毁掉了。走，随我来，爬上去！"

杜丽培让柳生阳抱着她，拆掉天花板，然后爬上半层，又拆掉了房顶的砖瓦，钻了出去。她正想把柳生阳拉上来，回头一看，柳生阳冲刺后纵身一跃，跳上了天花板，跟着钻了出来。

"男人的弹跳力真强！"杜丽培暗想。

两人刚钻出房顶，就被外面的人发现，顿时石头、臭鸡蛋、烂番茄雨点般地砸上来，打得两人狼狈不堪，强忍着在博物馆的房顶上一路夺命狂奔。

下面的人哪能放过他们，一路追杀，最后还出动了消防器材，试图用高压水枪这个"大杀器"把他们从屋顶上打下来。两人逃了半宿，最后还是杜丽培施展飞石绝技，打破了路灯，借着黑暗的掩护，才逃之夭夭。

两人狼狈不堪地逃出，确定安全以后，气喘吁吁地坐在地上，对视一眼，不约而同地哈哈大笑。无他，身上都是臭鸡蛋、烂番茄的印子。

杜丽培说道："这次真被算计了！我就不信，这些人真的是发现我们在做贼才来抓我们的。他们不声不响，直到敲锣才惊得我们发现，肯定是有预谋的！难怪我觉得博物馆的安防太弱了，恐怕是'茉莉花'老早就打着主意，一直盯着我们，终于找到机会害我们了！"

柳生阳说道："我觉得是想埋汰我吧！真要抓我们，不声不响地报警了，我们才惨，何必出动这么多人。我看下面的人衣衫花花绿绿，什么都有，估计是临时雇用来的周边村民和打工者。"

"哼，明天要他好看！"杜丽培没好气地笑着说道。

47. 线索哪里来？

两人返回宾馆，又是爬进房间，依次洗完了澡，道了一声晚安，就睡在了一张床上。当然，除了睡觉，再也没有任何事情发生。

次日，两人按照约定的时间，与巴京、"茉莉花"会面。

"茉莉花"一见到他们，似笑非笑，问道："昨晚睡得可好？"

杜丽培哪能听不出话中的讽刺意味，当即冷笑着反击："不好，有条狗在狂吠，睡不安稳。"

"茉莉花"轻蔑地说道："狗只有碰见贼人的时候才会大叫预警，莫非有人做贼，以至于被狗追杀。"

杜丽培大怒，正要发作，巴京急忙上来圆场，说道："好了，诸位，我们还是办正事要紧。走，跟我去原日军宪兵司令部。"

杜丽培恶狠狠地瞪了"茉莉花"一眼，这才跟着柳生阳走开了。

大家坐着巴京的车前往原日军宪兵司令部，"茉莉花"知趣地上了副驾驶座，把后排留给一对"情侣"。

过了二十多分钟，车开到了一个僻静的地方。远远地就能够看到一栋三层楼的老旧建筑，围墙外面包着一圈铁丝网。围墙的正门大开着，上面挂着一块牌子：侵华日军通州罪证陈列馆。

巴京将车子开进大门，里面的广场非常宽敞，现在已经被改为了停车场，有若干轿车、大巴车停靠着。等巴京停好车，大家陆续从车上下来,四下里张望。

巴京介绍道:"抗战胜利以后,日本鬼子投降,这里作为敌产被接收。本来打算改为大员的别墅或者疗养院,但因为这里是监牢、刑讯室的地下部分,无数中国同胞在此被残害,因而被人嫌弃阴气太重,弃之不用。新中国成立以后,这里被改为鬼子的罪证陈列室,供广大国民进行爱国主义教育。"

这时,就有一辆大巴车驶入,从上面下来若干小学生,集体排队进入馆内参观。

巴京继续说道:"幸亏改为了爱国主义教育基地,才使得里面的布局几乎没有任何变动,我们由此可以尽览全景,追溯历史上爱国者施展的妙计。"

众人随着巴京走动,后者作为博物馆的馆长,担任解说员也是非常称职的。

"宪兵司令部外面包围着一圈广场,总面积在三千平方米左右。这个广场不仅仅是用来给鬼子演兵集结的,在军事上的作用也很大。外面的进攻者在广场上无险可依,里面逃出去的人也很容易被发现,从而遭到布置在二楼的机枪工事射击。"

众人从广场上走向建筑的大门,当途经一个窨井盖的时候,杜丽培若有所思。巴京瞅了一眼,笑道:"杜小姐是不是觉得地下管道可以做文章?"

杜丽培微微颔首,却听巴京说道:"鬼子可不傻,无论是雨水管道,还是污水管道,都经过了特别设计,非常狭窄,别说人,就是一条狗都难以穿行。"

杜丽培"哦"了一声,她本来就是随意问问。

众人进入了正门,里面还有不少小学生在老师和讲解员的带领下参观,巴京笑道:"我就省点儿力气,听听这里讲解员的介绍吧。"

八 闻君有白玉美人

众人欣然，于是跟在小学生后面一边参观，一边听讲解员介绍此地的一草一木。一个上午下来，基本上把所有的地方都参观完毕了，于是一起回到了几十年前的事发地——会议室。

会议室位于建筑的中间位置，周围被若干房间与外面隔开，其面积很大，约莫有两百多平方米，除了各种桌椅，两侧还有不少书籍档案，正中则是一个玻璃柜，当年就是在这里摆放着玉珠链。

杜丽培转了一圈说道："那日本鬼子的心也太大了，居然把寻找宝藏的重要物件之一，随随便便地就放在人多眼杂的地方，不丢才怪。"

巴京说道："我们已经无法了解春田准一郎当年的心态了，但是估摸着，可以推断一二。首先，春田准一郎已经得知了漕帮宝藏的详细地点了，各种寻宝的物件，对于他来说，可有可无。其次，春田准一郎非常傲慢，他知道玉珠链是解开宝藏机关暗道的关键，但是心底却瞧不起古人的智慧，认为凭借着现代的炸药，可以一路畅通无阻。最后，我认为是春田准一郎自己也想不到，他招募来的汉奸学者中间，居然混入了一个爱国志士，狠狠地坑了他一把。"

杜丽培凑近玻璃柜，伸手搭住门把手，居然轻轻松松地就拉开了，把她吓了一跳，失声叫道："连锁都没有？"

柳生阳和"茉莉花"则都安静地看着这一切。"对了，毫无安防措施。会议室进进出出，人员非常庞杂，任何人都有机会盗走玉珠链。然而因为进出人员极多，有可能刚刚盗走就被发现。所以，盗走玉珠链不是关键，关键在于，玉珠链被藏到哪里，或者被带到哪里了。"

巴京顿了顿，又介绍道，"我可以给你们一些提示：盗走玉珠链的应该是中国人，日本人并不完全信任中国人，在这个宪兵司令部里面，有很多机密的场所是禁止中国人入内的，他们只能去一些公共的场所，如会议室、厕所、餐厅、广场等。另外，玉珠链失踪以后，春田准一郎曾经掘地三尺，把能找的地方都找过了。由此判断，玉珠链被盗以后，马上送走的可能性大于藏在宪兵司令部里面的可能性。"

"茉莉花"突然问道："玉珠链是在晚上失踪的吗？"

巴京微微颔首道："是的，我还可以告诉你当天的天气：中雨。"

"茉莉花"若有所思，杜丽培看了他一眼，非常好奇，但是忍住了没有说话。

巴京说道："给你们两天时间，看谁能真正地解决这个问题。今天的话……哦，中午了，我们先去吃饭，等吃完再继续。"

大吃货杜丽培眼睛一亮！

中午巴京请客，去烤鸭店聚餐，大家美美地吃了一顿烤鸭，由于下午还得动脑子，所以就没人喝酒。吃饱喝足以后，众人又回到旧日日本鬼子的宪兵司令部，开始了他们的探案。身为两队竞争者，柳生阳、杜丽培当然不会和"茉莉花"凑在一起，他们一进到馆里就与他分开，等确认了没人跟在身边，杜丽培急忙叫道："生阳，我感觉'茉莉花'已经找到线索了。"

"气球！"柳生阳说道。

"什么？"杜丽培一开始吃了一惊，随之转过弯来，"我明白了，你的意思是，那个飞贼，偷到了玉珠链，用气球将之绑上，从而有惊无险地送出去了？"

柳生阳点了点头，说道："刚才巴京已经分析过了，宪兵司令部绝无可能藏有玉珠链，飞贼拿到此物以后，唯一的选择就是迅速将其送出。恰好盗窃的时间是晚上，又是雨天，视线不明，非常适合使用气球。"

杜丽培恍然大悟，说道："刚才我瞅见'茉莉花'那厮，眼珠子瞄向天顶，看样子也想到了这处。"

柳生阳摇了摇头，说道："但是使用气球的话，有两个问题无法解决。"

"首先，"他竖起一根手指，"气球非常容易带进来，但是充气的氢气、氦气怎么带进来呢？现代有微型钢瓶的技术可以容纳压缩气体，几十年前可没有这个技术，钢瓶至少几十厘米长、直径得五厘米以上。

"第二，气球一旦被释放，就无法控制其去向。会随风飘动，不知道飘到哪里去。从事后玉珠链被匿名归还来看，飞贼应该掌握了气球的动向。"

杜丽培点了点头，说道："这倒也是。"

柳生阳摸着下巴说道："一开始想到是气球，现在仔细思虑，可能性不大。既然上天不可能，那么只有可能是下地了。"

杜丽培眼睛一亮，问道："怎么说？"

48. 河边的凤仙花

柳生阳指了指地下，说道："下水道啊！玉珠链颗粒这么小，把它拆开来，用会浮起来的东西一裹，扔进下水道——那天正好是雨天，水量丰沛，完全可以冲离宪兵司令部。"

杜丽培用亮晶晶的眼睛崇拜地看着柳生阳说道："你真是天才，这都能被你猜到。"

柳生阳不为所动，继续说道："但是问题来了。下水道分为雨水管和污水管，而且方向不一，日本人是不可能让人知道地下管线的结构的，那么偷走玉珠链的人，是如何确定下水道的方向和出口的呢？"

杜丽培说道："这不难办，我们出去看看。我记得，广场上是有下水道的窨井盖的。"

两人离开了宪兵司令部的建筑，一走出门，就看到"茉莉花"正在研究窨井盖，杜丽培不由得头痛起来。

"茉莉花"抬头看到两人走过来，顿时对柳生阳笑道："英雄所见略同，看来你也想到这一点了。"

柳生阳点了点头，说道："是的，只有这个办法。"

"但是还有一个问题，偷走玉珠链的人，是如何知晓流动的水的方向的？否则，这个办法就如气球一样，难以控制。"

柳生阳说道："这个又有何难，如今这里都已经解密了，找巴京问问地下管道的线路，搞清楚了就可以倒推。"

"茉莉花"笑道："我也是这样想的，所以已经把巴京叫来了。"

两人对视一眼，突然发出英雄惜英雄的大笑，看得杜丽培不寒而栗，仿佛在他们身上看到了畸恋的火花。

稍许，巴京过来说道："地下管线的路线不难，我可以把蓝图手机传给你们，已经电子化了。"

三人都打开了手机，看到了巴京传过来的地下管道线路图。

柳生阳说道："我们不妨沿着管线探查一番。"

"茉莉花"沉思了一下，说道："那天是雨天，雨水管道的可能性更大。"

柳生阳看了他一眼，微微颔首道："赞同。"

两个当事人决定了,杜丽培和巴京也无话可说,只能奉陪。四人沿着雨水管线,从宪兵司令部出发,一直往前走。地下的雨水管道,主要是顺着一条马路前进,差不多是笔直的。沿途一旦发现雨水管道的窨井盖,柳生阳和"茉莉花"两人就合力撬起来观察,真看不出他们之前还势同水火。

杜丽培上前悄悄地问柳生阳:"生阳,有啥发现?"

柳生阳淡淡地说道:"根据观察,下雨天如果水量充足的话,水流会很快。不过也有一些问题。"

"什么问题?"

柳生阳指着窨井盖,说道:"日本鬼子为了安全起见,在地下管道设置了若干的铁栅栏,阻拦较大的物体通过。不过对于玉珠链的体积而言,还是能够通过的,但可能会损失一些珠粒。"

柳生阳顿了顿,转而询问巴京:"巴先生,你应该知道,最初玉珠链有多少珠粒吧。"

"三十六粒。"

"抗战结束以后,收到的玉珠链有多少粒?"

"三十一粒。"

柳生阳和杜丽培面面相觑,果然玉珠链有所损失,那么通过地下管线运输的可能性又增加了。

步行两三公里以后,来到了一条小河边,这里是雨水地下管线的终点站,在河岸的隐秘处,有几个出口,雨水就从这里被排到河里。

如今正是初春,河岸与河滩附近绿意浓浓,有若干细小的植物正在茁壮生长。柳生阳观察了一下,突然问道:"这些小草是什么种类?"

巴京答不出来,他并不是植物方面的专家。这时候杜丽培忙不迭地跳出来,叫道:"我来我来,别忘了我可是《La Fleur de Figaro》的记者。"

她拔出一根小草，仔细地观察了一下，说道："是凤仙花，品种应该是浙江凤仙花。真是稀奇，浙江凤仙花喜好温暖，南方的话三月播种发芽，这个季节的北方则应该在温室里面培育，现在野外居然也能够自然生长，应该是有所变异，习惯了北方的气候。"

杜丽培又四下里找了一圈，说道："覆盖面不广，基本集中在这附近，其他地方就没有多少了。生阳，这让你发现了什么线索？"

"有一点。"柳生阳沉思了一下，转而对"茉莉花"说道，"答案已经出来了，你我应该都知道了。"

"茉莉花"微微颔首，说道："确实，那我就先说了。"

"茉莉花"说道："方法很简单，有个爱国志士，伪装成汉奸，混入宪兵司令部内，伺机偷了玉珠链。他知道玉珠链无法藏在身上，于是用最快的方法将其送出，办法就是雨水地下管线。他将玉珠链的每一颗玉珠都拆下来，装进事先准备好的容器内。这个容器呢，要体积小，容易携带，又不至于引人注目，所以我猜测，可能是安全套。"

他说这句话的时候，似笑非笑地看着杜丽培和柳生阳。杜丽培心头大怒，怒视"茉莉花"。

柳生阳点了点头，说道："你的想法比我有创意，我最初思考是用肥皂。但是一口气带进来三十几块肥皂有点困难，如果像蚂蚁搬家那样一天一个地带进来，那么掩藏又成了问题。如果是安全套的话，就容易多了，体积小，容易携带，而且不引人注目，最多当一个好色之徒罢了。"

"茉莉花"继续说道："把安全套吹大到一定程度，放入一颗玉珠，扭紧另一端，扔到雨水管线内。安全套灌满了空气，具有浮力，加上本身具有弹性，又可以保护玉珠。这样，装着玉珠的几十个安全套，把玉珠带出了宪兵司令部的监控范围内。那个爱国志士的同伴只要事先守在出水口，就可以收到玉珠，实现了完美的'犯罪'。"

"茉莉花"看着柳生阳，意思是轮到他来回答了。

柳生阳点了点头，接着说下去："'茉莉花'说完了犯罪经过，我则补充一下。在实施这个计划之前，必须有所准备，特别是要确定雨水管线的水流流向。然而由于日本人严密监控，他们无法获得地下管线的蓝图，迫不得已采用了一个原始的办法来确定线路，那就是浮标。一般的浮标，都是各色的东西，扔在地下管线内，随着水流流动，最后聚集在出口处，然后人们根据浮标的颜色来确定路线。不过这很容易被人看出破绽，于是他们采用了一个奇妙的办法，就是用植物的种子来确定。植物的种子被冲出去以后，会生根发芽。为了避免和本地的植物混淆，他们特意取来了外地的植物，就是眼前的这些浙江凤仙花。幸运的是，种子们完成任务以后，成功地根植在了北京，其子子孙孙一直生存到了今天，为我们指明了线索。"

众人恍然大悟，巴京拍手道："真是太精彩了，一举就把几十年前的谜案解决了。"

柳生阳话锋一转，又说道："事实上，根据这个线索，我们也不难推断那位爱国志士的身份了。他应该有一定的地位，而且非常了解植物，否则是不会采用这种手段来勘察的。"

巴京顿时肃然起敬。"回去之后，我仔细查一查，一定要为这位爱国志士正名。"他顿了顿，接着说道，"好了，两位的推理不相上下，按照约定，我将给予每人一颗玉珠，作为护身符。另外，漕帮宝藏的线索，也会如约赠送给柳生阳先生——或许我已经不用给了吧。"

他似笑非笑，杜丽培不由得心虚，偷看了柳生阳一眼。只见这厮面皮厚，居然装作一副若无其事的模样。

回到博物馆，巴京如约地把玉珠链拆开，"茉莉花"与柳生阳一人得到了一粒。巴京接着提醒道："请记住，这是借给你们使用的，请在半个月后准时归还。如不归还，我将报案，以偷盗文物论处。"

"茉莉花"拿到了玉珠，看着柳生阳笑道："那么，我们在野三坡再见。"说完，他便飘然离去。

柳生阳和杜丽培也与巴京告辞，两人先回到宾馆，甫一进门，杜丽培就抢走玉珠，说道："这东西我来保存。"

她拿出一条绳子，穿上玉珠，当作吊坠挂在脖子上，喜滋滋地问道："好看不？"

柳生阳一拍额头，哭笑不得，女人啊，都无法敌过珠宝的魅力！

九　未免一场空

49. 山中一日，世上千年

柳生阳和杜丽培得到了前去漕帮宝藏的线索以后，并没有急着前去，他们想到野三坡崇山峻岭，道路险阻，说不定要跋山涉水，必须好好地准备一番。基于这个考虑，索性去了北京城里，不仅采购了若干装备、器具，更是全身打扮，但见：足蹬登山靴，腿穿运动裤，身穿冲锋衣，手拿登山杖，背带登山包，头戴安全帽——一副去极地探险的模样。

然而，等他们到了野三坡，却傻了眼。

野三坡根本不是他们想象中的险恶地方，那里风景秀丽，经过几十年的开发，大道通衢，交通便捷，坐着公交车就可以前去。两人面面相觑，无话可说。

第一天到达野三坡以后，两人落脚在张家村。据说这里以前是明朝遗民的村落，他们硬是留着头发，身穿汉服，躲过了清朝两百年。清亡以后，他们才出山，但是为了躲避战乱，一直到新中国成立以后才与外界接触。三十多年前，村中的聪明人，看到家乡风景绮丽，人文独特，便以"最后的明朝人"为噱头，开发旅游。因此此地游客众多，大家兴致勃勃地穿着明代的服饰，住在仿古建筑中，宛如回到了数百年前。

柳生阳和杜丽培也不例外，兴高采烈地租了两套古装。大概是为了迎合游客的猎奇心理，出租的古装都不是那种真正的明朝服饰，而是更加贴近影视剧中造型的花里胡哨的衣服。柳生阳借了一套飞鱼服，打扮得和锦衣卫一样。杜丽培则很搞笑，仗着身高腿长，也借了一套男装，样式和飞鱼服接近，但背后多了"朝廷心腹"四个字，据说这叫厂卫服，是东厂太监穿的。

柳生阳斜了杜丽培一眼，半晌不说话，杜丽培得意地在他面前晃来晃去，笑道："怎么样？"

柳生阳终于开口道："我以为，你会穿得如同仙子，恰如我第一次见到你那样。现在怎么穿得和太监一样？是不是你的本色终于露出来了？"

杜丽培哈哈大笑道："你终于发现了？后悔吗？"

柳生阳喃喃自语："追悔莫及。"

两人吃过晚饭，就跑到村子里面游荡。和他们一个锦衣卫、一个厂卫相比，村子里面更是群魔乱舞、百鬼夜行，穿什么衣服的都有，更有人背后大刺刺地写着"魔教党羽""东林余孽"等字样，令人哭笑不得。当然，也有若干穿着襦裙的女子非常好看，立马攫住了柳生阳的目光，恨得杜丽培捏住他的面颊喝道："看我，不许看她们！"

"你穿女装我就看，穿太监服我没有兴趣。"

"喊，老娘是因为穿女装太美，一穿上就把所有男人都迷倒了，为了避免麻烦，才不穿的。"过了一会儿，杜丽培的口气又软了下来，贴近柳生阳的身边暧昧地说道，"回去穿给你看。要不要我穿点凉快的给你看？"

柳生阳倒吸了一口凉气，没有吱声，杜丽培便放声大笑起来，她向来知道柳生阳没有贼胆，同时心中也挺郁闷的，都睡一个房间、一张床了，关系还不能更进一步，简直是"禽兽不如"。

"两位，挺开心的。"

突然一个熟悉的声音传来，两人回头一看，果然是熟人"茉莉花"。但见他也穿着飞鱼服，胸口有大大的两个字"大患"。假如背后的字是"朝廷心腹"的话，那合起来就是"朝廷心腹大患"。看来这家伙不仅想做飞贼，还要做反贼。

杜丽培怒道："你跟踪我们啊！信不信我现在就打死你，活活地打死！"

杜丽培与"茉莉花"交手过，估摸着能够打倒他。

"茉莉花"微微一笑，伸手打了一个响指，顿时十多个身穿飞鱼服的壮汉一起集合到了"茉莉花"身边，虎视眈眈地盯着杜丽培和柳生阳。

杜丽培倒吸了一口凉气。

"茉莉花"似笑非笑，问道："还要打吗？"

"不不，开玩笑罢了。"杜丽培顿时怂了。

柳生阳冷冷地说道："你跟踪我们去寻找漕帮的宝藏，想要坐享其成。"

"当然。""茉莉花"居然承认了。

杜丽培叫道："我们不会让你得逞的。"

"不妨试试看吧。"

柳生阳拉住杜丽培的手，转身离去，一边走，一边说道："在这里，他不敢动手，一动手就容易被警方关注。我们得想个办法，摆脱他的跟踪。"

杜丽培微微颔首，悄悄地回头，并没有看到"茉莉花"跟来，但她知道，那个家伙肯定躲在哪里，监视着他们的一举一动。

他们马上回到旅馆，整理家什，收拾完毕，杜丽培说道："我们不如来个金蝉脱壳，雇人扮演我们，误导'茉莉花'。"

柳生阳摇了摇头，说道："不成，以'茉莉花'的德性，肯定老早就趁我们不在,在这里安装了监视设备了,所以金蝉脱壳就别想了。"

杜丽培吓了一跳,想到这个家伙在扬州,就利用监视设备从他们手里搞到了"韦氏的秘宝",不由得心有余悸,还好没有和柳生阳有什么亲密的举动,否则过段时间就有"××门事件"了。

柳生阳补充道:"不过你不用担心,我已经有办法了。"

杜丽培点了点头,她知道柳生阳智计过人,绝对有办法摆脱"茉莉花"。

两人背上行囊,退了房间,连夜出门。才走了没几步,杜丽培就觉察到有人在远处跟踪,她正要回转头,看到前面的柳生阳不声不响,胸有成竹,就强行安下心来。

她跟着柳生阳,越走越奇怪,不一会儿,她就随前面的男人来到了一栋建筑里,定睛一看:哈,派出所。

杜丽培回头看了一眼,跟踪的人见他们进了派出所,不敢入内,只能抓耳挠腮,无计可施。

派出所的值班警察一见有人进来,就询问事由。柳生阳说道:"我们是守法公民,今天前来野三坡旅游,途遇一群人,他们意图对我们不利,我们心中害怕,请警方保护我们的安全。"

警方不敢怠慢,审查了他们的身份以后,发现其中有在江苏刑警界无人不知的真人版名侦探"江户川柯南",还有外国人——法国人 Charlotte Walezy De Valois Du,顿时提高警惕,高度重视。

他们马上找到了"茉莉花"的下落。这厮在中国混,不得不遵守中国法律,住旅馆的时候,也得老老实实地用护照登记注册,一下就被警方找到了。

他们马上带着柳生阳与杜丽培前往"茉莉花"下榻的宾馆,途中柳生阳小声地说道:"现在我才知道,你居然叫夏洛特。"

杜丽培咬牙切齿地说道:"好歹我是你的未婚妻,怎么现在才搞清楚我的名字?"

"谁叫你一直用中文名杜丽培,我以为你法语名字也是这个。"

"哼!"

不一会儿,警方的车就赶到了"茉莉花"住宿的宾馆,敲门喝令他出门。"茉莉花"硬着头皮出来,面对柳生阳的指控,当然矢口否认。

警方不由得感到非常棘手,无凭无据,很难处理。

柳生阳说道:"既然如此,那么麻烦警察同志们盯着他,我和夏洛特先离开,等我们离开以后,再放松对他的监控,以确保我们的安全。"

警方想了想,认同了柳生阳的办法,这是最佳策略,既确保了柳生阳和杜丽培的安全,又避免了和"守法良民茉莉花"起冲突,皆大欢喜。

为了赶紧解决这一麻烦,警方主动提出开车送柳生阳和杜丽培,他们欣然接受了。"茉莉花"眼睁睁地看着柳生阳和杜丽培扬长而去,却无计可施。

杜丽培在路上笑道:"想不到你居然还有这个办法。"

柳生阳耸了耸肩,说道:"何必绞尽脑汁想办法脱离他的监视呢?只需要借势以力破之就行。"

50. 你追我躲

柳生阳和杜丽培在警方的护送下,很快就赶到了下一个目的地。休整了一夜之后,他们就马上出发,这次"茉莉花"没有追上来,想必还在被警方盯着,不好动弹。

即使没有"茉莉花"碍事,这次寻宝行动成功的概率也不算太大。巴京给他们的"寻宝图",并不是一张有明确地点的"寻宝图"。当年春田准一郎搜集了诸多线索,只能得出漕帮宝藏埋藏的大致范围,这个范围很广,将近三千平方公里,几乎等同于一个大县了。而且,区域内都是荒山野岭,搜寻困难。当年春田准一郎可以仗着日本鬼子的军队,征发大量的人力和物力,进行饱和式搜索,只要时间足够,迟早可以找到漕帮的宝藏。和春田准一郎相比,柳生阳和杜丽培根本没有这个条件和能力,他们只准备了一周的物资,一旦超过这个期限,就只能立即放弃找寻,返回北京,先完成与钮家人的约定再说。

第一天,柳生阳和杜丽培背着行囊,宛如驴友一般,跋山涉水,在宝藏可能存在的地方搜寻。他们两人都是体力很强的年轻人,一天时间大概走了三十公里的山路,在太阳下山前,找了一个靠近小溪的地方安营扎寨。

杜丽培负责做饭,作为女性和大吃货,她做饭的本事明显强于柳生阳。其实,所谓的做饭,不过是在野外给便携食品加热而已。

杜丽培煮熟了米饭,按照法式风格,加上调料,递给柳生阳,两人一边喝着热汤,一边吃饭。

杜丽培嘀嘀咕咕地说道:"难怪'茉莉花'明明有机会从巴京那里得到宝藏的线索,却拒绝找寻,反而打起了我们的主意,原来宝藏真的这么难找。我们俩对着地图走了这么远,连根毛都没发现。"

柳生阳笑道:"真要是这么容易找到,宝藏也就不能称为宝藏了,早就给人发现了。"

杜丽培点了点头,吃完饭以后,柳生阳负责洗碗。两人稍许聊了一会儿天,就一起钻进帐篷,蜷入各自的睡袋里面。按照杜丽培的德性,本来还得挑逗一番,然而走路实在太累了,她根本没了这个心思,只是简单地说了一句:"晚安!"

"Bonne nuit!"

杜丽培一愣,很久没有听到法语的问候了,心中一喜,不久便安然入眠。

一夜平安,现代社会,凶猛的野兽基本绝迹了,不太可能出现夜袭的事情,就是有,他们还带了防身武器。

吃完早餐,收拾了行囊以后,两人继续出发。初春的野三坡,风景不算太好,绿意没有染到每一处地方,到处是枯黄一片,个别高处,还见白雪皑皑。

到了中午,两人正在休息,忽然听到嗡嗡的响声,仿佛一只巨大的蚊子在轰鸣,不由得好奇地找寻,终于在天空中看到了一架无人机盘旋在高处,久久不动。

杜丽培盯着无人机问道:"无人机瞄准我们了,不然干吗不动?难道控制无人机的人没有见过驴友吗?"

"或许是森林防火或者类似机构派出的吧。毕竟我们两人在深山

九 未免一场空 247

老林里面待着显得很奇怪。"柳生阳猜测。

杜丽培耸了耸肩，并不在乎。

这时候无人机开始下降，盘旋在距离他们几十米的地方，似乎在辨认他们的相貌。

杜丽培笑道："你说等会儿无人机会不会给我们开一张罚单——严禁在非开放区旅游？"

柳生阳脸色突然一变，说道："不对！这个无人机没有任何标识，不是官方机构的物品。"

十几米的距离，已经可以让柳生阳看得清无人机的一些细节了。

杜丽培心念一动，叫道："不好！是'茉莉花'派出来的，他没法跟踪我们，索性用无人机来搜索。不然无人机为什么一直盘旋着不走，就是在监视我们！"

柳生阳也是脸色一变，遮住杜丽培。后者马上放下行囊，从中掏出一组折叠的物品，释放以后竟然是一把反曲弓，搭上了羽箭，迅速地射向无人机。

之前，无人机的视角被柳生阳和杜丽培挡住，根本不知道他们在干什么。等杜丽培弯弓射箭时，无人机想要升空已经来不及了。只听得啪嗒一声，无人机摇摇晃晃地从空中摔了下来。

两人赶紧上前，捡起无人机，检查了一下，这是一架民用的无人机，看不出主人是谁。

杜丽培心虚地问道："生阳，我们擅自将别人的无人机给射下来，会不会有人来找我们麻烦。"

柳生阳说道："那也得他们找到了我们再说。但如果是'茉莉花'的话，我们才有了大麻烦。"

"赶紧跑！他们人多，我们人少，他们只能仗着地方大，躲在暗处。"杜丽培提出了她的策略。

柳生阳点了点头，这也是目前唯一有效的办法。

两人赶紧动身，然而现实很残酷，下午一点多的时候，又一架无人机飞到了他们上空。这次无人机吸取了之前那架的教训，高高地悬在百多米处的高空，无论柳生阳和杜丽培往哪儿跑，它都牢牢地监视着。

更加糟糕的是，他们正好处在一片平原上，无处躲藏，惹得杜丽培破口大骂。

柳生阳冷静地说道："骂人没用，唯一的办法，就是分头行进。"

杜丽培一愣，问道："怎么说？"

"无人机只有一架，而我们有两个人。一旦我们分头行进，无人机只能监视一个人，这样的话，至少有一个人可以逃掉。"

杜丽培紧张地说道："如果无人机来追我，我即使遇见'茉莉花'，也有本事摆脱掉。但如果来追你，你怎么办？"

柳生阳温和地笑道："放心，我的腿脚很快，打不过，至少跑得了。"

杜丽培犹豫了半晌，终于同意了柳生阳的方案。

柳生阳说道："一旦摆脱无人机，我们就在这个地点集合。"

柳生阳指着手机地图上的一个点，杜丽培点了点头，表示清楚。

两人在无人机的监视下，突然兵分两路，一时之间，叫无人机无所适从，无人机稍显犹豫后，选择了柳生阳这个目标。杜丽培远远地看到无人机呼啸而去，心中非常担忧，等无人机和柳生阳的身影都不见以后，她纠结了半天，咬咬牙又重新返回。她想，无人机看不到自己，绝对是认为她已经跑了，万万想不到还会有个回马枪。这样，即使柳生阳不小心被抓住，她也有机会来救他。

杜丽培循着柳生阳和无人机消失的方向前进，天色慢慢地暗了下来，她开始犹豫，思考是不是先致电柳生阳。可是因为"茉莉花"擅长通信网络木马植入,他们一般不敢通电话。

思考了一番以后,杜丽培决定彻夜赶路,说不定会撞上"茉莉花"正好抓住柳生阳。

她翻过了一座山坡,天色已经越来越暗了,远处的夕阳把余光洒落大地,一片绯红。

杜丽培似乎看到了远处有个人,于是急忙拿出望远镜窥视,一看之下,顿时吓了一跳。

是那个可怕的假面凶手!连帽风衣,假面遮住了面颊,看不清真实的面目。但是杜丽培永远不会认错,正是这个人杀害了钮建。

假面凶手在寻找埋伏点,最终他选中了一块石头,埋伏在石头后。

杜丽培心头大骇,难道这个家伙,是在等着柳生阳自投罗网?这太可怕了,幸好自己机警地发现了他,一旦柳生阳过来,她就会及早预警,避免他落入陷阱。

等啊等,终于等到有人过来,然而不是柳生阳,却是"茉莉花"一伙。他们也是一愣,根本没有想到居然有假面凶手埋伏着,一下子中招了。假面凶手犹如饿虎扑入羊群一般,"茉莉花"想起了假面凶手带来的恐惧和被困在破庙中的屈辱。他颤抖地号叫起来,大声地叫手下拦住假面凶手,自己则飞身夺路而逃。

"茉莉花"的团队瞬间被假面凶手打得狼狈而逃,丢盔弃甲,唯恐被假面凶手追上,活活地被打死。假面凶手追击了一阵,并没有抓住任何人,于是便返回,把"茉莉花"他们丢下的物资集中起来,一把火给烧个精光。

"他究竟在干什么?"杜丽培暗想,"简直是天助我也,一下子就让我们摆脱了'茉莉花'的追击。但是放着他不管也不行,万一追上我们,我们两人可就完蛋了。"

杜丽培考虑着是否暗中跟踪假面凶手，倏然之间，手机震动，她拿了起来，瞬间僵住。

屏幕的亮光，在黑夜之中非常醒目，她暴露了。

杜丽培抬头一看，正好看到假面凶手目光朝向自己这里，顿时吓得魂飞魄散，忙不迭地夺路而逃，唯恐被假面凶手追上。

她跑啊跑，跑了大半夜，终于确认摆脱了假面凶手，就随着手机地图，跟随定位前往事先约定的地点。走到快天亮的时候，看到黑暗之中亮着一堆火，火旁有个人，顿时一喜，赶了上去。

那人闻声站了起来，发现是杜丽培，说道："你过来了。"

杜丽培疲惫不堪地坐在火堆边说道："累死我了。"

柳生阳赶忙张罗，热饭烧水，让杜丽培吃饱喝足，又泡了一个脚，送她进睡袋。杜丽培问道："你呢？"

柳生阳摇了摇头，说道："我已经睡了一次，见你还没有来，才留着守夜。放心吧，有我在。"

杜丽培微微颔首，折腾了一夜，真是太累了，很快就进入了梦乡。

51. 发现宝藏的端倪

第二天，杜丽培迷迷糊糊地醒来，穿好衣服出去，看到外面阳光明媚，柳生阳正在小溪中钓鱼，便问道："现在什么时候了？"

"下午了。"

杜丽培伸了一个懒腰，姿态优美。"居然睡了这么久。真是累死我了。"她顿了顿，接着问道，"话说，你是怎么逃出来的，无人机可是在追你。"

柳生阳说道："很简单，我就拖到无人机没电，在他们派出另外一架无人机过来之前，赶紧溜掉了。"

"聪明。"

杜丽培坐在火堆旁，柳生阳端来"早饭"，两人一边吃，一边聊天。

柳生阳说道："我发现我们似乎走错路了。"

"怎么说？我不太明白，因为根据线索，本来就没有具体的目的地，谈何走错路？"

柳生阳说道："我刚才突然灵机一动，想到了一点。漕帮的宝藏，总不会只有寥寥几块银子吧？其蕴藏必然是大规模的，至少有成千上万的金银财宝。这么大的体量，如果从漕帮的驻扎地运输到宝藏的储藏地，必然要出动大量人马，这显然很容易暴露踪迹。别忘了，朝廷可对这个宝藏虎视眈眈,甚至不惜搜集诸多情报。"

杜丽培聚精会神地听着柳生阳解说。

"我们忽视了漕帮的老本行了——水运!漕帮非常擅长水运,而水运的特点是运输规模大,人员需求远远小于陆运,更重要的是,野三坡本来就有丰富的水利资源。为了保密,漕帮极有可能通过水运把金银财宝送进来。循着这条思路,我们应该顺着河流去寻找!"

杜丽培一拍大腿,点头会意。"正是如此!不过,"她皱着眉头,说道,"我们并没有带橡皮艇之类的水运载具。"

柳生阳笑道:"我相信,这个问题,难不倒你。"

这个问题确实难不倒杜丽培,既然没有带橡皮筏,他们可以人工制作木筏。野三坡森林资源丰富,很多树木生长了百年,都已经倒伏了,甚至连砍伐都不用。他们轻轻松松地就搜集到了若干木材,抬到河边,除去枝叶以后,做了一个简单的木筏。

由于今天已经太晚了,夜里行舟不便,他们决定明天再启航。

第二天,两人把背包放到了木筏上,再将木筏推入水里,顺水而行。野三坡的河流不深,基本上只有两三米,只需要一根撑杆即可控制木筏。两人一开始不太熟悉,木筏在河中央打转。等到熟悉了以后,他们就轮流掌船,另外一人则观察周边的情况,寻找疑似地点。

一连两天,他们都一无所获,不由得心情低落。预定的期限已经过了一大半,再找不到漕帮的宝藏,就只能放弃了。

到了晚上,两人把木筏撑到岸边搁浅,然后在岸上安营扎寨,吃喝完毕,就开始研究春田准一郎的资料。

杜丽培说道:"野三坡这边山势复杂,地形多变,常来的人还能够熟悉路况,若是隔个百来年没人来,后人即使有地图,也找不到目的地了。我在想,漕帮会不会有什么明显的坐标留下?"

柳生阳点了点头,说道:"我也觉得应该如此,但问题是,那些坐标是什么,我们一无所知啊!"

杜丽培也点了点头,说道:"确实我们对此一无所知。但是一路走下来,我发现,漕帮的'十二地支'在当初布局的时候,处处有深意,或许线索在我们想不到的地方。"

柳生阳沉默了半晌,没有说话。杜丽培知道他是在思考,就没有打搅。过了一会儿,见到柳生阳还是一脸思虑,便上前笑道:"亲爱的,要不要来点儿爱的鼓励?"

"不要!"柳生阳摇了摇头。

"为啥你老是拒绝我?"杜丽培不由得有点气馁。

柳生阳正色道:"你我都好几天没有洗澡,你觉得身上那个味道,谁受得了?再说白人血统,味道更重!"

杜丽培气得把柳生阳扑倒扭打,骂道:"就算我再臭,你好歹婉转一下,我最讨厌你们这种钢铁直男了!"

柳生阳哭笑不得,他一用力,把杜丽培掀开,翻身压上。杜丽培还在拍打,他便将她双手按住,这样总算制住了眼前的女人。

柳生阳低头俯瞰丽人,她鼓鼓囊囊的胸口不住地上下起伏着,脸上布满红晕。起初,丽人是气鼓鼓的神情,继而也不知脑袋里在想些什么,只见她忽地眼波流转,妩媚不可方物,扭转脑袋,不看柳生阳了。

柳生阳立时被吸引住,他是个正常的男人,哪能把持得住,于是俯下身,轻轻地把嘴贴在杜丽培脸上。

杜丽培转回脑袋,热切地回应。

许久,杜丽培面色红红的,说道:"这是你第一次亲我。"

柳生阳面皮奇厚无比,说道:"凡事总有第一次。"

"喊,敢不敢再进一步?"

柳生阳眉头一皱,说道:"不行,我们都太臭了。"

杜丽培闻闻自己，哈哈大笑，欲念转眼便消失得无影无踪。

天色已晚，两人各自钻进睡袋睡觉。柳生阳正睡得天昏地暗，突然之间被人摇动，瞬间惊醒，摆出了防御姿势。等到他看清是杜丽培之后才松了一口气，接着向外面看了一眼，不悦地问道："深更半夜，你搞什么鬼？"

杜丽培就穿着一件棉毛衫内衣，被初春的寒冷冻得浑身发抖，但是眼睛亮晶晶的，极为兴奋，说道："我想到了一个关键！"

柳生阳眉头一皱说道："先穿上衣服，要是冻坏得了感冒，我还得背你。"

杜丽培点了点头，然而她眼珠一转，露出古灵精怪的笑容，忽然拉开柳生阳睡袋的拉链，硬是挤了进去。柳生阳一边喊着太挤了，一边试图将其推出去，然而终究无奈，让杜丽培进来了。

睡袋窄小，两个成年人挤在一起，只好面对面贴着。他们身上的衣服都穿得不多，亲密的姿势让柳生阳不自然起来，他叫道："你到底发现了什么？"

杜丽培伸手抱住柳生阳，胸对胸用力一顶，后者扭了一下。

"我是做梦的时候想到的，我梦见沿着河流过来，沿途出现了一样样奇怪的东西，有扇子，有匕首，还有项链，这时候我突然想到，'十二地支'不是都有传承物吗？来氏的匕首、韦氏的书籍等。但是我觉得很奇怪，比如来氏主要负责漕帮的宗教，拿到的却是代表武力的匕首。韦氏是暗藏的武器，拿到的却是一本书。还有你们柳氏，长期负责在漕帮做账，拿到的却是扇子，太奇怪了。这让我想到，传承物会不会有其他特殊的含义，比如，会不会这些东西暗示着地标呢？"

"十二地支"的传承物，多半已经遗失了，但是之前春田准一郎通过不懈的努力，找到了"十二地支"各个家族传承物的名称，使得柳生阳第一次知道柳氏传承的是折扇。之前他没有想过传承物的意义，这时候认真思索起来，觉得别有深意。

"等等！"柳生阳把手伸出来，途中不小心碰到了杜丽培鼓鼓囊囊的地方，稍许停顿，马上探出睡袋，摸到手机，打开了地图。

柳生阳启动的是卫星地图，感谢现代科技，地图上清清楚楚地标明了各个地方的地名，而野三坡由于人迹罕至，几百年来的地名几乎没有变过，那些"扇子峡""断刃涧"等一连串地名，无不证明了杜丽培猜测的可能性。

杜丽培哈哈大笑道："我聪明吧！大功告成，亲一个。"

说完，在柳生阳脸上啃了一口。

52. 干尸的身份

第二天，无论是柳生阳，还是杜丽培，都感到腰酸背痛，无他，两人挤在一个睡袋里面，不难受才怪。

他们收拾了一下家什，根据昨天确定的地标，迅速向目的地前进，不到一个上午，就赶到了终点。他们放弃木筏，徒步上岸，在崇山峻岭中披荆斩棘，寻找路线，耗费多时，进入了一个峡谷里面，终于发现了宝藏的端倪。

峡谷的草木之中，掩藏着一小座城池，若不是仔细观察，根本找不到。

柳生阳和杜丽培对视了一眼,心中均想到,这个所谓的宝藏埋藏处还这么张扬,居然筑城守护。

他们两人飞速地上前,来到城池底下,抬头打量了一番。

这座城池依山建立,城墙高约五米,一百多年下来,上面布满了各种植物,有藤类、野草和灌木,掩映了城池的本来特点,变得仿佛是一堵山冈一样。

城池有大门,不过历经百年风雨,早已腐朽破败,被柳生阳轻轻一推,就轰隆倒下,扬起了漫天尘土,吓了两人一跳。

两人愣了少许,这才跨过大门,终于进入了内城。

内城的布局就是一个小型城池的模样,左右各有一些破败的房屋,并无多少特殊之处,但是叫人总觉得这里有一些异样感,令柳生阳和杜丽培犹豫不决,没有立即进入。

"这里少了什么?"杜丽培疑问道。

柳生阳点了点头,说道:"对,少了什么。"

他似乎想起了什么,倒退几步,瞅了瞅城墙的外面,终于恍然大悟,说道:"植物,是植物!城池里面没有一株植物!"

杜丽培瞪大眼睛,四下里打量,整个城池的里面,光秃秃的,荒凉如火星表面,别说一棵树、一株草,就连一块苔藓都没有长出来,这和生机勃勃的外面截然不同,令人产生强烈的危机感。

片刻,杜丽培说道:"注意一点,这里的土质可能含有剧毒,所以寸草不生,不要随意触碰。必要的话,戴上手套。"

杜丽培是理工科出身,相关的化学知识非常丰富,一下子就发现了问题的所在。

柳生阳点了点头,认同了杜丽培的观点,他思忖了一下,说道:"趁天色还没有暗下来,我们搜索一下,看看宝藏在哪里。我们兵分

九 未免一场空

两路,你去查看一下破房子,我去城墙上观察一下整体情况。"

杜丽培点了点头,说道:"行。"

两人兵分两路,柳生阳顺着城墙搜索,这种中国的古典城墙,一般都有上去的通道。果然走了没几步,他就看到了一条两人宽的上坡路,于是走了上去,登上城墙。

他居高临下,打量着整座城池。这个城池不是很大,最多只有一个村庄大小,面积约一平方公里,三面都是土垒、山冈,只有南面是平地,因此在南面修建了城墙。靠着土垒和山岗,修建了若干房屋,还有不少残留的地基,似乎原本打算在这里长期驻扎,后来因为某种原因半途而废,留下了一半的建筑。整个城池遍地都是黄色的土壤和灰尘,没有一丝绿色,但是越过土垒和山冈,则绿色再次展现出来,看上去非常奇特,莫非真的如杜丽培所言,这里的土质布满了毒素?

他看到了身穿红色冲锋衣的杜丽培,从东面开始,一间间地搜索房屋,她一进到里面,很快就退了出来,显然没有什么发现。突然,杜丽培才踏进一间房屋,就开始大声尖叫起来,声音惊恐,这让柳生阳大吃一惊,慌忙从五米高的城墙上跳下,跌跌撞撞地赶了过去。

杜丽培已经退出了那间房子,面色惊恐,看到柳生阳以后才勉强镇定了下来,大声叫道:"死人,死人!"

"死人?"柳生阳诧异地问道。

杜丽培终于平复了下来,她毕竟不是柔弱女子,身为侦探,见多识广,相信死人也没少见,刚才因为没有预料到会见到死人,所以吓了一跳。

她深吸了一口气,说道:"对,是死人。"

柳生阳注意到杜丽培用的是死人,而不是尸骨这个词语,顿时心念一动,难道不是以前留下的?

他冲着杜丽培微微颔首,意思是一起进去查看,杜丽培点了点头，从包裹里面摸出手电筒，打亮以后，带着柳生阳进去。

这是一个破旧的房间，阳光从房顶漏进来，加上手电筒的照射，令内部非常明亮。房子的空间不大，约莫二十多平方米，有若干腐朽的家具，靠北有一个土炕，上面有一个人形的轮廓，这大概是杜丽培所说的死人吧！

两人小心地上前，柳生阳终于看清楚了，这是一具干尸。干尸没有腐烂，好像没死多久，所以杜丽培见到的第一印象是死人，而不是尸骨。但干尸上布满了厚厚的尘土，显示经过了漫长的岁月。

柳生阳和杜丽培面面相觑，不约而同地放下包裹，拿出口罩和塑胶手套戴上，开始检查干尸。

干尸平躺在炕上，双手平放，应该是死后被人收拾过的。但是不知道为什么没有下葬，而是被放在了这里。

柳生阳小心翼翼地抹掉干尸面部的尘土，摸到他头上有一顶帽子，便取了下来，掸去尘土，却见这是一顶近现代的棉质军帽，上面的黄色五星清清楚楚地表明了死者的身份，任何中国人都不会认错：日本鬼子！

他们两人再次对视了一眼，柳生阳说道："难道是春田准一郎一伙？他们渺无踪迹，原来是死在这里？"

杜丽培说道："尸体都没有腐烂，我怀疑他们是中毒身亡，尸体里面布满毒素，以至于细菌都无法生存，所以变成了干尸。我们要注意点，这里的毒性比我预料的还大，一旦感到不对劲，我们马上要退出。"

柳生阳点了点头，飞速地搜索尸体残留的物品，很快发现了一个皮革做的公文包，其他没有什么有价值的东西留下来。

他们马上退出了房子，柳生阳打开公文包。皮革物品本来就能够保存很久，藏在里面的东西也因此能够保存很久。公文包里面是若干文书，其中有一本笔记，上面端端正正地写着主人的名字：春田准一郎！

柳生阳和杜丽培对视一眼，不约而同地想到：果然是他！

柳生阳翻了翻笔记，不由得干瞪眼，里面都是日文，除了少数汉字以外，大部分都不认识。

杜丽培也搔了搔脑袋，她作为一个法国人，中文只是初中水平，日文更是一头雾水，只好说道："没办法，晚上抽空用翻译软件试试看吧。"

柳生阳合上笔记，表示同意，当务之急是先探查一番各个房屋，找找宝藏到底藏在哪里。

他们接下来进入的房间，陆续发现了多名日本鬼子的干尸，清一色的是干尸，按照杜丽培的说法，都是中毒身亡，毒性大到连细菌都无法存活。这个结论叫两人胆战心惊，直到最后他们在一间类似祠堂的房间内，发现了疑似通往宝藏的秘道，却因为天色已晚，唯恐夜间此地毒性会加重，不得不退出城池，在外面安营扎寨。

53. 恐怖的宝藏机关

三月的北方，夜间天气寒冷，唯独守着火堆，才叫人感觉温暖。

柳生阳和杜丽培围坐在一起，用手机的翻译软件，查看春田准一郎的笔记。里面大部分的内容都是关于如何寻找漕帮的宝藏的，思路与柳生阳、杜丽培的不谋而合。唯独到了找到宝藏以后，恐怖的事情发生了。

昭和十九年（1944）九月十一日

……费尽千辛万苦，我们终于找到了漕帮的宝藏，为了安全起见，第一天我们并没有进行搜寻，而是先休整……

昭和十九年九月十二日

……起床以后，我感到很疲惫，可能是最近太辛苦的缘故。士兵们也出现了疲劳过度的情况，有人出现呕吐、发烧的情况，军医担心是传染病，将他们隔离了……

我们开始搜寻宝藏，费了一些功夫，在祠堂里面找到了入口，里面有一些机关，谨慎起见，我们没有使用炸药强硬突破，而是采用了更加稳妥的土木工程……

昭和十九年九月十三日

我也病倒了，症状是呕吐、鼻腔、口腔、牙龈出血。军医调查以后，没有发现传染源，他也很奇怪，怀疑是中毒了，但是分析了周围的土质，并没有发现毒素，这是怎么回事？

昭和十九年九月十四日

已经有人出现内出血和脱皮的现象，很快死亡，军医认为毒素是通过空气传播的，要大家马上离开这里。可是每个人都感觉浑身乏力，没有办法离开，只能躺在这里等死。

昭和十九年九月十五日

……我要死了……我突然想到漕帮宝藏机关的传说，这个机关如此恐怖，在我们进来的时候就不知不觉地启动了，一定是它，在诅咒我们……我好后悔,没有带着玉珠链……

接下来,笔记就断了,说明这时候春田准一郎已经死了。

杜丽培喃喃自语:"好可怕,究竟是什么,没几天就让春田准一郎一伙全部毙命?幸好我们有了他们的前车之鉴,立即离开城池。"

柳生阳摇了摇头,面色凝重,说道:"我也不知道,诅咒之类的,我是不信的。或许真的如你所言,是什么毒素。白天是没有的,晚上出来。日本人晚上驻扎在里面,所以中招了。"

他看了看周围,说道:"我们身旁到处是草木,说明这里还算安全。"

杜丽培说道:"谨慎起见,明天我们快进快出,即使发现了宝藏,也别贪心,看一眼就够了。"

柳生阳似笑非笑,问道:"上交给国家?"

"什么?"杜丽培显然不懂这个梗。

"没有什么。"柳生阳也不好欺负中文只有初中生水平的"洋婆子"。

夜色深沉,他们正打算休息,忽然听到半空中传来了嗡嗡的响声,非常耳熟。杜丽培听了一下,大叫道:"无人机!"

深更半夜,谁会用无人机?

柳生阳噌地站了起来,瞅向天空,脸色惨白。该死,一定是"茉莉花",他怎么追上来了?

"我们快跑!"柳生阳叫道。

两人手忙脚乱地收拾一通,背包还没有背起来,就听到哈哈一阵大笑:"姓柳的,你跑不了了,这次我一定要弄死你!"

两人脸色大变,侧耳倾听,四面八方都是敌人的喊杀声,无路可逃,他们只能硬着头皮躲进城池。

"茉莉花"率领人马堵在城池门口，出于谨慎，没有马上闯进来，他嚣张地叫道："你们真是太蠢了，一开始我确实找不到你们，可是你们居然用手机上网，要知道荒山野岭没几个人，除了你们，还会有谁上网？我通过监视手机基站的信号，就发现了你们的踪迹。哈哈！"

　　柳生阳大为懊悔，明知道"茉莉花"是个通信技术方面的专家，却这么大意。

　　"可恶！"杜丽培骂了一声，拾起弓箭，对准城门外的亮光处射了一箭。

　　顿时一声惨叫响起，居然蒙中了。

　　"茉莉花"的手下大喊大叫："他们有武器！"

　　"茉莉花"叫道："别怕，我们的武器更厉害！给我上！"

　　说完，七八支猎枪伸进城门，嗵嗵地开火，射向柳生阳和杜丽培。

　　两人吓得魂飞魄散，只好逃进祠堂，那里是宝藏的入口，好歹有一些机关。

　　果然，一进宝藏的入口，就发现了一个巨大厚重的铁门，两人合力将铁门关上，再上闩。等"茉莉花"一伙赶来，根本没法打开铁门，推也推不开，猎枪打了几下，铁门毫发无伤。有人叫嚷着用炸药，却听"茉莉花"冷冷地叫道："别慌，他们逃得匆忙，没带物资，待在里面又饥又渴，我们就跟他们耗下去，看他们什么时候投降！"

　　躲在里面的柳生阳和杜丽培把这番话听得清清楚楚，"面面相觑"。实际上，由于黑暗，他们根本看不到对方。等眼睛适应了黑暗，柳生阳突然叫道："咦，丽培，你脖子上什么东西在发亮？"

　　杜丽培低头一看，果然看到黑暗之中，自己的脖子上有一样东西散发着幽幽的蓝光，于是伸手一摸，说道："是玉珠。奇怪，我戴了这么久，从来没有看过它会在暗处发亮。怪了……啊！我明白了！我明白玉珠链的真相了！"

"怎么说？"

杜丽培想了一下，凑到柳生阳耳边小声地说道："别给外面的人听见。之前巴京不是说漕帮的宝藏有机关暗器吗？而玉珠链就是避开机关暗器的宝贝。一开始我还想不清楚是怎么回事，等看到了日本鬼子的尸体，以为是这片土地有剧毒。但是剧毒是怎么感染人的，又是一个谜团。现在玉珠居然发亮了，令我这个巴黎第六大学出来的工科生，一下子就想到了一种剧毒！"

"是什么？"柳生阳急切地问道。

"核辐射！"

"啊！"

杜丽培冷静地说道："对，这片土地上，应该有个核辐射源，而且非常强烈，以至于寸草不生，细菌都没法活。核辐射无色无味，非常容易中招，等觉察出不对劲的时候，往往太迟了。日本人没有这方面的知识，活生生地被核辐射弄死，那些呕吐、内出血，都是重度辐射病的症状。"

"那玉珠发光和玉珠链是怎么回事？"

杜丽培继续科普道："自然界中，有部分物质会在吸收核辐射以后，发光发亮，玉珠就应该是用这个材质制造的。想必当初漕帮打算在这里修建藏宝处，但是很快出现死人，一开始以为是鬼魅作怪，日后大概发现玉珠链会发光，就知道了玉珠链能够发现杀人鬼魅，就把玉珠链当成了守护神。"

柳生阳担忧地说道："不知道这里有没有核辐射，有的话，我们还是老老实实投降吧。"

杜丽培想了一下，说道："我觉得应该没有吧。如果藏宝处也有核辐射，那宝藏日积月累，积累了很多核辐射，拿出去岂不是都是剧毒？有个办法可以验证一下，你看玉珠，等下如果开始黯淡，就说明这里没有核辐射，使其无法补充能量。"

柳生阳说道："如果这里没有核辐射，我倒是有个恶毒的主意，可以让我们摆脱目前的困境。"

杜丽培笑了一声，说道："我也想到了。"

约莫过了一个小时，玉珠的幽幽蓝光开始黯淡，两人松了一口气，确认这里没有核辐射，于是他们的恶毒计划开始施展了。

柳生阳高声叫道："外面的人听着，叫'茉莉花'过来！"

他反复地喊了几声之后，便听到了"茉莉花"熟悉的"嗜嗜"的笑声："怎么，柳生阳，你想投降？只要你出来，我可以保证不杀你。"

柳生阳淡淡地说道："刚才你还说要弄死我，何必如此虚伪呢！"

"茉莉花"干笑了几声，说道："既然不是要投降，你找我有何贵干？"

柳生阳说道："我们打个赌，看谁能够撑得久。三天之后，如果我熬不住，我就投降；如果我熬到第四天，你就放我们离开，我把宝藏让给你。当然，我还是要先奉劝你，不要轻易与我开赌。与人方便，与己方便，放我一马，对你也好。"

这个赌约，怎么看都是"茉莉花"占便宜，占了先机的他才不要放柳生阳一马，只听他哈哈大笑道："好，没有问题！赌就赌！哈哈！"

眼见"茉莉花"上当了，柳生阳不仅没有开心，反而叹了一口气。从日本鬼子的情况来看，这里的核辐射很强，没人能够撑得了三天。三天之后，基本上就是必死无疑。即使"茉莉花"在两天内发现了问题，恐怕也是凶多吉少，至少身体会变得非常虚弱，这样柳生阳和杜丽培就可以从容出逃。他们的计策无论成功到何等地步，都会造成可怕的后果，运气好的话，"茉莉花"一伙，下半辈子都与癌症结缘了。

54. 漕帮的宝藏

两个人在黑暗中又坐了半晌，杜丽培说道："我们还是先清点一下物资吧！别说三天，恐怕一天都撑不下去。"

柳生阳说道："好的。我打开手机的手电筒，你的先不用，节省电量，等之后需要了再打开。"

"D'accord！"

某人又秀法语了，柳生阳估摸着是"行了"的意思，也就不吱声了，摸黑打开了手机的手电筒模式。

突如其来的亮光让两人的眼睛一时间承受不住，稍许才适应，然后两人没有浪费时间，立即清点物资。

之前被"茉莉花"追击，两人来不及带上行囊，大部分的物资都在外面，不过出于保险考虑，他们身上还是带了不少东西，有三块压缩饼干、两块巧克力、七颗大白兔奶糖，加上晚饭时候肚里的存货，支撑三天没有问题，还能够保持充分的体力。现在最大的问题是，他们没有水。三天不喝水，虽然死不了，但会造成一定的困难。

对此，冒险经验丰富的杜丽培说道："与其等在这里，我们不如试着在宝藏库里面找找，说不定能找到地下水之类的。"

柳生阳表示同意，两人出发前往宝藏的埋藏处。

他们眼前是一条一人多高、宽约两个人深的长方形隧道，斑斑的凿印，显示了这是人工开凿而成。一路走过去，沿途有不少机关暗器留下的痕迹，显示机关暗器都已经遭到了破解或者破坏。对此，柳生阳和杜丽培非常庆幸几十年前日本鬼子的"无私贡献"，让他们一路无虞。

大致走了几百步，逼仄的隧道走到了尽头，眼前豁然开朗，他们竟然来到了一个巨大的空间之中，手机里的手电筒发出的微弱灯光，根本无法照亮整个空间。

柳生阳打量了一下有限的范围，这里应该是一个天然的洞穴，到处可见黑色的玄武岩，应是在几百万年前的岩浆活动中形成的气泡结构洞穴。和溶洞相比，这种岩浆洞穴结构稳定，气候干燥，适合长期放置物品。

柳生阳刚刚在头脑中结束了高中地理知识的温习，就被杜丽培拉着手急急忙忙地跑了过去，他知道杜丽培急着去看宝藏。

然而，叫人失望的是，平坦的岩石地面上，只留下了少许的铜钱，其他什么也没有，空空荡荡的。看到这一幕，杜丽培忍不住叫道："辛辛苦苦几十天，怎么连个屁也没有找到？气死老娘了！"

柳生阳一副早已预料到的表情说道："很正常，漕帮的宝藏，本来就是给漕帮失利之后东山再起之用。从咸丰年间（1851—1861）开始，漕运衰败；到了光绪时期，漕运被完全废止。这几十年间，漕帮失去了最重要的经济基础，开销又非常庞大，还参与了几次重大的政治经济行动，甚至是战争。无论哪一样，都需要花钱，花很多的钱。为此，漕帮将老底吃光并不稀奇，漕帮的宝藏，早挪作他用了。"

杜丽培乜斜了柳生阳一眼，说道："貌似你早就预料到这个结局了。"

"别忘了，我家可是给漕帮做账的。听老一辈讲，当时喊得最多的就是——没钱了！"

杜丽培苦笑着摇了摇头，一屁股坐在地上，摸到一个铜钱，瞅了一眼，还是乾隆通宝，便放在口袋中，说道："总不能白来，拿走一个铜板做纪念也好。"

柳生阳四下里张望，说道："我感觉这里的空气一点儿也不闷，应该有通风口，说不定有办法出去，我们试着找找看吧。"

杜丽培把手指伸进嘴里舔舔，沾了口水之后竖起来，闭目感应，不一会儿说道："那边。"

两人一起过去，看到岩壁上有若干缝隙，空气就是通过这些缝隙流通进来的。然而缝隙至多只有一指宽，根本没法探入，两人不由得摇了摇头，放弃了这个念头。

杜丽培叹道："好吧，接下来我们就只能和'茉莉花'比拼，看谁能够熬得久。你说，万一我们熬不住，出去投降，他们会打死我们吗？"

柳生阳说道："打死很容易，最惨的是比死还难，你说呢？"

杜丽培摸了摸自己的脸，红颜祸水，自己的下场一定会很糟糕，还是绝了投降这个念头吧。

两人躺在地上一动不动，减少消耗，保持体力。实在饿得吃不消了，稍许吃点儿东西，唯独没有水喝，叫人非常难受，但是也只能硬挺着。

黑暗之中，也不知道过了多久，外面突然传来大叫："姓柳的，要死一起死！"

柳生阳和杜丽培豁然坐起，前者看了一眼手机，失声叫道："已经过了两天了。"

杜丽培一喜,叫道:"核辐射起作用了。"

听到外面"茉莉花"狂乱地叫道:"你们早知道,这里有严重的核辐射,然后躲在里面和我们打赌,诱使我们驻扎此地。昨天我就发现不对劲了,有人出现内出血、呕吐症状。一开始我以为是中毒——土质有毒。直到玉珠亮了起来,我才醒悟,这是核辐射!连续两天两夜,我遭受了严重的核辐射伤害,必死无疑。我要死了,你们也别想活!"

柳生阳和杜丽培对视了一眼,"茉莉花"果然是聪明人,猜对了这里的情况,然而已经迟了。

"茉莉花"哇哇大叫,嚷着同归于尽,似乎在布置着什么。柳生阳初始迷惑,随后脸色大变,拉住杜丽培就跑。

杜丽培不解,问道:"我们为啥跑?"

"炸药,'茉莉花'有炸药!"

话音方落,轰隆一声巨响,地动天摇,两人被震得摔倒在地,动弹不得。片刻之后,动荡停息,他们才站了起来,回头一看,不由得大吃一惊。

厚重的铁门被无数石块挤破,石块将出入口堵得严严实实。

柳生阳苦笑道:"看来真的要死了,还是困死,活活地饿死、渴死。"

杜丽培吓了一跳,扑上去推搡石块,半晌后垂头丧气地停了下来,因为厚重的石堆根本无法推移开。

她一屁股坐在地上,双手掩面。不一会儿,柳生阳竟然听到了呜呜的哭声,惊诧至极,问道:"你干吗哭?"

"都要死了,还不哭吗?这次是真的要死了。"

"哈,我还以为你觉得快死了,会把我扑倒,说既然快死了就好

九 未免一场空

好亲热一下呢！"

"没心情！咦，不对，你怎么这般淡定？快说，有什么阴谋？"杜丽培恶狠狠地瞪着柳生阳。

柳生阳说道："外面的'茉莉花'人手还没有死绝，人都有保命之心，肯定会想办法救命。他们会招来救援，找医生救命。这是核辐射致病，不是普通的病因，还一口气几十号人，肯定会引起政府的关注。人多口杂，我就不信人人都会保密，总有人会透露我们被困在里面。所以，只要我们坚持一段时间，就会得救！"

杜丽培一想，确实是这个道理，就抹了抹眼泪。她往常展现的都是刚强的一面，或者是逗趣的一面，可这次在柳生阳面前露出了脆弱的一面，不由得非常不好意思，脸红红的，简直无法直视柳生阳。

柳生阳看出杜丽培的尴尬，便说道："人嘛，总有弱点，怕死也很正常。刚才我也被吓到了，以为必死无疑，差点儿把一个秘密透露给你。"

杜丽培的好奇心被吊了起来，问道："什么秘密？"

"哦，我又想到会被救起来，就没有必要告诉你了。"

杜丽培瞪了柳生阳一眼，喝道："小气鬼！其实我也有秘密，但我就不告诉你，就不告诉你，就不告诉你！"

55. 干柴烈火

柳生阳摇了摇头，女人有任性的权力，他迅速地躺在地上，以保持体力，接下来还要熬很久。

杜丽培也没有说话，同样躺了下来。

也不知道过了多久，忽听杜丽培说道："生阳，你说光喝水人能够活几天？"

"这里没水。"

"现在有了！"

柳生阳打开手机的手电筒，看到杜丽培看着头顶，有水滴滴在她脸上。他也往上看，发现隧道上面有水，大量的水渗了进来。

杜丽培说道："大概附近有个地下水源，爆炸的震动让石头破裂，使得水渗了进来。这样我们就解决了喝水问题，可以多活几天了。Merde……"

杜丽培突然冒出一个法语单词，虽然不明白意思，但是柳生阳猜出来应该是脏话，因为很多很多水渗了进来——不，简直是灌了进来，一下子就把隧道底部给灌满了水。

两人慌慌张张地逃命，逃到地势较高的地方，眼睁睁地看着水势越来越大，逐渐蔓延过隧道，奔向宝藏堆放处。

杜丽培瞪了柳生阳一眼说道："我觉得，我们不是被困死，而是将被淹死。"

柳生阳也头痛，想不到地下水水势这般汹涌，再漫延过来，不是被淹死，就是被冻死。这种大自然的不可抗力，人力是无法对抗的，脑袋再好也没用。

水漫延过来，越来越高，已经淹到了他们的脚脖子，然后又淹到了大腿，水位还在继续上升。

杜丽培咬了咬牙，说道："快，脱衣服！"

"你终于忍不住，想要跟我……？"

"放屁，冬装穿着浸水了就会很重，会被拖到水里去的。脱光了衣服，至少能够保证浮起来。你会游泳吧？"

"江南水乡出身的我，怎么能不会水？"

"那行，少废话，快脱衣服。"

眼看杜丽培毫不避讳地开始脱裤子脱衣服，柳生阳也开始脱衣服。两人脱得只剩下内衣内裤，然后把外衣卷起来，吊在腰上，万一运气好获救，还得穿衣服保暖，同时也能保住面子。

水很快漫过了他们的胸口，两人不得不开始凫水。唯一值得庆幸的是，地下水的温度不低，有将近二十多摄氏度，不至于如杰克、露丝一般挨冻。

水位继续上涨，为了节省体力，两人紧贴着岩壁节节攀升。忽然杜丽培叫道："这是什么？"

柳生阳打开手机——考虑到户外的不确定性，他们的手机都是三防手机，在水中依然能够使用。

手机的手电筒照亮了岩壁，展示出了一幅宏伟的画卷。仔细一看，竟然是从杭州到北京的大运河全景图，勾画了沿途各个城市的主要景点，如杭州的拱宸桥、扬州的二十四桥等，栩栩如生，堪称大运河版的《清明上河图》。

藏宝处的洞穴空间很大，之前他们根本没有关注到，这时候才看清，然而此时两人根本没有心思细看，逃命都来不及。

洞穴里面的水越积越多，受到水压的压迫，一块岩壁突然咔嚓一声破裂，开出了一个大洞，积水如水龙一般被吸了进去，使得水位微微地下降了几分。

两人稍稍地松了一口气，以为可以让水流光，可是水面一直保持着平衡，不再变化。

几个小时以后，两人疲惫不堪，这样下去，不是淹死，就是活活地累死。

柳生阳想了想，游了过去，趴在岩壁破裂的洞口，杜丽培游了过来问道："你在干吗？"

柳生阳说道："我想确认一下，这个洞口能不能通到外面。很多地下暗河，其实都是与地上的河流相通的。"

此刻从洞穴里面涌入岩壁破口的水流已经减缓，柳生阳把手伸进去，明显感到破口之处的水中还有一股水流，与这里的水流交汇。那股水流的水温低多了，一碰上就让人直打寒战。他坚持了一会儿，忽然伸手一抓，抓到了一样东西，拿了出来，于是立马呼叫杜丽培："打开手机照明！"

杜丽培打开手机的手电筒，看到柳生阳手里抓着一段枯萎的水草。作为植物方面的行家，杜丽培的眼光比柳生阳犀利多了，说道："这是一种长在河里的水草，不能长在地下，所以说水流是通往地上的明河的。"

柳生阳说道："所以我们可以试试看，从这里钻进去，顺着水流前进，说不定能够抵达地上的明河，那样就得救了。"

杜丽培担忧地说道："但是万一水道过窄，我们可能会被卡住，活活地淹死。"

"淹死也比累死好。"

杜丽培咬了咬牙，说道："好，我听你的！"

柳生阳凝望着杜丽培，许久没有说话。过了一会儿，他才微微颔首，说道："记得把手机的照明功能打开，然后绑在手里，我们两人都要看着亮光，避免走散。"

柳生阳打开了手机的手电筒，然后四下里找绑带，他正琢磨着把脱下的外套撕开，却见杜丽培用牙咬住手机，扯断了文胸的一条带子给他，又扯断了一条带子，把手机绑在自己的左手腕上。

突然柳生阳伸长脖子，咬住了杜丽培的嘴唇，久久不放。

"你第二次主动亲我。"柳生阳松开以后，杜丽培低声说道。

"怕以后没有机会。"

"那么，努力逃出去吧！有比亲吻更加有趣的事情等着你哦！"浪漫之国的女人鼓励道。

柳生阳抓住杜丽培的手，勇敢地冲进了岩壁的破洞之中，进入之后，两人不由得直打哆嗦，好冷！

好在人类体质强大，在冰水之中也能够游泳，于是他们一起顺着水流前进。刚开始时水流平缓，上面有空气层，很快水流越来越湍急，竟然连空气层也消失了。两人只好屏气前进，在黑暗之中，两个亮光相互依靠，奔向生命的出口。

随着水流越来越大，两人被冲开。柳生阳急切地向那个亮光追去，然而亮光越来越远，渐渐地消失在眼前。他的意识也因为缺氧，渐渐地开始陷入黑暗之中，一切似乎都要消失了。

倏然，眼前豁然开朗，随之一阵悬空感，他一下子从高处被甩到了低处，但是却获得了宝贵的空气。

柳生阳大口呼吸着，浑身哆嗦，河水太冷了！他抬起头，四下里张望着，却发现不远处杜丽培正挥手致意。

他们逃出来了。

两人被三月初北方的河水冻得浑身发抖，慌忙从河中逃到岸上。他们急忙抖开折起来的外衣，大半都还没有浸湿，于是赶紧穿上御寒。纵然如此，他们还是冷得哆哆嗦嗦，嘴唇发紫。

柳生阳观察了一下周围的环境，突然叫道："这不是漕帮藏宝藏的城池附近吗？走，我们去找找我们的东西，说不定还在。"

"'茉莉花'一伙会不会在？"杜丽培担忧地问道。

柳生阳不屑一顾地说道："估计早跑了，就是在，几个病鬼打得过我们吗？"

于是，两人快速地爬了上去，想借助运动取暖，到了城池外面，发现帐篷、睡袋等果然都还在，只是被人翻过而已。这些玩意儿又不值钱，没人要，就被随意丢弃了。此刻，帐篷、睡袋，对两个冻死鬼而言，宛如天赐之物。

柳生阳说道："我去侦察一下城池，看看有没有人在，你赶紧点火，我们可以取暖。"

说完，他就跑向城池，走近以后便小心翼翼地靠近大门冷静观察，里面空空荡荡，一片凌乱，没有一个人在。

柳生阳返回以后，杜丽培已经点了火，把取暖的炉子放进了帐篷里面。柳生阳也钻进帐篷，却见地上丢满了衣服，杜丽培已经钻进了睡袋里面。她把脑袋探出，面颊绯红，说道："我们用爱取暖吧！"

经历了之前的生死，柳生阳看开了一切，他手忙脚乱地脱光衣服，一口气钻进睡袋，一下子搂住了那软玉温香。睡袋之中的温度仿佛点火炉子一般升高……

许久，杜丽培趴在柳生阳的身上，用手指在他胸口打转转，说道："现在还嫌我臭吗？"

"不臭了，被水泡了这么久，都洗干净了。"

九 未免一场空　275

"话说,你好壮啊!穿衣是书生,脱衣是阿诺①。"

柳生阳尴尬地笑了笑,说道:"我喜欢健身,所以肌肉还行。"

杜丽培白了他一眼,说道:"你老是鬼鬼祟祟,好几次我勾引你都没成功,是不是要隐瞒这身肌肉?说,有什么秘密!"

柳生阳顾左右而言他,最后被逼问得恼羞成怒,翻身又压住杜丽培,堵住了她的嘴。

---

① 阿诺德·施瓦辛格,好莱坞男演员、健美运动员,以动作片和一身肌肉著称。

十　不识庐山真面目

56. 人之将死，其言也善

柳生阳是被饿醒的，但杜丽培还黏着他睡，他便不敢动弹，直到头顶响起了直升机的巨大噪声，才惊醒了杜丽培。她一惊，弹起来叫道："不好，'茉莉花'杀回马枪！"

柳生阳轻轻地敲着她脑袋，说道："你好莱坞电影看多了吧！一个外国黑社会，在中国哪有能耐出动直升飞机，我敢打赌，肯定是政府方面派人来救我们了。"

杜丽培白了柳生阳一眼，慌慌张张地穿衣服。两人刚刚穿好衣服，钻出帐篷，就看到直升飞机降落了下来，那是一架红色的消防直升飞机，有几个消防员下来，发现了他们以后一愣，走过来问道："你们是柳生阳和夏洛特吗？"

"对对对！"两人点头如啄米。

"你们不是被困在里面吗？"

柳生阳回答道："我们自力更生，在里面挖了一个地道，自己跑出来了。"

消防员一脸不解的表情，不过也松了一口气，说道："得救就好，走，跟我们走吧。"

他们两人带着行囊走近直升飞机，上面还有医生，替他们体检了一番，除了稍许擦伤以外，两人都是身强体壮，毫发无伤。

直升飞机上的警察确认了他们身份以后，又让他们带着去检查了一遍漕帮的城池，啧啧叹道："想不到野三坡的荒山野岭中，居然还有这玩意儿，可惜核辐射太厉害了，不能开发成旅游景点。"

杜丽培好奇地问道："你们是怎么知道我们在这里的？"

警察说道："昨天医院突然来了很多遭受严重核辐射的病人，这是大事啊！公安、国安全出动了，一问之后才知道，这帮家伙是一个外国黑社会雇来找什么漕帮的宝藏的，宝藏没有找到，人却被辐射了。有人还说你们被困在洞里，确认以后，我们马上赶来。你们本事真大，被困洞中居然还能够自救。"

杜丽培瞅了一眼柳生阳，越发敬佩，这个家伙脑袋真强，事事都能够预料到。

直升飞机将柳生阳和杜丽培送回了通州，一下飞机，两人就心猿意马地去开了一个房间，杜丽培先抢了浴室洗澡，一会儿一个裹着浴巾的香喷喷丽人款款地走出来，凑到柳生阳身边，问道："现在我还臭吗？"

柳生阳埋首杜丽培怀中，叹道："真香！"

杜丽培却微微地嗔怒道："你之前不是说，'我柳生阳就是死，也不会碰杜丽培一根手指'？"

"我真的说了吗？"

"嘴上没说，但是表现出来了。"

"我现在就要吃人，吃杜丽培。"

"喊，现在轮到我嫌弃你了，赶紧给我洗干净，不然不许碰我。"

柳生阳飞一般地钻进浴室，三秒钟结束，再飞一般地出来，在杜丽培的惊呼中，将她扑倒。

三天三夜，两人就没有出过房间。若不是巴京致电催促归还玉珠，两人还会继续腻在一起。

两人来到博物馆以后，巴京打量了两人各一眼，调侃道："看似柳先生在这次寻宝中受伤颇重啊！脸色惨白，两股颤颤，走路都直打哆嗦。杜小姐气色就好多了，面色红润有光泽，吃了大补品一样。"

柳生阳把玉珠交给巴京，喝道："你就少废话吧。"

巴京哈哈大笑，他年纪一大把，一眼就看穿了柳生阳和杜丽培之间发生了什么事情，并用毒嘴马上"喷"了出来。本能够与之旗鼓相当的杜丽培，则因为被抓了把柄，无话可说。

巴京又说道："对了，你们找到的漕帮宝藏，政府已经在探测了，有了一个有趣的发现。"

杜丽培急忙蹿上来问道："发现财宝了？"

巴京摇了摇头。"哪是财宝，那里空得喊一声都有回音。发现的，还是与核辐射有关。"

他顿了顿，接着说道，"政府探测以后，发现地下埋着一块石头，就是这块石头带有强烈的放射性。专家研究后认为，这块石头不是地球上天然生成的，应该是一块陨石。"

柳生阳点了点头，说道："难怪，只有那一块地方有核辐射，周围都没有，这不太像正常的地质环境。"

巴京又说道："专家怀疑，漕帮的人是在其他地方发现这块毒石的，然后迁移过来，用来守护他们的宝藏。不知道的人贸然进去，不死也得去掉半条命。此外，之前我说的有趣发现，并不是毒石本身，而是龙棍。"

"龙棍？"杜丽培眼睛一亮，说道，"龙棍也带有放射性，难道……"

"不错，龙棍的制作材料中混有毒石，令其具有了放射性。考虑到龙棍是皇帝御赐，不难得出一个结论，是皇帝最早发现了毒石，然后故意在龙棍上使用了毒石，想要弄死漕帮的人。但是被漕帮的人发现——估计是玉珠链的功劳，反过来向皇帝索取了毒石，运到了宝藏的埋藏处做机关了。"

"尔虞我诈！"杜丽培叹息道。

巴京又说道："虽然宝藏没有找到，但是这个地点挺有趣，政府打算在清除完辐射以后，开发成旅游景点，而且会推出寻宝线路。"

杜丽培大笑道："那政府是不是要感谢我们？"

巴京微笑道："我会建议政府给你们立碑，阐述你们的功劳。"

杜丽培一副因为没有发钱而愁眉不展的表情。

"行，不多说。还好，你和'茉莉花'都很讲信用，有借有还。不过'茉莉花'运气不好，似乎快死了。你们有空去医院看看他吧。"巴京送客。

柳生阳和杜丽培对视了一眼，最后还是决定去看一眼"茉莉花"。

"茉莉花"在医院，被警察牢牢地控制住了，若不是看在真人版名侦探"江户川柯南"的份上，警方也不会同意他和杜丽培去探视"茉莉花"。

进入病房，看到"茉莉花"躺在床上，鼻子上挂着氧气。几日未见，瘦得皮包骨头，奄奄一息，真的要死了。

杜丽培没心没肺地吼道："哈哈，你终于要死了。"

"茉莉花"微微地睁开眼睛，发现是柳生阳和杜丽培，立马激动起来。"你们出来了，真有本事。这次输在你们手里，我认栽！"他顿了顿，呻吟道，"医生说我受到了严重的核辐射，身体里的每一个细胞都在崩溃，撑不到一个月了。反正我快死了，有件事情我可以告诉你们。"

杜丽培心念一动，问道："什么事情？"

"茉莉花"说道："在中国，花间派一共派出了三个人来参与漕帮的宝藏寻找行动。其中身为'梅花'的钮建被杀了，我是'茉莉花'，所以还有一个人,一直在暗中行动。"

柳生阳和杜丽培都大吃一惊,喝问道:"是谁?"

"茉莉花"说道:"这个人的代号是'郁金香',是男是女,是老是少,无人知晓。他单独行动,直接向花间派总部汇报,我是偶然才得知'郁金香'的存在的。"

柳生阳质疑道:"你告诉我们这些有什么目的?"

"茉莉花"哈哈大笑起来。"我不是说过,我快死了吗?人之将死,其言也善。我就告诉你们,一方面是提醒你们小心'郁金香'的暗中算计,另外一方面……"他狡黠地说道,"我过不好,也不想别人过得好,特别是和我有竞争的人。"

柳生阳若有所思,最后与杜丽培一起离开了医院。几天之后,他们得到消息,"茉莉花"死了,他是自杀的。遭受核辐射以后,身体崩溃的过程是非常痛苦的,"茉莉花"无法忍受,就选择了自杀。他乘人不备,从高楼跳了下去,一了百了。

对此,柳生阳深感"兔死狐悲",这是一个旗鼓相当的对手。

57. 不废江河万古流

按照柳生阳与钮家律师的约定,他只要在规定的时间内,沿着大运河北上，不提前、不延后地到达北京，就算完成了任务。现在，任务完成了，理应获得相应的报酬。柳生阳就联系了钮家的律师，双方约定在神武门的咖啡厅见面。

第二天，柳生阳带着杜丽培，从故宫的南面出发，跨过金水桥、走过天安门，一路过太和殿、乾清宫等。柳生阳读大学的时候，游览过故宫，此刻故地重游，当起了导游。杜丽培初来乍到，兴致勃勃，一路惊呼，感叹故宫的宏伟壮观。半天之后，两人出了神武门，步入咖啡厅，早有钮家的律师在等候了。

律师打量了柳生阳与杜丽培一眼，见他们亲密万分，便对柳生阳开玩笑道："柳先生，这次行动，你可谓人财两得。钱就不用多说了，我觉得更重要的是，你收获了杜小姐这个大美人。"

杜丽培笑吟吟的，含情脉脉地注视着柳生阳。

柳生阳清了清嗓子，说道："侥幸，这次旅途平安无恙，可惜直到最后，都没有抓到杀害钮建的凶手。"

律师说道："这与你无关，反正你按照约定完成了任务。请问一下，你是要直接打款，还是支票？"

"打款吧。"

"好的，八十万现金将在两个工作日内打入你的账户。"律师瞅了两人一眼，恭喜道，"祝两位幸福快乐。"

柳生阳拿到了钱，又牵着丽人的手，好不快活。他们本来打算继续在北京游览几天，可惜天公不作美，三月的北京，冷空气来袭，居然下起了大雪。雪中的京城固然别有一番滋味，可惜太冷，两人都受不了这种天气，赶忙买了火车票，要逃回杭州。

但是比较匆忙，一时之间买不到去杭州的火车票，就只能先赶到南京。到了南京之后，柳生阳突然兴致大发，又订了一艘游轮，沿着大运河坐船南下，前往杭州。这次，他终于可以省点儿钱了，因为只需要付一个房间的钱即可。

一路风情无限,暖意渐渐上来,两人聚在甲板上喝茶欣赏着沿途风景,聊着聊着,就聊到了漕帮的宝藏。

杜丽培叹道:"可惜这次寻宝功亏一篑,里面居然是空的,连个铜板都没有留给我们。"

柳生阳记得杜丽培捡了一个乾隆通宝留作纪念的,问道:"你不是捡了一个吗?"

杜丽培瞪了柳生阳一眼,低声喝道:"当时逃命的时候,不是把衣服都脱光光了吗?都丢了。"

柳生阳开始嗤笑杜丽培,他顿了顿,说道:"其实一开始我就没有指望能够找到漕帮的宝藏,即使找到了,也不指望能够留下什么。你看眼前的这条大运河,绵延千里,沟通南北,千年以来,一直是条经济水路,漕帮赖以生存,一旦大运河的功能消失,漕帮转眼就得消失。所谓时移势易,恰似如此。"

杜丽培幽幽地叹道:"自从漕运被废止,火车兴起,漕帮就不行了,'十二地支'的风流,从此断绝。但是大运河依旧悠悠地流转着,不因人而废止。这让我想起了一首诗,'尔曹身与名俱灭,不废江河万古流'。"

柳生阳点了点头,说道:"现在没有什么'十二地支'了,他们的后裔,有自己的选择。有的开发房地产发家致富,有的经营大宗贸易积累巨富,还有的从事文化研究,时间久下来,他们之间的羁绊也会越来越淡。"

杜丽培白了他一眼,说道:"仔细想起来,这'十二地支'的后裔中,混得最差的除了来耀祖以外,不就属你了吗?工作被开除,只好靠骗吃骗喝为生。"

柳生阳顿时尴尬万分,连忙说道:"我会马上去找工作的。"

杜丽培跷起二郎腿，双手抱胸，昂首说道："放心，我是一个经济独立的女人，有工作，不会让你养的。"

回到杭州以后，来接他们的还是蒋游竹，他看看两人，任谁都看得出两人的关系更加亲密了，不由得咬牙切齿："狗屎运啊！早知道我也跑北京一趟。"

杜丽培白了他一眼，说道："你可以跑啊！但是没有漂亮的妹子陪你。"

蒋游竹张口结舌，无话可说。

路上，蒋游竹问道："生阳，我是送你们去你那'狗窝'呢，还是选个宾馆。我觉得，总不能亏待人家姑娘吧。"

三人都知道柳生阳那"狗窝"，就够他一条"单身狗"居住，如果加了杜丽培，显然不够住了。

杜丽培抢着说道："没事，我不是那种娇弱的小姐，再小的'狗窝'，我也能够忍受——总比巴黎的阁楼舒服吧。"

三人一阵大笑，柳生阳认真考虑了一下，说道："还是先找个宾馆吧！抽空我们去租一套大点儿的。现在钱已经不是问题了。"

蒋游竹送他们到了运河广场附近的一家宾馆里面，租了一间套房，两人先住下，蒋游竹不好意思再当电灯泡，早早地就告辞了。

柳生阳坐在床沿，一阵恍惚，喃喃自语道："怎么感觉跟做梦一样，上个月我还是一条'单身狗'，这个月怎么要谈婚论嫁了？是不是发展得太快了？"

杜丽培从背后搂住他的脖子，说道："怎么，吃光抹净就想跑路？"

"不敢，也舍不得。"

"那就行了，还有什么想不通？说起来，我也感觉跟做梦一样，上个月我还是一条'母单身狗'，等到回过神来，已经开始研究怎么嫁人了。既然大家都是第一次谈婚论嫁，不如一起分担吧。比如，我什么时候见你父母，你什么时候跟我去法国拜见岳父岳母。"

柳生阳捉住杜丽培的胳膊，说道："好吧。一起分担。"

次日，两人闲极无聊，索性去游山玩水。第一个目的地自然是附近的拱宸桥了，作为大运河的起点，两人都还没有好好地逛过。

相比大雪纷飞的北京，几千里外的杭州春意盎然，两岸杨柳依依。踱步在拱宸桥上，杜丽培突然问道："你觉得，拱宸桥有没有像金水桥？"

柳生阳摇了摇头，说道："都是拱桥，此外无一处相似。你怎么会想到这点？"

杜丽培笑道："你还记得，我们在宝藏的藏宝处岩壁上看到的地图吗？"

柳生阳点了点头，他一直记得。

杜丽培说道："我记得很清楚，杭州的拱宸桥，文字写的是拱宸桥，可是形状却和金水桥一模一样，你有没有觉得可能有特定的含义？"

柳生阳如同被雷电击中了一般，顿时呆滞住，陷入了深深的思考中。

片刻之后，柳生阳抬起头，双目炯炯有神，说道："漕帮的宝藏，始终有两个。一个是字面意义上的金银财宝，另外一个，则是能够动摇皇权的惊天秘密'九鼎之问'。'九鼎之问'我们也早已知道，就是能够深入皇宫的秘道。然而秘道的关键，我们始终不曾知晓。漕帮宝藏的藏宝处岩壁上的图画，其实是一个提示——关于秘道的提示，现在我终于知道真相了！"

他望着杜丽培，惊喜地问道："丽培，你是不是早知道了？"

杜丽培点了点头，说道："看到那个图画，心中一直有一种既视

十 不识庐山真面目 287

感,仿佛之前看见过一样,隐隐约约有了一个头绪,经过这几天的思索,突然想到,漕帮的人,在这方面可是有前科的哦!别忘了,我们是怎么沿河顺着地标找到漕帮的宝藏的。"

"地标,漕帮用地标的形状,制作相似的传承物来引导宝藏的位置,把线索光明正大地展示出来,根本没有人会意识到。所以,有关'九鼎之问'的线索,也是如此巧妙地结合进了运河之中,千年不变,却又无人知晓。"柳生阳又叹道,"丽培,你不愧是侦探,思路非常独特。"

杜丽培笑道:"你也一样,非常聪明,一点就通。"

柳生阳说道:"我已经饥渴难耐了,想要马上把这条秘道揭示出来。"

杜丽培双目亮晶晶,说道:"走,我们去干活!"

两人马上回到宾馆,开始了对于秘道的破解。

之前在漕帮的宝藏藏匿处,那时候逃命匆忙,两人都只是匆匆一瞥壁画,很多内容都没有记下来。但是已经有了关键的线索,那么难度就不大了,毕竟现代社会资讯信息非常发达,又有计算机的辅助推理。

两人费了几天的功夫,搜集了大量资料,在计算机的辅助下,不断地对照着故宫的三维地图,一一摒除不合理的线索,填入合理的线索,经过几天几夜的计算,终于揭示了那条神秘的故宫秘道。

两人兴奋地拥抱在一起,杜丽培凑到柳生阳耳边说道:"为了鼓励你的努力,晚上和你玩一点儿小游戏。"

柳生阳暧昧地笑起来,他知道小游戏的真正含义是什么。

58. 一惊一乍

吃过晚饭，两人一起回到宾馆里面，杜丽培从酒柜里面摸出一瓶香槟，倒了两杯，一人一杯，笑道："美酒助兴。"

柳生阳和丽人碰了一下酒杯，微抿一口，抬眼瞥见杜丽培放下酒杯，正面朝着自己，倒着朝卧室走去。柳生阳正要跟上，却见杜丽培竖起右手食指摇了摇，暧昧地笑道："稍等，让我给你一个惊喜。"

柳生阳眼看着杜丽培走进卧室，锁上房门，心跳加快，但是左等右等，杜丽培磨磨蹭蹭地始终没有出来。他不禁心猿意马，焦急不安。不知道是不是美酒撩拨了欲望的缘故，柳生阳感到有些头晕，于是坐在了沙发上，等待杜丽培出来。

终于，女主角登场了。杜丽培打开房门，一只手藏在背后，出现在柳生阳面前。叫柳生阳失望的是，杜丽培没有任何改变，他期待的小小惊喜，似乎不太一样。

杜丽培面带微笑，说道："是不是觉得没有惊喜，别担心，马上惊喜就会变成惊吓了。"

说完，藏在背后的那只手伸出来，拿着一个白色的假面。

柳生阳目光陡然缩紧。

杜丽培把假面遮在精致的颜容之前，说道："戴上假面，就是恐怖的假面凶手。"

又拿下假面,继续说道:"脱下假面,就是温文儒雅的记者。"

然后她弯腰伏在柳生阳的面前,冷笑道:"这就是你的真面目,亲爱的!"

柳生阳大怒,想要行动,然而浑身仿佛被一根绳子绑住了一样,动弹不得。

杜丽培说道:"我知道你很强,所以事先在你的酒里面下了一点儿药。别担心,这不是毒药,只是肌肉松弛剂和镇静剂的混合物,不会死人的。"

杜丽培站起身,风情万种,说道:"你知道,我是怎么发现你的吗?这得从头讲起。"

"第一次见到假面凶手,那是在杭州漕运历史博物馆。那晚,为了方便监视钮建,我偷偷地跑到了博物馆,蹲在天顶上,然后我就看到了一个假面凶手进来。钮建居然还认识他,被他逼问漕帮宝藏的下落,钮建不答应,假面凶手拖着钮建,然后杀了他。当时吓坏我了,等假面凶手离开之后,我下去捡到了钮建的手机,看到了一个人——柳生阳,似乎是假面凶手的另一个目标。

"然后我就开始寻找柳生阳,幸好这个人是写文章的,很容易找到。我警告了他,并且跟踪他,果然发现假面凶手袭击了他。我及时出手,赶走了假面凶手——不得不说,那时候我蠢头蠢脑的,以为假面凶手只不过是外强中干,却为我日后倒大霉埋下了引子。

"第三次见到假面凶手,那是在扬州。去拯救韦斯利的时候,遇到了假面凶手。他真是厉害,把我打得半死。一个假面凶手那么弱,一个却那么强悍,这让我第一次产生了怀疑。

"第四次见到假面凶手,那是又回到了杭州,在寻找龙棍的时候。我在门口洒了香水,用来提防敌人。半夜的时候,意外发现有人在监视我。幸好那个人不知道沾了我的香水,于是我就跟踪,发现竟然是假面凶手。假面凶手打跑了'茉莉花',但是没有得到龙棍。我冒着风险,看到了假面凶手的下巴,第一次开始怀疑你,柳生阳就是假面凶手。不过在我打宾馆房间电话给你的时候,你接了,使得我放弃了怀疑——直到我在你身上闻到了香水味,不得不再次怀疑!

"第五次见到假面凶手,则是在野三坡。当时因为'茉莉花'的追击,我和你分开逃跑。然后我看到了假面凶手,他偷袭击溃了'茉莉花'一伙,我也差点儿被他发现,幸好及时逃走了。路上我在想,假面凶手一路上行踪不定,该出现的时候没有出现,不该出现的时候却出现了,究竟是怎么回事呢?我把所有的疑惑集合起来,只能得出一个结论,你就是假面凶手,假面凶手就是你。

"我与你一路同行,你有很多奇怪的举动。明明是假面凶手的目标,路上却毫不在意;不喜欢暴露身体,不管是洗澡换衣,还是我如何勾引,都不肯暴露身体——直到最后一次,在野三坡,生死关头,你终于脱光了衣服逃命,我也第一次完完整整地见到了你的身体。真是强壮的身体啊!又好看,又有力气,和那个假面凶手的设定一模一样。我终于能够真真切切地确定,你就是假面凶手。

"或许有人会问,明明有时候假面凶手和你同时出现,你怎么可能是假面凶手呢?其实很简单,你还有一个同伙。这个同伙在必要的时候扮作假面凶手。不过这个同伙有个缺点,就是比较弱,不太能打。得出了这个结论,一切疑问都可以解释了。

"第一次,你扮演假面凶手,杀害了钮建。第二次,你被我警告以后,发现我在跟踪,为了摆脱嫌疑,就命令同伙扮作假面凶手来袭击自己。第三次,在扬州的时候,你担心'茉莉花'对韦斯利不利,就扮作假面凶手,抢在我之前解决一切敌人,当遇到我之后,照样把我打个半死。第四次,估计是你的同伙,提供了龙棍有放射性的消息,你担心夜长梦多,'茉莉花'会第一个发现龙棍的秘密,就出动去救人，顺便夺回龙棍。你担心睡在隔壁的我会觉察，就让同伙留守，自己先在我房间门口监视了一会儿才出动。哪知道这样反而惊动了我，并且留下了明显的痕迹。最后，假面凶手击败'茉莉花'，虽然没有得到龙棍，但龙棍在我手里和在你手里没有区别。我开始怀疑你就是假面凶手，打电话过去，接听电话的是你的同伙，可惜我没有听出两人声音的区别。后来你抢在我前面赶回来，消除了我的怀疑。最后在野三坡那次，你故意和我分开，扮作假面凶手，解决了'茉莉花'一伙，消除干扰，让你可以自由地寻找宝藏。"

杜丽培又凑到柳生阳面前问道："亲爱的，你的一举一动，是不是如我所言？"

柳生阳动弹不得，也无法说话，只能眼睁睁地看着杜丽培。

杜丽培说道："你的目的就是为了漕帮的宝藏，毕竟你是'十二地支'的后裔，天然有权力继承这一切。可惜，到头来一场空，什么都没有得到。哈哈哈！"

杜丽培仰天大笑。

然后丽人摸着柳生阳的脑袋说道："放心，虽然我揭穿了你的身份，但是我不是'茉莉花'，我没有那么残忍。我会把一切都告诉警察，然后把你留在这里，让你的警察朋友蒋游竹来收拾你。我看得出，蒋游竹是个正义感爆棚的人，即使是朋友，只要犯罪了，一定不会轻饶的。

"我知道你不甘心，心里一定恨我恨得要将我千刀万剐，但是不要怪我，要怪就怪你自己。你真不是一个好演员，满身破绽，换一个人来也一定会发现的。"

这时候杜丽培低下头，凑到柳生阳面前说道："最后，你一定会问我到底有没有爱过你。我可以告诉你。"

杜丽培亲在柳生阳的嘴唇上，许久才松开，低声细语："爱过。

如果你不是假面凶手,该有多好!"

杜丽培站了起来,说道:"亲爱的,永别了!"

柳生阳心中狂怒不已,身体却被药物牢牢地制住,他的意识越来越模糊,最终眼前一片漆黑……

59. 卿本佳人

杜丽培望着熟睡中的柳生阳,温柔地抚摸着他的面颊,长叹了一口气,她已经听到了呜呜的警笛声,于是拉着事先收拾好的行李箱,离开了房间。

走到宾馆外面,杜丽培打了一辆车,报出目的地:"火车东站。"

抵达火车东站的时候,才晚上六点多,她乘坐杭州至北京的最后一班高铁,前往京城。半夜的时候,她终于赶到了北京,随便找了一家宾馆住下,养精蓄锐,准备明天的活动。

第二天,杜丽培只在吃饭的时候离开房间,其他时段都乖乖地待在里面,一直到了晚上天暗以后,才走出房门。

她打扮得很怪,披肩发盘了起来,额头戴了吸汗带,脚下是一双轻巧的运动鞋,然而身上却穿着一件时髦的大衣,运动与时尚,极不协调。

随后杜丽培打车来到故宫前面，抬头看看天，今夜天气真不错，月黑风高。杜丽培脱下了大衣，窈窕的身躯上，是一身蓝黑色的紧身运动装，几乎与黑夜无缝连接。接着她掏出一只黑色的口罩，遮住口鼻，凝望着宏大的宫殿，轻笑道："我来了，宝贝们！"

杜丽培化作夜精灵，纵身一跃，扑向故宫。

作为珍贵的文物集中地，故宫守卫森严，然而杜丽培旁若无人地闯了进去，无人阻挡，守卫无用，高耸的城墙也无法阻止，这是怎么回事？

这一切，都是那个数百年前的秘密——"九鼎之问"。

明朝设计北京皇宫的蒯家，为了自己的野心，在皇宫的结构上做了手脚，然而运命无常，蒯家一直没有机会，直到改朝换代，进入清朝，皇四子胤禛乘势崛起，蒯家人却已经死绝了。最终"九鼎之问"被另一个人带走，流入了漕帮之中。漕帮将其作为最终的决战武器，用于抵抗皇权的威势。

为了避免秘密失传，漕帮的人以隐秘的方式将其记录下来，刻在埋藏宝藏的岩壁上，乍看似乎只是大运河的全景图，但有心人却能够解读其中的奥秘。

杜丽培通过寻宝路上的地标与"十二地支"传承物的联系，猜出了关键的线索，某种意义上而言，皇宫其实是全国各地建筑与景点的汇合地，特别是运河沿岸的各个城市景点，更与皇宫的各处一一映射，拱宸桥映射金水桥，南京城墙映射故宫城墙……

之前杜丽培与柳生阳通过计算机，结合各地的景点与故宫的三维模型，终于找到了那故宫的秘道，一直通向故宫内部。

当这个秘密揭开的时候，没有人想得到真相究竟是如何的！所谓的机关秘道，并不是在地底挖个地道，一切秘道，都藏在平常人看到也不会在意的地方。

这堵墙，看似厚实，但只要轻轻一敲，就露出一个大洞；这条小河，阻碍通行，却只要把河边装饰的假山推倒，即可畅通；这座宫殿，弯弯曲曲，其实顺着墙壁爬上屋顶，一路就可以直线过去。

杜丽培不由得惊叹蒯祥的惊人想象力，他把不可能变成了可能。而皇宫数百年以来，基本格局都没有变化，使得"九鼎之问"依旧有效。

她宛如一只轻盈的蝴蝶，飘荡在黑暗的故宫之中，无人知晓，直至深入其中。当杜丽培落在了养心殿之前，正想撬门进入时，突然灯光大亮，刺得杜丽培不由自主地伸手遮住眼睛，心中又惊又怕，如此隐秘的行动，怎么被人觉察了，居然还在这里守株待兔，等着她自投罗网。

随之一个声音响起，更是如同晴天霹雳。

"亲爱的，你来了。"柳生阳略带嘲讽地说道。

杜丽培放下遮光的手，循声直视前方，看到了熟悉的人影，失声叫道："你怎么会在这里？"

柳生阳叹道："你有你的秘密，我当然也有我的秘密。恰如你揭穿我一样，现在轮到我揭穿你了。当然，首先，请允许我介绍一下我的同伙。"

杜丽培曾经分析过，柳生阳有同伙，两人轮流扮演假面凶手，这才可以掩人耳目。

这时黑暗中走出一个人，站在柳生阳身旁，他身材与柳生阳差不多，穿着米色风衣，脸上戴着白色假面，正是柳生阳的同伙。

柳生阳微微颔首，嘲笑道："现在，是见证奇迹的时候了。"

话音方落，假面凶手揭下了面具，杜丽培定睛一看，犹如触电了一样，浑身战栗，指着那人吃吃地说道："怎么是你，怎么是你？你不是死了吗？钮建！"

柳生阳的同伙竟然是钮建!

杜丽培大声叫道:"不可能,我亲眼看到你被假面凶手捅死了!"

钮建微微一笑,掏出一把匕首,往另外一只手上乱戳,匕首的利刃一碰到手掌就缩了进去,并且喷出血水,很明显这是一把魔术匕首。

杜丽培显然是上当了,而且是这么简单的伎俩,这让她非常愤怒,一副遭受了愚弄以后不甘的表情。

柳生阳慢悠悠地说道:"想必你非常疑惑,到底发生了什么事情,那么不妨由我向你揭示。"

杜丽培满面警惕地盯着柳生阳。

"就像任何一个故事一样,事情要从很久以前说起。有个人,因为是个秘密的继承者,于是受到了邪恶组织的觊觎,邪恶组织强迫他加入,让他贡献这个秘密。这个人就是钮建,这个邪恶组织是花间派,这个秘密就是漕帮的宝藏。"

杜丽培看着钮建,淡淡地说道:"'梅花'是花间派的重要成员,很难想象,他居然想要脱离组织。"

柳生阳继续说道:"他意识到,以邪恶组织的势力,脱离组织的唯一办法,那就是死亡。基于这个认识,他开始了秘密行动。钮建借口要为花间派寻找漕帮宝藏,主动要求来中国。花间派同意了他的要求,没有人想到,这只是钮建脱离花间派的第一步:他来到了一个距离花间派总部法国极远,而且花间派势力极弱的国度。

"不过钮建并不认为这样就可以摆脱花间派,按照花间派的规则,任意一人行动,必然有一明一暗两个人协助,或者称为监视。明的是'茉莉花',至于暗的,无人知道。为了摆脱监视,钮建展开了秘密计划。

"钮建设计了一个局,就是假死,但他知道,花间派是不会这么轻易地放过他的——即使是一个死人。他打算在假死以后，以漕帮的宝藏线索为诱饵，吸引花间派的两个监视者上钩，而我就是鱼饵和鱼钩。由于同为漕帮'十二地支'后裔，我与钮建很早就认识，常年的联系，让他非常相信我的人品和能力，能够放心地把一切交给我。当然，这件事情，还得到了警方的大力协助。

"于是计划开始了，基于演戏要演全套的原则，我首先扮演假面凶手'杀'了钮建，让他可以尽快地躲起来。我们根本没有想到，博物馆的天顶，居然有人盯着。幸亏我们演足了戏，否则计划刚开始就露馅了。

"然后钮建乔装打扮，与我一暗一明，试图钓出监视者。按照事先的计划，钮家会要求我沿着大运河北上，钓出'凶手'，吸引所有人把目光集中在我身上。明里是钓出'凶手'，暗里则是钓出监视者，亦真亦假，叫人难以分辨。

"令我和钮建没有想到的是，居然把你给吸引了过来。你本来是钮建请来混淆视线的人物之一，既然加进来了，那么就参与吧。不过你本身也是我们怀疑的对象之一，所以我不得不防备。

"事情发展出乎我们的意料，一个个人物登场，一个个人物退场；一幕幕事情上演，一幕幕事情落幕。我们遇见了'十二地支'的后人，找到了漕帮的宝藏，更消除了意料中监视者'茉莉花'的威胁。可惜的是，直到我们来到北京，另外一个监视者始终没有露面，令我差点儿产生错觉，就是没有暗中的监视者。可惜，可惜，直到最后，你终于暴露了你自己，'郁金香'！"

"哦？你是怎么认定我是'郁金香'的呢？"

"我不觉得一个侦探会深更半夜地跑到故宫来偷东西，只有文物盗窃集团的'郁金香'才会这么干。另外，我根本想不到，你的胆子这么大！其实你一开始就告诉了我们，你就是'郁金香'。"

杜丽培哈哈大笑道:"现在,终于发现了我的小小恶趣味了吧。"

柳生阳摇了摇头,继续说道:"'郁金香'在法语中是Tulipe,发音酷似汉语杜丽培。所以杜丽培就是'郁金香','郁金香'就是杜丽培。"

"郁金香"歪着脑袋问道:"那么,最后我还是失策了。我本以为你是杀人凶手,把你交给警察就大功告成了。哪知道你是冒牌货,只要钮建现身,立即就会放了你。"

柳生阳冷冷地说道:"蒋游竹当即就放了我,警方协助我查到你跑到了北京,我立即意识到,你要对故宫动手。于是我赶了过来,埋伏在这里,等你自投罗网。"

"郁金香"借着眼角余光,能够看清黑暗之中,隐隐约约有众多的人影。

柳生阳突然咬牙切齿,说道:"我自认为聪明绝顶,如你所言,虽然是一个糟糕的演员,但是凭借智力和武力,碾压你绰绰有余。哪知道最后居然还是栽在你手里!"

"郁金香"微笑道:"你太自信了!另外我很早就发现,你的智力只体现在逻辑思维能力和洞察力方面,对于人心的揣摩真是糟糕。聪明的女人会装傻,我就扮演一个不太喜欢动脑子的傻大姐就可以了,把你耍得团团转简直绰绰有余。"

"可惜没有第二次机会了。抓人!"

话音方落,黑暗之中无数警察拥过来,前来抓捕"郁金香"。

"郁金香"睥睨一眼,身形闪动,在警察的人流中钻来钻去,飞快地溜走,留下一长串银铃般的笑声:"亲爱的,Attrape-moi si tu peux！①"

柳生阳虽然听不懂法语，但是很明显地感觉到"郁金香"是在嘲笑他，顿时额头青筋暴露，脱下外套，飞快地冲了上去。

故宫之中出现了奇妙的一幕，一大群警察在一个女飞贼身后，奔跑追逐，三个小时之后……

"郁金香"云鬓散乱，气喘如狗，翻着眼珠，终于撑不住，双膝跪在地上，整个人扑通一声往前扑倒，一动不动。

唯一追在她后面的人就是柳生阳，他的状态也非常糟糕，这时候看到"郁金香"翻倒了，咬着牙扑过来，抓住"郁金香"的两只手，扭到后背，然后抽出皮带，将其牢牢地捆住。在此过程中，"郁金香"始终一动不动，没有反抗。

稍作喘息，"郁金香"终于慢慢地恢复了过来，郁闷地说道："我不就骗了你一次，何必如此发狂，追了我整整三个小时，老娘都被你追死了。要是花间派的渣渣们知道我硬是被你追到累得无力被抓，他们一定会活活地笑死的。"

柳生阳没有说话，一屁股坐在"郁金香"旁边，不住地喘息。

过了一会儿，"郁金香"哀求道："亲爱的，所谓一日夫妻百日恩，看在我们曾经相亲相爱的分儿上，能放了我吗？反正这里就只有你我，没有第三个人，你放了我，没人知道的。"

柳生阳摇了摇头，说道："曾经，我一度以为，你是我命中注定的女人，甚至开始筹划和你过一辈子了，但是在最后你却狠狠地愚弄了我，抛弃了我。"

"所以你在恨我？但你不是也在骗我吗？"

---

① 法语：抓住我，假如你行。

"是的,但我没有想过要伤害你。而你,却打算让我一辈子完蛋,幸好你的阴谋没有实现。"

"郁金香"顿时语塞,过了一会儿才淡淡地说道:"有些事情,你没有经历过,不会有体验。从某种角度而言,和我在一起是不会幸福的。有时候及早分开,对你对我都是好事。"

柳生阳叹道:"卿本佳人,奈何做贼。"

远处,警察的脚步声、大狼狗的叫声渐渐逼近……

60. 一封信

柳生阳重新找了一份记者的工作,继续过起了"单身狗"的日子,他有时候很怀念那个丽人,而几个月后,丽人在他心里的形象越发清晰,这令柳生阳苦笑不已。

远在徐州的许娉听闻柳生阳已经与杜丽培分手了,大喜过望,每日联系,邀请他去徐州做客。这明目张胆的暗示,柳生阳怎么会看不出,只是心中想着其他人,便婉拒了。

一天,他回家以后,看到门缝里面塞了一封信,让他微微地吃惊,很久没有收到纸质的信了。

信封很简单,上面的地址、名字的字体,明显是女性书写的。他打开一看，顿时一惊，急忙看下去：

亲爱的生阳：

当你看到这封信的时候，应该想到我的下落了——是的，我逃了出来。至于我是怎么逃出来的，你应该相信我的能力和智慧。

之所以写信给你，是因为想坦率地和你谈谈。

我曾经说过，我爱过你，这点我绝对没有骗你。你是我见过最聪明、强壮的男子，我喜欢你思考时的模样，也喜欢你扮演假面凶手时的强悍。

我们的身份不一样，我是一个犯罪集团的成员，而你却是一个家世清白的平民，我们注定无法在一起，即使一开始用谎言构筑一切，迟早也会幻灭。

当我得知你就是假面凶手的时候，我简直高兴坏了，这意味着我们都是一样的人，区别在于我为了文物而做间谍、飞贼，你为了财宝杀人。

但是这并不意味着你会马上接受我这个飞贼，当时我在想，不如先把你送进监狱，让你遭受打击以后，再由我把你救出来，到时候你就会接受我、感激我，我们就能够快快乐乐地永远在一起。

然而命运充满了嘲弄，最终的结果却是你依旧身世清白，而我仍是个贼。你选择了抓我，是受到了我的愚弄而恨我，还是你选择了正义？

我不知道，也不敢知道。

我之前安排了让你逃狱的攻略，具有讽刺意义的是，最终这个攻略居然是我自己用上了。逃出来之后，我想你想了很久，最后决定写这封信，把我的内心想法和真相都告诉你。

我相信，我们还会见面的。

因为我们是犹如相互吸引的两个粒子一样被运命纠缠的两个人。
爱你！

夏洛特

看完这封信，柳生阳沉默了许久，最后叹了一口气，小心翼翼地把信收拾好，凝望着窗户外面，似乎又看到中西合璧的汉服丽人，站在巷子的角落里，正对着他巧笑倩兮……

不对，他是真的看到了！他揉了揉眼睛，没看花眼！

柳生阳飞速地从窗户里钻了出去，追向那个丽人，至于如何面对，是抓她，还是亲她，还没有想好，也没有必要去想。

这一切，都随缘吧！